FEURIGES BLUT

EINE ALLEINERZIEHENDER VATER MILLIARDÄR ROMANZE - DAS GEHEIME BEGEHREN DES MILLIARDÄRS BUCH 2

JESSICA F.

INHALT

Veröffentlicht in Deutschland

Von: Jessica F.

ISBN: 978-1-64808-956-5

❀ Erstellt mit Vellum

OHNE TITEL

Nach einer weiteren Trennung ist die Anwältin Jess Olden wieder Single und bereit, jemanden Neues kennenzulernen. Doch als ihre beste Freundin, die Sängerin India Blue, lebensgefährlich verletzt wird, steht Jess' eigenes Leben auf Pause und sie kümmert sich nur noch darum, ob ihre Freundin überlebt.

Sich nicht auf ihre Arbeit konzentrieren zu können bedeutet auch, dass sie eine der größten Scheidungen, die Hollywood seit Jahren gesehen hat, verpasst. Filmstar Teddy Hood hat sich nach sechs Jahren Ehe von seiner Frau Dorcas Prettyman getrennt, und sie hat es sich zum Ziel gesetzt, ihm das Leben zur Hölle zu machen. Auf der Suche nach der besten Anwältin, die es gibt, kontaktiert Teddy Jess, doch aufgrund der Turbulenzen in ihrem Privatleben lehnt sie seine Anfrage ab und muss anschließend mit ansehen, wie sein Ruf und sein Leben durch seine Ex zerstört werden.

Nachdem India überlebt und sich erholt, widmet sich Jess wieder ihrer Arbeit und fühlt sich wegen dem, was Teddy Hood widerfahren ist, schuldig. Entschlossen, ihren Fehler zu korrigieren, sucht sie ihn auf und bietet ihm im Kampf um seine Tochter ihre Hilfe an. Anfangs zögert er, zu verletzt durch seinen Leidensweg vor Gericht und im Privatleben, doch als sie sich begegnen, entsteht zwischen den beiden augenblicklich eine Anziehung.

Beiden fällt es schwer, professionell zu bleiben, und schon bald gehen Teddy und Jess eine sexuelle Beziehung miteinander ein, von der sie bald mehr wollen.

Wie auch immer, Dorcas ist keine Frau, mit der man sich anlegen sollte, und schon bald macht sie Jess und Teddy auf mehrere Arten das Leben zur Hölle. Werden die beiden es schaffen und ihre Liebe frei ausleben können, und wird Teddy das Sorgerecht für seine Tochter erhalten?

Als Dorcas eine Grenze überschreitet und klarmacht, dass sie dafür sorgen wird, dass Teddy nie wieder glücklich sein wird, steht mehr als nur Liebe auf dem Spiel ...

MELDE DICH AN, UM KOSTENLOSE BÜCHER ZU ERHALTEN

Möchtest Du gern Eifersucht und andere Liebesromane kostenlos lesen?
Tragen Sie sich für den Jessica F. Newsletter ein und erhalten Sie ein KOSTENLOSES Buch exklusiv für Abonnenten indem Du diesen Link in deinem Browser eingibst:

https://www.steamyromance.info/kostenlose-bücher-und-hörbücher

Eifersucht: Ein Milliardär Bad Boy Liebesroman

Neue Liebe entsteht, aber auch eine Eifersucht, die sie zu zerstören droht.
Ich habe meine winzige Heimatstadt und ihre Einschränkungen hinter mir gelassen. Dann erschien ein bekanntes Gesicht in der Bar, in der ich arbeite, und brachte mich wieder dorthin zurück, wo ich angefangen hatte …

https://www.steamyromance.info/kostenlose-bücher-und-hörbücher

Du erhältst ebenso KOSTENLOSE Romanzen-Hörbücher, wenn Du Dich anmeldest

KLAPPENTEXT

(Jess)

Alles, was mich im letzten Jahr interessiert hat, war, den Mann hinter Gitter zu bringen, der versucht hat, meine Freundin zu töten.

Sonst nichts.
Als mich also der Hollywoodstar Teddy Hood darum bat, ihn im Sorgerechtsstreit um seine Tochter zu vertreten, musste ich ablehnen.
Jetzt, ein Jahr später, gibt es nichts, was ich mehr bereue,
Teddy Hood ist wütend, verletzt … und verdammt sexy.
Das Problem ist, er hasst mich.
Das Problem ist, ich kann nicht aufhören, an ihn zu denken.
Ich muss ihn dazu bringen, mir zu verzeihen, und dafür würde ich alles tun.
Denn ich brauche ihn in meinem Leben … und in meinem Bett.
Ich will seine Haut auf meiner spüren und seinen Mund auf meinem Körper, seinen Kuss auf meinen Lippen …
Ich muss ihn nur zuerst dazu bringen, mit mir zu reden, und das …
Das wird die größte Herausforderung meines Lebens …

* * *

Vor einem Jahr hat sie mich abgewiesen, und nun habe ich das Sorgerecht für meine Tochter verloren, vielleicht für immer.

Ich hasse Jessica Olden, und es ist mir egal, ob es unfair ist, ihr die Schuld zu geben …
… Ich tue es.
Aber es macht mich wahnsinnig, dass ich sie nicht mehr aus meinem Kopf bekomme: ihre großen, schönen Augen, ihr dunkles Haar, dieser perfekte rosafarbene Mund …

Jess Olden ist die schönste Frau, die ich in meinem Leben gesehen habe, und ich bin einer der größten Hollywoodstars – hey, ich könnte jede Frau haben.

Jede Frau.

Aber die eine, die ich will, ist die eine, die ich nicht will.

Ich muss sie aus dem Kopf bekommen …

… Das wird nur nicht einfach …

KAPITEL EINS - PRAYING

Manhattan

Jess Olden ignorierte ihr Telefon und wartete darauf, dass Margot im Restaurant erschien. Sie hasste es jedes Mal, wenn sie mit einer Freundin oder einem Freund Schluss machte, doch diese Trennung war ganz besonders schmerzhaft. Für eine Weile hatte sie geglaubt, Margot sei die Eine: klug, witzig, erfolgreich.

Sie hatten eine gemeinsame Zukunft geplant, ohne darüber gesprochen zu haben, ob sie überhaupt die gleichen Dinge wollten. Als Margot Jess unter Tränen gestanden hat, dass sie das ganze Idyll mit weißem Gartenzaun und 2,5 Kindern wolle, da wusste Jess, dass es vorbei war.

Nicht, dass sie ein Problem mit diesem Traum gehabt hätte – es war nur nicht ihr Traum. Sie hasste die Vorstellung einer Ehe, und sie wollte nie Kinder haben. Das hatte etwas mit ihrer eigenen Kindheit zu tun …

„Hey, Schönheit." Jess blickte sich um und sah Margot direkt neben sich stehen.

Margots Augen waren sanft und traurig. Jess stand zur Begrüßung auf, gab Margot einen Kuss und nahm sie etwas zu lang in den Arm. Beide waren zu emotional, um etwas zu sagen. Schließlich setzten sie sich, bestellten und warteten schweigend, bis der Kellner ihnen den Wein brachte.

Margot schob ihre Hand über den Tisch und verschränkte ihre Finger mit Jess'. „Ich wache immer wieder nachts auf und frage mich, ob das hier ein Fehler ist. Vielleicht habe ich mich geirrt. Vielleicht habe ich diese Sachen nur aus lauter Panik gesagt."

Jess lächelte, löste aber sanft ihre Hand aus Margots Griff. „Wir wissen beide, dass es nicht so war, Süße. Das war es nicht. Es tut unglaublich weh, es zuzugeben, aber ..."

„Gott, Jess ..."

„Ich weiß."

Keine von beiden aß viel. Sie redeten geschickt um das eigentliche Thema herum, doch gegen Ende des Essens lies Margot die Schultern hängen und nickte. „Du hast recht, wir wollen verschiedene Dinge."

„Das wollen wir." Jess war niemand, der weinte, schon gar nicht in der Öffentlichkeit, doch sie spürte die Tränen in ihren Augen. „Aber ich liebe dich, Margie. Vergiss das nie."

„Ich liebe dich auch." Margot versagte die Stimme, und sie richtete ihren Blick nach unten. Dann klingelte Jess' Telefon plötzlich. „Geh ran. Das macht mich wahnsinnig."

Jess berührte kurz ihre Hand, als sie den Anruf entgegen nahm. „Ja?"

„Jessie?"

„Lazlo." Sie war augenblicklich alarmiert. Lazlo rief nie so spät an, außer es war etwas Ernstes. Sie konnte ihn zuerst nicht verstehen, er weinte zu stark, doch dann hörte sie die Worte 'Carter' und

'India' und noch schlimmer 'erstochen'. Ihr gefror das Blut in den Adern.

„Lazlo, atme. Erzähl mir alles."

„Sie war bei LeFevre. Dort hatte sie sich versteckt. Wir glauben, dass er mit Carter unter einer Decke steckt. Carter hat sie sich geschnappt, Jess. Wir haben sie gerade gefunden. Jess, er hat sie wieder niedergestochen!"

Mir stockt der Atem. „Ist sie ..." *Bitte Gott, lass sie nicht tot sein ...*

„Nein. Sie fliegen sie gerade nach Lennox Hill, aber sie ist in einem schlechten Zustand. Wir fliegen in einem zweiten Helikopter hin."

„Ich treffe euch da."

Margot schaute Jess an, als sie aufstand. „Was ist los, Schatz?"

„Es geht um India. Carter hat sie gefunden. Sie ist verletzt." Jess fühlte, wie sich ihr bei diesen Worten sie Kehle zuschnürte. Plötzlich wurden ihr die Knie weich, und Margot stütze sie. „Komm schon, ich werde dich fahren."

SIE ERREICHTEN DAS KRANKENHAUS NOCH VOR DEM HELIKOPTER UND während das FBI und Lazlos Sicherheitsteam den Ort absicherten, waren sie zum Warten verdammt. Jess hörte, wie der Arzt die Ankunft des Helikopters ankündigte und bevor sie jemand aufhalten konnte, war sie schon im Aufzug und auf dem Weg zum Dach.

Als sie oben ankam, wurde die Bahre gerade in Richtung Aufzug geschoben. Bei dem Anblick ihrer Freundin entfuhr Jess ein gequälter Aufschrei. India war blutüberströmt, leichenblass und bewusstlos. „Indy!" Jess eilte an die Seite ihrer Freundin, was ihr von den Sanitätern einen verärgerten Blick einbrachte.

„Sie ist meine Freundin", murmelte sie und wehrte sich dagegen, zur Seite gestoßen zu werden. Beim Betreten des Aufzugs ergriff sie Indias eiskalte Hand.

„Wir bringen sie direkt in den OP." Eine der Krankenschwestern bekam Mitleid mit der aufgelösten Frau. „Wir können die Blutung nicht stoppen."

Das Laken, das über Indias Bauch lag, war blutgetränkt, und Jess griff ihre Hand noch fester. „Du musst kämpfen, Indy, kämpfe! Lebe! Lass ihn bitte nicht gewinnen."

„Ma'am, bitte gehen Sie jetzt zur Seite. Wir müssen sie in den OP bringen."

Wie in Trance ließ Jess Indias Hand los, als sie den OP-Bereich erreichten und ging der Bahre soweit nach, bis sie sich nicht mehr bewegen konnte. Völlig regungslos und in die Leere starrend fand Margot sie und brachte sie in das Wartezimmer.

Als Lazlo und Indias Liebhaber Massimo im Krankenhaus ankamen, hatte Jess sich wieder im Griff. Sie erzählte ihnen, was sie erfahren hatte, ließ die grausamsten Punkte dabei aber aus.

„Er war es", sagte Massimo wieder und wieder. Er stand völlig unter Schock.

Lazlo war blass, und Jess nahm ihn in den Arm. „Wir müssen positiv denken." Sie atmete tief durch. „Was ist mit Carter passiert?"

„Sie hat ihn getötet."

„Oh, Gott sei Dank." Jess spürte, wie sich ihr gesamter Körper entspannte. Braydon Carter hatte India pausenlos gestalkt, nachdem sie vor zwölf Jahren von ihm vergewaltigt und niedergestochen wurde und er vor ihren Augen ihre Mutter ermordet hatte. Einige Tage vor dem heutigen Horror, hatte er einen engen Freund von India, einen süßen jungen Kerl namens Sun, angeschossen. Er lag noch in einem Krankenhaus in Seoul und erholte sich von der Verletzung.

Jess rieb sich die Augen. „Hör zu, ich hasse es, in einem Moment wie diesem praktisch denken zu müssen, aber wir müssen jetzt schneller als die Presse sein. Nach dem, was du mir erzählt hast, wird LeFevre versuchen, seine Verantwortung in dieser Sache zu verschleiern, solange India noch bewusstlos ist. Ich muss eine Presseerklärung vorbereiten."

„Jesus, Jess ..."

„Ich weiß, aber wir werden es tun, Laz, und du bist nicht in der Verfassung. Lass mich nur prüfen, dass sie es nicht schon wissen."

Sie schaltete den Fernseher im Wartezimmer an und zappte durch die Nachrichtensender. Zu ihrer Erleichterung hatte noch niemand die Story aufgegriffen. Die meisten beschäftigten sich eher mit den neuesten Scheidungsmeldungen der Filmstars Teddy Hood und Dorcas Prettyman, dem Power-Promipaar der vergangenen zehn Jahre. Die Scheidung kam ganz plötzlich und mit ihr die Schlammschlacht, die meist von Seiten Prettyman ausging. Jess verdrehte die Augen. Sie war Dorcas Prettyman in der Vergangenheit einige Male begegnet und fand, dass sie eine gemeine, nach Aufmerksamkeit gierende Person war, die wenig Beachtung für andere übrig hatte.

Hood kannte sie nicht, aber es fiel ihr grundsätzlich schwer, Sympathien für jemanden aufzubringen, der sich freiwillig mit Dorcas einließ. Jess schaltete den Fernseher wieder aus und machte sich an die Arbeit.

EINE STUNDE SPÄTER SAH SIE, WIE SICH DIE PRESSE AM Krankenhauseingang versammelte. Sie und Lazlo hatten ein kleines Statement verfasst, das Jess den versammelten Journalisten nun vorlas.

„Heute Abend wurde India Blue von Braydon Carter entführt, dem Mann, der sie vor zwölf Jahren attackiert und schwer verletzt und ihre Mutter ermordet hatte. Während eines anschließenden Kampfes wurde Braydon Carter getötet und India erlitt schwere Verletzungen im Bauchraum. Momentan wir sie noch notoperiert. Wir werden Sie weiter auf dem Laufenden halten. Bis dahin bitten wir sie jedoch, die

Privatsphäre von India und ihrer Familie zu respektieren, und möchten Sie außerdem daran erinnern, dass noch weitere Patienten und deren Familien hier sind, die ebenfalls ein Recht auf Privatsphäre haben. Vielen Dank."

Jess ignorierte die Flut von Fragen, die ihrer Erklärung folgten, und ging zurück ins Krankenhaus. *Gott.* Ihr wurde richtig schlecht bei der ganzen Sache. Vor allem, weil das alles hier unvermeidlich war. Carter hätte India auf jeden Fall gekriegt, oder nicht? So eine Besessenheit würde nie aufhören. Jess lief es kalt den Rücken herunter. Nach ihrer Trennung von Margot konnte sie etwas Zeit für sich wirklich gut gebrauchen, weg von dem ganzen Mist anderer Leute. Nicht, dass Margot ihr jemals Schaden zugefügt hätte. Sie sah sie auf sich zukommen und nahm sie ihn den Arm. „Danke, dass du hier bist, Margie. Ich weiß nicht, was ich gemacht hätte."

Margot lächelte sie an. „Du hättest es schon gemeistert, meine kleine Tigerin." Sie strich ihr mit der Hand über Jess' Gesicht und als hätte sie plötzlich realisiert, was sie tat, zog sie ihre Hand plötzlich zurück. Jess verspürte einen Hauch Traurigkeit. Sie würde nie wieder von Margots sanften Küssen geweckt werden.

„Ich sollte jetzt gehen", sagte Margot, „ und euch alle in Ruhe lassen. Aber halte mich bitte auf dem Laufenden, ja? Und wenn du irgendetwas brauchst, bin ich für dich da."

Nachdem sie sich von Margot verabschiedet hatte, ging Jess zurück nach oben und fand Massimo alleine im Wartezimmer. Er sah verzweifelt aus. „Lazlo erledigt ein paar Anrufe. Er hat eine Nachricht von Tae erhalten. Die Nachricht hat Seoul erreicht. Sie haben die Verbindung zwischen India und der Schießerei auf Sun hergestellt. Die Sache hat nun internationale Bedeutung."

„Irgendwelche Neuigkeiten vom Chirurgen?"

Massimo schüttelte den Kopf. „Noch nicht."

Der Fernseher an der Wand flackerte. Der Ton war stumm geschaltet und Jess sah zu, als die Nachrichten von der Hood/Prettyman-Scheidung zu Lennox Hill wechselten. Sie und Massimo schauten sich ihre Presseerklärung an, dann folgten ein paar Ausschnitte von Indias Auftritten und Interviews. Sie schafften es sogar, den sogenannten Romskandal einzubinden, ein paar Nacktbilder, die ein neugieriger Paparazzo geschossen hatte. *Soviel zum Thema Respekt vor India,* dachte Jess grimmig.

Massimo gab ein ersticktes Lachen von sich. „Gott, wie schön sie ist. Wie kann jemand sie nur zerstören wollen?"

Jess legte ihm ihre Hand auf die Schulter. „Kranke Bastarde werden immer kranke Bastarde bleiben, Massi. Er ist weg. Er kann ihr nicht mehr wehtun."

Massimo nickte. „Falls sie überlebt. Ansonsten ... hat er gewonnen."

„Sie *wird* überleben", antwortete Jess scharf, mit Wut und Schmerz in der Stimme. „India würde niemals aufgeben. Hast du gehört, was sie mit ihm gemacht hat? Sie wollte leben, Massi. Für dich, für Sun, für ihre Mutter. Für sich selbst. Sie wollte leben. Sie wird jetzt nicht aufgeben."

Zum ersten Mal lag ein leises Lächeln auf Massimos attraktives Gesicht. „Danke. Das musste ich hören."

„Pass auf, warum besorge ich uns nicht einen Kaffee und etwas zu essen? Wir sind India keine Hilfe, wenn vor Hunger und Durst zusammenbrechen."

Jess klopfte ihm leicht auf die Schulter und verließ den Raum. Sie ging die Treppe hinunter zur Cafeteria und hoffte, dass diese noch geöffnet hatte. Doch als sie am Fuße der Treppe ankam, blieb sie plötzlich stehen, krümmte sich und versuchte den Drang, laut zu schreien, zu unterdrücken. Sie sank zu Boden, zog die Beine zu sich heran und atmete einige Male tief durch. *Nicht. Brich jetzt nicht zusammen. Es geht hier nicht um dich.*

Sie atmete tief durch. India wird leben. Glaube an das, was du Massimo erzählt hast.

„Ja“, sagte sie leise zu sich selbst. „Ja. Sie wird es schaffen. Sie wird wieder.“

Während sie aufstand, wiederholte sie diese Worte immer und immer wieder und ignorierte das Gefühl von Angst, das leicht in ihr aufflammte.

KAPITEL ZWEI – WAITING GAME

Los Angeles

Teddy Hood stand in dem leeren Haus am Mulholland Drive und schüttelte den Kopf. Dorcas war endlich damit einverstanden, das Haus zu verkaufen, und nachdem sie nun ihre ganzen Sachen abgeholt hatte, konnte das Haus an den Folgebesitzer übergeben werden; einen aufgeregten, jungen Schauspieler, der seine erste Million gemacht hatte und die jetzt legendäre Hood/Prettyman Villa für sich haben wollte.

Gut. Soll er sie haben. Teddy Hood hatte es satt. Den Kampf, die Scheidung, Hollywood. Und Dorcas Boshaftigkeit.

Er schaute auf die Uhr. Er musste jetzt los, um die betreute Besuchszeit mit seiner Tochter DJ wahrnehmen zu können. Seine Laune besserte sich bei dem Gedanken, seine geliebte, burschikose Tochter zu sehen. Erst sechs Jahre alt und schon so dickköpfig. Der einzige Nachteil war …

Betreute Besuche. Er schluckte seinen Unmut herunter, den diese Auflage bei ihm auslöste. Ich verfluche dich Dorcas, dich und deine Lügen. Sie hat zuerst der Presse gegenüber und später vor dem Betreuungsgericht ein Riesending aus seinem ‚Temperament' gemacht. Der Richter war beeindruckt und fasziniert von Dorcas dem Filmstar und hat zu ihren Gunsten entschieden. Das war unfair, doch Dorcas hatte bei dieser Scheidung die Oberhand, und sie wusste das.

Sie wusste einfach zu viel über Teddys Vergangenheit. Über alles: seine frühen Tage als Schauspieler und was er durchmachen musste. Zeug, aus dem Alpträume sind und von denen er nicht wollte, dass die Öffentlichkeit davon erfuhr. Nichts davon. Und Dorcas hat ihm voller Schadenfreude mitgeteilt, dass es ihr nichts ausmachen würde, alles zu offenbaren, sollte sie aus dieser Scheidung nicht als ‚Gewinnerin' hervorgehen.

Er war nur froh, dass sie endlich einverstanden war. Das fürsorgliche, ‚menschliche' Gesicht, das Dorcas der Welt präsentierte, stand in scharfem Kontrast zur destruktiven, narzisstischen Person, die sie tatsächlich war.

Sie hat auch ihn für einige Jahre getäuscht.

Teddy stieg in sein Auto und fuhr durch die Stadt. Durch einen Blick in den Rückspiegel stellte er kurz sicher, dass er nicht zu ungepflegt aussah. Er hatte sich den braunen Bart wachsen lassen, nicht auf Hipster-Länge, aber lang genug, um so viel von seinem attraktiven Gesicht zu verdecken, dass sich der Bart für ihn wie eine Maske anfühlte. Natürlich würden seine schimmernden, kornblumenblauen Augen ihn immer verraten, doch darum ging es auch gar nicht. Er wollte einfach nicht mehr der hübsche Filmstar ‚Teddy Hood' sein … er wollte komplett aus dem Spiel aussteigen.

Kein Hollywood mehr. Gott, was für ein reizvoller Gedanke.

Als er an Dorcas neuem ‚Mietshaus' – einem Koloss, der *ihn* beinahe eine Viertelmillion pro Monat kostete – ankam, begrüßte ihn die Betreuerin und ließ ihn hinein. „Wir hatten ein wenig Ärger", flüsterte sie ihm zu. Die Betreuerin namens Fliss hatte, anders als der Richter, Dorcas wahres Gesicht erkannt und war ganz hin und weg von Teddy – nicht wegen seines Rufs sondern wegen der Art, wie er mit DJ umging.

„Was ist passiert?"

„*Mommy* wollte, dass DJ für ein paar Pressefotos ein Kleid anzieht. DJ hatte aber andere Ideen." Fliss, eine sachliche Engländerin mittleren Alters versuchte, ein Grinsen zu unterdrücken. „Oh, DJ hat ein Kleid angezogen, doch mittendrin riss sie es sich vom Leib. Darunter trug sie ein *Mach dir nichts aus dem Blödsinn*-Shirt. Mommy war nicht erfreut."

Teddy grinste breit. „Wie zur Hölle ist sie an das Shirt gekommen?"

Fliss schaute ihn mit großen, unschuldigen Augen an. „Kann ich was dafür, dass ich meinen Laptop mit Zugang zu Amazon.com kurz unbeobachtet gelassen habe?"

„Sie sind ein schlechter Einfluss. Aber danke." Lachend tätschelte er ihre Schulter. „So, ich schätze, Dorcas hat einen ihrer Schreikrämpfe bekommen?"

„Jep. Sie liegt jetzt mit einer ihrer ‚*Kopfschmerzen*' im Bett."

Teddy und Fliss verdrehten gleichzeitig die Augen. „Gut."

Im Wohnzimmer erblickte DJ ihren Vater voller Freude, als er den Raum betrat, und rannte in seine Arme. Sie sah gut gelaunt aus. „Hat Fliss es dir erzählt?"

„Hat sie. Du bist ein böses, böses Kind, Dinah-Jane."

„Warum lächelst du dann, Daddy?" DJ grinste ihn breit an und warf ihre Arme um seinen Hals. „Wie lange kannst du heute Abend bleiben?"

Teddy warf Fliss einen Blick zu, die eine Grimasse schnitt. „Nur die übliche Stunde, Äffchen."

DJ machte ein langes Gesicht.

Teddy umarmte seine Tochter fester. „Es wird bald besser, ich verspreche dir, dass es das wird. Bis dahin wollen wir keine Zeit mit Schmollen verschwenden, einverstanden?“

DJ sammelte sich, und sie spielten eine Stunde lang zusammen, lachten und alberten herum.

Teddy hasste es, sich verabschieden zu müssen. Es waren die einzigen Momente, in denen DJ weinerlich wurde, doch heute Abend war sie besonders anhänglich. „Kann ich nicht bei dir wohnen, Daddy? Ich verspreche, brav zu sein.“

Teddy brach das Herz. „Äffchen, du weißt gar nicht, wie sehr ich mir das wünsche. Ich wünschte, ich wünschte, ich wünschte, du könntest.“

Er hasste es, sie weinend zurücklassen zu müssen, doch Dorcas achtete scharf darauf, dass er die Stunde ganz genau einhielt. Als er die Villa verließ, hörte er, wie seine Exfrau ihn rief. Er ballte die Faust in der Tasche und zwang sich, nicht vor ihr die Fassung zu verlieren. Dann drehte er sich zu ihr um.

Dorcas Prettyman hatte sich immer auf ihr gutes Aussehen verlassen. Der Tochter einer Filmlegende wurde der eigene Karriereweg durch ihr unglaubliches Aussehen – seidig dunkles Haar und silberne Augen – wesentlich erleichtert. Als sie jünger war, glich ihr Körper dem einer Legende, Kurven wie Jessica Rabbit, doch nachdem sie sich einen Ruf aufgebaut hatte, nicht nur als Schauspielerin sondern auch als Wohltätigkeitsexpertin, hörte sie einfach auf, zu essen. Teddy hatte außerdem den Verdacht, dass sie Drogen nahm, konnte es aber nie beweisen. Wenn es darum ging, die Laster einer Person zu verschleiern, hätte Dorcas Nachhilfe geben können.

Von allen Menschen hatte Dorcas Prettyman diesen Titel am wenigsten verdient. Sie übernahm die Ausrichtung von Benefizveranstaltungen, verlangte dafür aber eine halsabschneiderische Gage und bestand darauf, dass jeder eine Verschwiegenheitserklärung unterschrieb. Jeder, der sie traf, wurde von einer Welle der Boshaftigkeit getroffen, dass es einem tagelang die Sprache verschlagen konnte. Sie war ganz einfach furchteinflößend.

Und nun, mit Mitte vierzig, ließ ihr Aussehen langsam nach; ihr dunkles Haar war zu einem unvorteilhaften Strohblond gefärbt und jüngere, unkompliziertere Schauspielerinnen bekamen die Rollen, von denen sie erwartete hatte, sie selbst angeboten zu bekommen. Anstatt Charakterrollen zu spielen wie ihre Altersgenossinnen, begann sie damit, ihre eigenen Rollen zu schreiben ... die *nicht* gut ankamen. Hinter den Kulissen Hollywoods war Dorcas zu einer Lachnummer geworden, und Teddy war derjenige, der das Meiste ihrer Wut abbekam.

Als DJ drei Jahre alt war, hatte sie angefangen, ihn zu schlagen. Es war die Nacht der Oscarverleihung gewesen. Dorcas hatte gegen eine Schauspielerin verloren, die sie hasste. Besagte Schauspielerin, Tiger Rose, hatte den Oscar für die beste weibliche Hauptrolle in einem Film gewonnen, in dem sie zusammen mit Teddy spielte, und ihre Chemie auf der Leinwand war das Thema in Hollywood gewesen.

Dorcas hatte natürlich sofort vermutet, dass die beiden miteinander ins Bett gingen, obwohl Teddy das bestritt. Anders als andere Hollywood-Ehemänner hatte er es geschafft, treu zu bleiben, sogar während der letzten Jahre, in denen es zwischen ihm und Dorcas kaum noch Liebe gegeben hatte.

Teddy war stehend K.O. gewesen, er hatte einen Tag zuvor den Nachtflug vom Drehort in der Ukraine zurück genommen. Natürlich hatte er Dorcas auf dem Roten Teppich unterstützt und ihr beigestanden, als sie verlor. Natürlich musste er seinem Co-Star applaudieren, woraufhin Dorcas ausrastete. Auf der Heimfahrt in der Limousine, schrie sie ihn praktisch ohne Pause an, und machte ihn für ihre Niederlage verantwortlich.

Er schlief im Gästezimmer und wollte weiteren Streitereien aus dem Weg gehen, doch in den frühen Morgenstunden wurde er durch starke Schmerzen wach, ausgelöst durch Dorcas, die mit einer leeren

Wodkaflasche auf ihn einschlug. Sie traf ihn über dem rechten Auge, wovon er eine Narbe davontrug.

Darüber herrschte natürlich Stillschweigen und mit Rücksicht auf DJ verzichtete Teddy natürlich darauf, Anklage zu erheben. Dorcas hatte sich reumütig gezeigt ... *dieses eine* Mal. Danach machte sie nie wieder den Fehler, ihn dort zu schlagen, wo man es sehen konnte. Teddy, dessen männlicher Stolz mehr als nur angekratzt war, hielt ihre Launen aus und erzählte niemandem, wie miserabel es ihm ging. Doch natürlich fingen irgendwann die Gerüchte an. Ein früheres Kindermädchen brach ihre Verschwiegenheitserklärung und verkaufte die Geschichte von Dorcas Stimmungsschwankungen und den Schlägen gegen Teddy an die Presse. Teddy fühlte sich gedemütigt.

Doch erst, als bei seinem geliebten jüngeren Bruder Billy ein tödlicher Hirntumor diagnostiziert wurde, sah Teddy das Licht am Ende des Tunnels. Während Billy in einem Krankenhaus langsam vor sich hin vegetierte, flehte er seinen Bruder an, nicht noch mehr Zeit zu verschwenden. „Sie ist Gift", hatte Billy gesagt. Er hielt sich mit seiner ehrlichen Meinung nicht zurück, denn er hatte ja nichts mehr zu verlieren. „Das war sie schon immer. Bitte Teddy, nimm DJ und geh. Ihr werdet beide glücklicher sein."

Am Nachmittag von Billys Beerdigung eröffnete Teddy Dorcas, dass er sie verlassen würde. Sie reagierte wie erwartet, nahm ihn nicht ernst, sondern lachte ihm direkt ins Gesicht.

Sie hatte bald gemerkt, dass es ihm todernst war, und verfiel in Schadenskontrollmodus. Kindermädchen und Bodyguards wurden alle dafür bezahlt, zu behaupten, dass er ein schlechter und nachlässiger Vater war. Dorcas war clever – sie behauptete nie ausdrücklich, dass er sie misshandelt hätte – das wäre schwer zu beweisen, denn er war weit entfernt davon, doch sie startete eine Gerüchteküche. Sie legte den Schalter auf heiligen Märtyrer-Modus um und gab Interviews in denen sie davon berichtete, wie schwer es als alleinerziehende Mutter war, dass sie kaum die Zeit zum Duschen fand und dass sie sich nur wenig aus dem ganzen Ruhm und dem Drumherum machte – alles, während sie mit Teddys Geld eine wunderschöne Villa mietete.

Schweren Herzens verließ Teddy DJ und fuhr nach Hause. Als er das kleine Apartment, das er gemietet hatte – abgelegen und ohne einen Filmstar in der Nähe –, betrat, zog er seine Jacke aus und warf sich auf das Sofa. Er schaltete die Nachrichten ein, in der Erwartung noch mehr über sich und Dorcas zu hören. Doch stattdessen sah er eine wunderschöne Frau, die vor einem Krankenhaus stand und zur Presse sprach. Er stellte den Ton lauter.

„Während eines anschließenden Kampfes wurde Braydon Carter getötet und India erlitt schwere Verletzungen im Bauchraum. Momentan wir sie noch notoperiert. Wir werden Sie weiter auf dem Laufenden halten. Bis dahin bitten wir sie jedoch, die Privatsphäre von India und ihrer Familie zu respektieren und möchten Sie außerdem daran erinnern, dass noch weitere Patienten und deren Familien hier sind, die ebenfalls ein Recht auf Privatsphäre haben. Vielen Dank."

Jesus. India Blue war verletzt? Teddy verspürte Traurigkeit. Er kannte die Sängerin nicht gut, er hatte sie nur ein paar Mal getroffen, doch sie war wirklich nett, ein seltenes Talent. Teddy schaute zu, wie die Sprecherin zurück ins Gebäude ging. Sie sah müde und verstört aus, hatte aber einen bestimmten und selbstsicheren Gang. Die Presse identifizierte sie als Indias Anwältin, Jess Olden.

Jess Olden … Teddy hatte schon von ihr gehört; genau genommen galt sie in Hollywood-Kreisen als Legende, hatte sie für ihre Klienten in schonungslosen, bitteren Unterhalts-, Eigentums- und, noch wichtiger, Sorgerechtsstreitigkeiten die bestmöglichen Ergebnisse erzielt.

In Teddys Kopf formte sich eine Idee, doch für den Augenblick schob er sie zur Seite. Jess Olden war offensichtlich tief bestürzt über den Mordversuch an ihrer Freundin, und jetzt war sicher kein guter Zeitpunkt, sie zu fragen, ob sie sein Mandat übernahm.

Aber wenn – und falls – India Blue es schaffte, und Teddy hoffte, dass sie es würde, würde er Jess Olden kontaktieren. Sie um Hilfe bitten.

Denn er wollte seine Tochter nicht nur für eine begleitete Stunde alle zwei Tage sehen, und er hatte den Eindruck, dass Jess Olden genau die richtige Person war, um ihm zu helfen.

Und es hatte rein gar nichts mit der Tatsache zu tun, dass sie die schönste Frau war, die er je gesehen hatte.

Gar nichts.

KAPITEL DREI – DREAMING WITH A BROKEN HEART

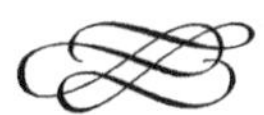

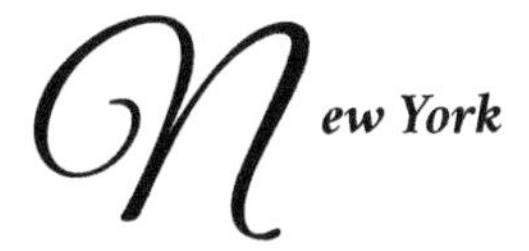

ew York

Jess hatte nicht geweint, bis Lazlo ihr sagte, dass India aufgewacht war, dass ihre geliebte Freundin es schaffen würde. Alleine dann in ihrem Apartment heulte sie los und ließ ihre ganze Erleichterung heraus. Nachdem sie ihren Emotionen freien Lauf gelassen hatte, ging sie erschöpft unter die Dusche.

In der Hoffnung, dass sich ihre schmerzenden Muskeln entspannen würden, ließ sie das Wasser länger als üblich über ihren Körper laufen.

Anschließend trocknete sie ihre Haare und verzog bei ihrem Anblick im Spiegel das Gesicht. Ihre dunkelbraunen Augen waren verquollen und hatten tiefe, dunkle Ringe. Ihre sonst glänzende Haut war blass.

„Nee, kein schöner Anblick." Sie entschied sich, heute von zuhause aus zu arbeiten und dann ins Krankenhaus zu fahren. Lazlo hatte sie informiert, dass India aufgewacht war. Natürlich war sie erschöpft, und der Arzt hatte empfohlen, dass nicht mehr als zwei Besucher gleichzeitig anwesend sein sollten. Jess wusste, dass India ihren Bruder und ihren Partner bei sich haben wollte, also bot sie an, später als Ablöse vorbeizukommen. Sie konnte es nicht erwarten, ihre Freundin in den Arm zu nehmen.

Lazlo hatte ihr außerdem erzählt, dass India ihren Politikervater als jene Person identifiziert hat, die den Auftrag zu ihrer Ermordung gegeben hatte. Jess schaltete daraufhin in den Arbeitsmodus, kontaktierte die Polizei und fand heraus, welche Anklagepunkte gegen Philip LeFevre erhoben wurden. Sie wollte zudem sicherstellen, dass India für die Ermordung von Braydon Carter, dem Mann, der von ihr besessen war und sie zweimal beinahe getötet hatte, keinerlei Anklagen zu erwarten hatte.

Der Bezirksstaatsanwalt versicherte ihr das. „Es war Notwehr, schlicht und einfach. Gegen India wird keine Anklage erhoben, das kann ich Ihnen versichern. Und was LeFevre angeht, mindestens eine Anklage wegen des Mordes an Indias Mutter und drei Anklagepunkte wegen versuchten Mordes. Aber ganz ehrlich Jess, ich könnte jetzt stundenlang aufzählen, welche Vorwürfe wir gegen diesen Mistkerl erheben. Er wird nie wieder rauskommen."

„Wenn man darüber nachdenkt, dass er beinahe für das Amt des Präsidenten kandidiert hat."

Der Staatsanwalt lachte humorlos. „Ich war der Meinung, er hätte es nie geschafft, aber in diesen Zeiten scheint alles möglich zu sein."

„Tatsächlich, nicht wahr? Was für eine Welt."

Jess rief ihr Büro in Los Angeles an und informierte sie dort über Indias Zustand. Als sie die Erleichterung am anderen Ende der Leitung hörte, musste sie lächeln. „Sie hat sicher noch einen langen Weg vor sich, aber das sind gute Neuigkeiten", hörte sie ihre Assistentin Bee, die die Neuigkeiten an alle anderen im Büro weitergab und damit eine Reihe erleichterte Aufschreie auslöste. India war nicht ohne Grund gleichermaßen bei ihren Fans und bei den Leuten, mit denen sie arbeitete, so beliebt.

Jess lächelte. „Hör zu, ich bleibe erst einmal hier in New York. Ich werde dem Staatsanwalt dabei helfen, LeFevre zu überführen. Das bedeutet, keine neuen Klienten, egal wer es ist. Wir werden natürlich unsere bisherigen Klienten weiter betreuen, und ich werde pendeln, aber wie gesagt, keine neuen Klienten."

„Klare Sache, Boss. Gib India eine Umarmung von uns, wenn du sie besuchst, ja?"

Jess lächelte. „Natürlich. Danke, Bee."

Sie holte ihren Laptop aus dem Schlafzimmer und vertiefte sich in die Arbeit, dabei hielt sie mit einem Auge die Nachrichten im Blick, für den Fall, dass etwas über India bekannt wurde, das nicht öffentlich werden sollte.

Nachdem die Meldung raus war, dass India aufgewacht war, hatte sich der Ansturm vor dem Krankenhaus etwas gelegt, doch einige Vertreter der Klatschpresse waren noch immer darum bemüht, einen Blick auf sie zu ergattern. Jess lächelte schief, als sie an Massimo dachte, der halbverrückt vor Sorge war und dann einen Paparazzo entdeckte, der vor Indias Zimmer herumlungerte. Die gesamte Etage erfuhr an diesem Tag, wie ein wütender Massimo klingt. Jess fragte sich, wie es ihm wohl ging.

Sie nahm ihr Telefon und tätigte einen Anruf. In Seoul antwortete Tae und begrüßte sie in einem fröhlichen Ton. „Hi Jessie."

„Hi Tae. Wie geht es Sun?"

„Im Moment vergleicht er Narben mit einem Patienten – irgendwie niedlich. Wenn man ein Loch in der Brust des Partners als niedlich bezeichnen kann." Seine Atmung stockte ein wenig, und Jess merkte, dass er sich einen Schrei verkniff. Er fing sich wieder und lachte sanft. „Ganz ehrlich, nichts kann diesen Engel runterziehen. Wie geht es Indy?"

„Ich glaube, wäre sie jetzt bei Sun, dann würden die zwei Narben vergleichen. Tae, ich schätze, es ist einfach seine Art, glücklich darüber zu sein, überlebt zu haben. Ich kann mir vorstellen, dass dieser Galgenhumor schwer zu ertragen ist."

„Ein bisschen, aber ich bin einfach froh, dass er noch in der Lage ist, schlechte Witze zu reißen. Pass auf, ich würde Indy gerne anrufen, will mich aber nicht aufdrängen. Wie geht es Massi und Lazlo?"

„Erschöpft, aber erleichtert."

„Und dir?"

„Genauso."

Tae seufzte. „Wenn es ihnen wieder gutgeht ... dann müssen wir uns alle wiedersehen."

„Da gebe ich dir absolut recht, Schatz. Hör zu, Tae ... es ist vorbei. Ja, sie sind verletzt, aber sie haben es geschafft. Carter ist tot. Es ist vorbei."

WÄHREND SIE WICHTIGE E-MAILS BEANTWORTETE, UNWICHTIGE löschte und sich in der Küche etwas zu essen holte, schwirrte ihr die Unterhaltung noch im Kopf herum. *Familie.* Das waren sie, ungeachtet der räumlichen Entfernung, der kulturellen Unterschiede, ungeachtet von allem. In dieser Branche, dachte Jess, gab es so viele oberflächliche und falsche Beziehungen, Zweckehen, PR-Romanzen, falsche Freunde. Aber nicht sie. *Nicht wir,* dachte sie, *nicht wir.* Die Liebe zwischen ihnen allen war echt, greifbar ... für immer.

Aber Jess war auch einsam, zwischen den Paaren India und Massimo und Sun und Tae. Oh, die perfekte Liebe finden. Nicht, dass sie daran glaubte, die meiste Zeit jedenfalls. Doch ihre vier Freunde waren der beste Beweis dafür, den sie je gesehen hatte. Den einen Menschen zu finden, der genau zu einem passt.

Das wäre schon schön, dachte Jess, nahm ihre Teetasse und setzte sich auf das Sofa, wo sie darauf wartete, dass ihre Nudeln kochten. *Schön, aber nicht notwendig. Richtig?*

Sie schob diesen Gedanken beiseite. Im Moment war zu viel los, auf das sie sich konzentrieren musste. Sie blickte zum Fernseher und verzog das Gesicht. Dorcas Prettyman lächelte albern, während sie einen Stern auf dem Hollywood Boulevard bekam. *Ja, wir wissen, dass du dafür bezahlt hast, Schlampe.* Jess lächelte abfällig, während sie das maßlos übertriebene Verhalten der anderen Frau beobachtete.

„Dämliche Kuh, denkt, sie sei Grace Kelly", murmelte Jess vor sich hin. Die Kamera zeigte eine Aufnahme von Prettyman mit Teddy Hood, der miserabel aussah. Der Typ ist umwerfend, dachte Jess. Doch was zur Hölle will er mit ihr? *Gute Entscheidung Mann, sich von der Spinne scheiden zu lassen.*

Den Rest des Beitrags hörte sie sich nicht mehr an, aber Teddy Hoods blaue Augen ließen sie nicht los. In ihnen lag reines Leid. Armer Kerl. Abgelenkt, suchte sie nach Informationen über ihn. Er war fünf Jahre jünger, als seine zukünftige Ex-Frau; vierzig gegen fünfundvierzig. Ein erfolgreicher Schauspieler, der sich vor seiner Heirat mit Dorcas schon einen Namen mit kleinen Independent-Rollen gemacht hatte, bevor er ganz groß rauskam. Er schien nicht der Typ zu sein, der auf oscarfähige Filme aus war. Er zog anscheinend Charakterrollen vor und verzichtete dafür auf das große Geld. Doch er erhielt konstant gute Kritiken und war für einige kleinerer Preise nominiert und konnte auch ein paar gewinnen.

Was zur Hölle hat dir diese Ehe gebracht? Jess' Interesse war jetzt geweckt und anstatt sich auf ihre Arbeit zu konzentrieren, stellte sie ein paar Nachforschungen über die Hood/Prettyman-Ehe an, bis Lazlo sie anrief und darum bat, ins Krankenhaus zu kommen.

Los Angeles

. . .

Teddy erreichte Dorcas Zuhause etwas früher, wartete aber nicht bis zur verabredeten Zeit, und klingelte an der Tür. Er war darauf vorbereitet, Fliss anzutreffen, stattdessen kam eine neue junge Frau auf ihn zu. Sie lächelte nicht. „Mr. Hood. Sie sind zu früh."

Er warf einen Blick auf seine Uhr. „Ungefähr zwei Minuten. Wo ist Fliss?" „Miss Chambers wurde auf Wunsch von Ms. Prettyman ersetzt. Sie hatte das Gefühl, die Dame hatte einen schlechten Einfluss auf Dinah-Jane."

Teddy biss wütend die Zähne zusammen. „Warum wurde ich darüber nicht informiert oder gefragt?"

Bildete er sich das ein oder lag auf dem Gesicht der Frau ein hämisches Lächeln? „Das müssen Sie Ms. Prettyman fragen." Sie imitierte seine vorherige Handlung und schaute auf die Uhr. „Sie können Ihre Tochter jetzt sehen."

DJ war leise und zurückhaltend, und Teddy wusste, dass sie wegen Fliss traurig war. „Warum musste Fliss gehen, Daddy?"

„Ich weiß es nicht, Süße, aber ich werde Mommy fragen."

Bei der Erwähnung ihrer Mutter wich DJ seinem Blick aus, und Teddys Herz zog sich augenblicklich zusammen. Er warf der Betreuerin einen Blick zu. „Äffchen … stimmt etwas nicht?"

DJ schüttelte den Kopf und blickte mit verkniffenen Augen zu der Betreuerin. Teddy verstand, dass sie in ihrer Gegenwart nichts sagen wollte, das zu Dorcas gelangen konnte. Ihn quälte wieder der gleiche Gedanke. Gott, bitte … nicht dass ...

Misshandelte Dorcas DJ? Ließ sie ihre Wut an ihrem Kind aus? Teddy nahm sie fest in den Arm. Er konnte sie vor der Betreuerin nicht fragen oder sie nach Verletzungen absuchen. „Süße ..." Er brachte sie dazu, ihn anzusehen. „Du weißt, dass du mir alles erzählen kannst, nicht wahr? Alles?"

„Ich weiß." Das Zittern ihrer Stimme brach ihm das Herz. DJ drückte ihn fest.

Ihre gemeinsame Stunde war eine triste Stunde, und Teddy musste sich die Tränen verkneifen, als er seine Tochter zurückließ. Dorcas hatte sich nicht blicken lassen. Sie wusste schon, dass es besser war, seiner Wut aus dem Weg zu gehen. Komisch. Normalerweise hätte sie das als weiteren Beweis für seinen schlechten Charakter genutzt, insbesondere vor Zeugen.

Erst als er zu Hause war, fand er es. In seiner Tasche steckte ein zusammengeknülltes Stück Papier, das er nun öffnete. Sein bereits gebrochenes Herz erhielt einen weiteren Riss, als er das kindliche Geschreibsel las.

„Daddy, hilf mir bitte. Mommy ist die ganze Zeit wütend."

„Oh, Gott ..." Ohne lange nachzudenken, schnappte er sich sein Smartphone und rief seine Agentin an, um nach der Telefonnummer zu fragen, die er jetzt brauchte.

Nachdem sie ihm die Nummer gab, zögerte er keinen Moment und gab die Ziffern in sein Telefon ein. Als der Anruf angenommen wurde, kümmerte er sich nicht um Höflichkeitsfloskeln. „Bitte Gott ... hier ist Teddy Hood ... Sie müssen mir helfen ..."

KAPITEL VIER – HELLO

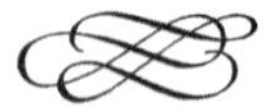

Los Angeles

EIN JAHR SPÄTER ...

JESS RECKTE SICH UND BLICKTE AUS DEM FENSTER. HEILIGABEND UND IN Südkalifornien waren es immer noch 26 Grad. Sie lachte vor sich hin und stand auf. Aus der Küche hörte sie Stimmen.

„Deine Freunde essen mir hoffentlich nicht alles weg", rief sie, während sie sich den Morgenmantel anzog und sich auf den Weg in die Küche machte. Dort fand sie vier schuldig aussehende Gesichter, die sie angrinsten. Sie lachte und verdrehte die Augen.

„Wir haben nicht viel gegessen", sagte India mit einem verschmitzten Lächeln. Sie saß auf Massimos Schoß, ihre Arme um seinen Hals geschlungen. Sie erholte sich noch von ihrer Verletzung und war dünner als früher. Doch langsam kehrte die Farbe in ihre Haut zurück, und die Tatsache, dass sie nun endlich sicher war, trug ihren

Teil dazu bei. Massimo sah aus wie ein Mann, den die Liebe völlig im Griff hatte, und er hielt India fest in seinen Armen.

Ihre Freunde, Alex und Coco, beste Freunde, kein Paar – Alex war schwul – waren damit beschäftigt, die Pancakes auf Teller zu stapeln. Coco war schwanger … von Alex. Beide hatten seit langer Zeit Kinder gewollt, doch als Coco erfuhr, dass ihre Chancen auf eine Schwangerschaft sich schnell verschlechterten, hatte Alex ihr den Vorschlag einer künstlichen Befruchtung gemacht, mit ihm als Spender. Beim zweiten Versuch hatte es geklappt, und nun freuten sich beide riesig auf das Baby und konnten es kaum erwarten.

Jess hatte seit Margot ein paar Verabredungen, aus denen sich aber nichts Langfristiges entwickelt hatte. Sie hatte sich so sehr darauf konzentriert, Philip LeFevre für das, was er India angetan hatte, hinter Gitter zu bringen, dass ihr alles andere egal gewesen war.

Nun saß er lebenslang im Gefängnis, und sie hatte das Gefühl, als sei ihr eine Riesenlast von den Schultern genommen worden. Zeit, um etwas Abstand zu bekommen – das Leben zu genießen. Aus diesem Grund lud sie ihre Freunde zu Weihnachten ein. Heute Abend würden sie alle zu einer Party gehen, die einer von Jess' Klienten gab. Cole Henning, ein Schauspieler, der sich Hoffnungen auf seine erste Oscar-Nominierung im Januar machte.

Bis dahin saßen die Freunde zusammen, spielten Spiele, aßen, waren einfach zusammen und redeten über die Zukunft. India und Massimo planten ihre Hochzeit für den kommenden Mai – eine Doppelhochzeit mit Sun und Tae, und Jess hörte zu, als sie aufgeregt ihre Pläne für diesen besonderen Tag bekanntgaben.

Coco und Alex redeten über ihr Kind, das sie im Sommer erwarteten, und wie das zwischen ihnen beiden funktionierte. „Wir werden so lange zusammen wohnen, wie es für uns funktioniert“ erklärte Alex und legte seine Hand auf Cocos Rücken. „Sollte einer von uns das Gefühl haben, mehr Raum zu brauchen … werden wir uns etwas anderes überlegen. Aber dieses Kind wird das am meisten geliebte Kind überhaupt sein.“

„Daran habe ich überhaupt keinen Zweifel", sagte Jess und lächelte die beiden an. Sie richtete ihren Blick auf India und beobachtete, wie sie und Massimo sich küssten und tief in die Augen blickten. „Jetzt sag nicht, dass bei euch auch was unterwegs ist?"

India lachte, doch Jess fiel der Unterton dabei auf. „Noch nicht. Ich bin noch zu egoistisch, um Massi mit jemandem zu teilen." India lächelte ein wenig. „Und um ehrlich zu sein, wir wissen noch gar nicht, ob ich überhaupt ein Kind bekommen kann. Das Messer ... es hat meinen Uterus beschädigt. Die Ärzte konnten es zwar in Ordnung bringen und sagen mir auch ständig, dass eine Schwangerschaft durchaus möglich sein kann, aber genau werden wir es erst wissen, wenn wir es versuchen. Also ..."

„... Also warten wir. Bis India sich vollständig erholt hat. Bis wir bereit sind, es zu versuchen." Massi strich seiner Geliebten liebevoll über das Gesicht. „Und wir informieren uns außerdem über andere Optionen, stimmt's? Es gibt also keinen Grund, sich unter Druck zu setzen."

India lächelte ihn dankbar an, und Jess spürte erneut diese Sehnsucht, die sie in ihrer Gegenwart immer spürte. *Nein. Du bist eine starke, unabhängige Frau. Du brauchst niemanden.*

Später nahmen sie ein Taxi zu der Party in den Hollywood Hills. Cole begrüßte sie persönlich und reichte jedem ein Glas Champagner – der schmollenden Coco einen Saft – bevor er sie zu der Party führte. Jess sah, wie India Massimos Hand ganz festhielt – es war das erste Mal, das sie nach der Messerattacke wieder in der Gesellschaft Hollywoods unterwegs war, und ihre natürliche, schüchterne Persönlichkeit kam zum Vorschein.

Jess stand ihr bei, stellte das Paar einigen freundlichen Personen vor, die sie kannte, und arbeitete sich durch den Raum. Sie hasste den ‚Beziehungen-pflegen-Teil' ihrer Arbeit, wusste aber, dass er notwendig war. Sie wehrte ein paar merkwürdige und hoffnungslose Mandatsanfragen ab, nahm aber Nummern von denen entgegen, mit denen sie gerne arbeiten würde.

Nach zwei Stunden floh sie zum Pool, an dem sich nur wenige Personen aufhielten. Glücklicherweise lag eine kühle Brise in der Nacht, und Jess schloss die Augen und atmete die frische Luft ein, bevor sie wieder zurück auf die Party ging.

„Ich sehe, Sie nehmen wieder neue Klienten an."

Bei dem Klang seiner Stimme drehte sich Jess um. Teddy Hood stand in einer dunklen Nische und hielt seinen Drink in der Hand. Er wirkte am Boden zerstört. „Mr. Hood?"

„Ich habe Ihr Büro vor einem Jahr angerufen. Ich war verzweifelt. Ich habe Sie darum gebeten, meine Tochter vor einem miserablen Leben zu bewahren."

Jess runzelte die Stirn. Er war betrunken. „Mr. Hood ..."

„Teddy." Er nahm noch einen Schluck. Jess spürte die Wut, die von ihm ausging. „Ihr Büro hat mir gesagt, dass Sie keine neuen Klienten mehr annehmen. Also wandte ich mich an jemanden, dem ich nicht hätte trauen sollen. Ich habe das Sorgerecht für meine Tochter vollständig verloren, Ms. Olden. Und heute hat sie versucht, sich das Leben zu nehmen. Meine achtjährige Tochter hat einen Haufen Pillen meiner Exfrau geschluckt."

Jess war bis ins Mark geschockt. „Gott ... Es tut mir so leid ..."

„ ... und ich frage mich immer, was wohl passiert wäre, wenn Jess Olden vor einem Jahr *Ja* zu meiner Anfrage gesagt hätte. Würde DJ bei mir leben oder zumindest teilweise? Wäre sie glücklich?"

„Teddy, das kann man nicht wissen ..."

Er sah sie an. Seine blauen Augen waren eiskalt. „Sie sind die Beste. Jeder sagt das. Wenn Sie nur zu einem weiteren Klient *Ja* gesagt hätten."

„Teddy ..."

„Nicht. Jetzt ist es zu spät. Tun Sie mir nur einen Gefallen ... Wenn Sie in Zukunft nochmal jemand um Hilfe anfleht, weisen Sie ihn nicht ab."

Er stellte sein Glas ab und ging an ihr vorbei. Sie schaute ihm nach, als er zurück zum Haus ging und darin verschwand. Jess fühlte sich, als hätte ihr jemand in die Magengrube geboxt. Sein achtjähriges Kind hatte versucht, sich umzubringen? Grundgütiger, wie furchtbar musste das Leben mit Dorcas Prettyman denn sein? War ihre Persönlichkeit sogar noch bösartiger, als Jess dachte?

Sie ging ins Badezimmer und verschloss die Türe. Ihr kamen die Tränen. Sie wusste zwar, dass Teddy Hoods Angriff völlig ungerechtfertigt war, doch er hatte einen Nerv getroffen. *Ich habe mich um India gekümmert,* dachte sie. *Ich habe mich darum gekümmert, dass der Mann, der sie töten wollte, für immer ins Gefängnis geht. Das ist nicht meine Schuld.*

Jess riss sich zusammen und ging zurück auf die Party, doch der Funke wollte nicht mehr überspringen. Irgendwann erzählte sie den anderen, dass sie Kopfschmerzen hätte. Sie sollten die Party weiter genießen, aber sie würde nach Hause gehen.

ALS SIE ZURÜCK IN IHRER WOHNUNG WAR, ZOG SIE SICH BEQUEMERE Sachen an und band ihr langes Haar zu einem Knoten zusammen. Dann durchsuchte sie die Nachrichten nach Teddy Hoods Tochter. Die Unterhaltungsreporter hatten die Story aufgegriffen, und wie erwartet schlachtete Dorcas das aus. Mit verkniffenen Augen schaute Jess zu, als der Filmstar das Krankenhaus betrat, eingehüllt in einem Schal und einem Pelzmantel (einem echten, igitt) und um ihre ‚geliebte Tochter' weinte.

Klar ... Jess fragte sich, wie schlimm es dem Kind gegangen sein muss. Acht. Gott. Sie betrachtete das Bild des Mädchens – Dinah-Jane – und sah, wie glücklich sie mit ihrem Vater wirkte und wie eingeschüchtert bei ihrer Mutter. Auf den neuesten Bildern sah sie älter aus und hatte dunkle Augenringe. Auf Paparazzibildern, offensichtlich von der

Mutter eingefädelt, hielt DJ die Hand ihrer Mutter, oder besser gesagt, es sah aus, als würde sie mitgeschleppt. Der Arm befand sich in einem merkwürdigen Winkel, und augenscheinlich passte sich das Kind dem Tempo der Mutter an, anstatt umgekehrt.

Jess biss die Zähne zusammen. Auch sie ist mit einem narzisstischen Vater aufgewachsen, mit dem sie seit Jahren zerstritten war. Glücklicherweise, denn seine toxische, aggressive und anfällige Männlichkeit war so zerstörerisch, dass sie sich vorstellen konnte, was das für eine Achtjährige bedeuten musste.

Sie kaute auf ihrer Unterlippe. Wollte sie sich nach dem letzten Horror wirklich darauf einlassen? Ja. Dieser Gedanke kam ungebeten, und sie schüttelte den Kopf. „Ganz ruhig, Mädchen. Das ist nicht deine Schuld, warum fühlst du dich dann so schuldig?"

Genau das tat sie, und sie konnte dieses Gefühl auch in den folgenden Tagen nicht abschütteln. Sie genoss Weihnachten mit ihrer Familie – nicht ihrer genetischen Familie – aber sie informierte sich in den Medien auch über DJ Hoods Gesundheitszustand.

Das Mädchen war zum Glück außer Gefahr, aber es ging ihr immer noch schlecht. Es war die Rede von Nierenschäden. „Bitte Gott, bitte nicht", flüsterte Jess. Warum zur Hölle setzte sie sich so ein?

Weil du weißt, dass du den Fall gewonnen hättest, wenn du ihn übernommen hättest, Jessica Olden. Du kennst Dorcas Prettyman von früher. Du weißt, wie sie vorgeht.

„Ach, verflucht." Jess schaute auf die Uhr. Es war nach Mitternacht, aber sie tätigte ein paar Telefonate und erhielt die Informationen, die sie brauchte. Sie zog sich ihre Jeans an, schnappte sich ihre Schlüssel und ging zu ihrem Auto. Autofahren in LA bei Nacht hatte immer einen Hauch von Coolness. Auf den Straßen war weniger los und die Lichter der Stadt funkelten, doch heute Nacht lag Jess' Fokus nur auf einer einzigen Sache.

Sie parkte den Wagen vor einem kleinen Wohnhaus und klingelte an der Tür, bis aus der Gegensprechanlage eine raue Stimme erklang. „Ich bin es, Jess Olden."

Die Stimme verstummte, dann hörte Jess ein Klicken, öffnete die Türe und rannte die Stufen hoch.

Er wartete mit einem verwirrten und unfreundlichen Gesichtsausdruck an der Tür. „Was wollen Sie?" Teddy Hood war noch genauso wütend wie bei ihrem Aufeinandertreffen. Jess war außer Atem, verzichtete auf Freundlichkeiten und starrte ihn einfach an.

„Ich will Ihnen helfen, Teddy. Ich werde Ihnen Ihre Tochter zurückholen."

KAPITEL FÜNF – MY BLOOD

Los Angeles

TEDDY HOOD SCHLUG IHR DIE ERSTEN FÜNF MALE DIE TÜRE VOR DER Nase zu, doch Jess kam immer wieder. Er ließ sie jedes Mal ins Gebäude, und Jess fragte sich, ob er sie zur Strafe demütigten wollte.

Beim sechsten Mal, an Silvester, hatte sie ehrlich gesagt nicht damit gerechnet, dass er sie hereinlassen würde. Sie vermutete, dass er seinen Kummer in irgendeiner Bar ertränken würde. Der Stand der Dinge bei DJ lautete, dass sie das Krankenhaus verlassen hatte, es stellte sich heraus, dass ihr Nierenschaden nicht so schwerwiegend war wie anfangs befürchtet. Und nun erholte sie sich ‚zu Hause bei ihrer liebenden Mutter'.

Jess lächelte humorlos bei dieser Meldung. Wo zum Teufel waren die Leute, die dieses Kind schützen sollten? Wo waren Kinder- und Familienfürsorge? Was war mit ihrer Schule? Irgendwo bei irgendwem hätten doch die Alarmglocken läuten müssen, wenn es um die Rolle der Mutter ging. Aber nein, und das machte Jess wütend. Also ging sie immer wieder zu Teddy Hoods Apartment.

Wie immer ließ er sie ins Gebäude und während sie die Treppe hinaufging, bereitete sie sich schon darauf vor, dass er ihr erneut die Tür vor der Nase zuschlagen würde. Stattdessen stand er in der Tür und starrte sie an. Er sah zerzaust aus, als sei er gerade aufgestanden. Sein Bart war zu lang, seine blauen Augen rot ... und es stand ihm irgendwie. Jess ignorierte die schwache Welle von Verlangen in ihrem Inneren und nickte ihm zu. „Teddy."

Sie wartete darauf, dass die Tür zuflog, doch stattdessen drehte Teddy sich um, verschwand im Apartment und ließ die Tür für sie offen stehen. Jess wartete einen Moment – sie war kurz davor, das Apartment eines seltsamen Mannes allein zu betreten – eines wütenden, seltsamen Mannes.

Aber sie hatte noch nie einen Rückzieher gemacht. Sie ging hinein und erwartete ein klischeehaftes, unordentliches Apartment, mit einem Haufen leerer Pizzaschachteln und halbleeren Scotch-Flaschen. Stattdessen betrat sie ein gemütlich beleuchtetes Wohnzimmer mit zahlreichen Bücherregalen und einem wunderschön gearbeiteten Couchtisch aus Holz, auf dem eine leere Kaffeetasse stand und ein aufgeschlagenes Buch lag. Ein großer Hund mit dichtem Fell lag auf einem Teppich vor dem Fernseher. Er oder sie stand nun auf, trottete zu Jess, schnüffelte an ihrer Hand und legte sich, in Erwartung einer Streicheleinheit am Bauch, auf den Rücken.

Jess beugte sich herunter und kraulte den Hund. „Sie ist hübsch. Was für eine Rasse ist sie?"

„Mischling. Deutscher Schäferhund und Bernhardiner."

„Sie ist wundervoll."

Teddys Blick war noch immer recht unfreundlich. „Wollen Sie etwas trinken?"

„Tee oder Kaffee wäre gut."

Er nickte kurz und deutete auf die Couch. „Setzen Sie sich."

Er verschwand in die Küche, und Jess schaute sich genauer um. Das Apartment war ganz anders, als sie sich das eines Filmstars vorgestellt hatte: klein, kompakt, effizient, aber mit einer persönlichen Note, die ihr gefiel.

Auf der Fensterbank flackerte eine Duftkerze und verbreitete einen Duft von frisch gewaschener Wäsche oder frischer Luft. Der Hund lag wieder auf seinem Teppich und gab einen tiefen Seufzer von sich. Es machte Jess schläfrig, und sie entspannte sich.

Teddy kam zurück und reichte ihr eine Tasse Tee. „Es ist Kamille."

„Die Dinge laufen aus dem Ruder", sagte sie mit einem verschmitzten Lächeln und erntete ein amüsiertes Zucken seiner Mundwinkel.

„Keine Partys heute? An Silvester?" Er setzte sich neben sie und stellte seine eigene Teetasse auf dem Tisch ab.

„Nein. Ich hatte etwas Besseres zu tun."

Teddy lehnte sich zurück und musterte sie. „Es tut mir leid, was ich auf der Party gesagt habe. Es war nicht Ihre Schuld."

„Ist schon gut. Ich verstehe es. Wie geht es DJ?"

„Von dem, was man mir sagt, geht es ihr ganz gut. Ich wollte ..." Er seufzte und rieb sich übers Gesicht. „Ich habe in keinem Punkt mehr ein Mitspracherecht. Ich finde, sie sollte zu einem Psychologen gehen oder etwas Zeit fernab von Dorcas eigener kleiner Welt verbringen. DJ … DJ ist ein wildes, lebhaftes Mädchen. Sie liebt Bücher, herumrennen, klettern, wandern, Hunde …" Er blickte zu seinem Hund und lächelte. „Sie würde Niko lieben."

„Sie hat sie noch nie gesehen?"

Teddy schüttelte den Kopf. „Seit einem Jahr werden mir Besuche verweigert, ausgenommen Geburtstage und Videoanrufe. Ein *Jahr.*"

„Wie?" Sie kannte die Grundlagen des Falls, wollte es aber von ihm hören.

„Dorcas ist eine sehr reiche Frau. Familienvermögen plus die Einkünfte ihrer eigenen Karriere."

Jess nickte. „Von dem, was ich gehört habe, versiegt dieses Geld so langsam. Sie hatte seit Jahren keine gute Rolle mehr. Hollywood steht auf Ihrer Seite."

„Das hilft mir auch nicht weiter." Teddy unterbrach sich selbst, seufzte und fuhr sich mit der Hand durch sein dunkles Haar. „Entschuldigung. Ich will mich nicht selbst bemitleiden ... es ist mein Kind, verstehen Sie?"

„Ich verstehe. Hören Sie, falls es etwas bedeutet: es tut mir leid, dass ich Ihren Fall letztes Jahr nicht angenommen habe. Mein Fokus lag auf der Verurteilung des Mannes, der den Auftrag zu Indias Ermordung gegeben hatte."

Teddy nickte verständnisvoll. „Das ist mir klar geworden, und das verstehe ich. Aber im Moment ist mir nicht klar, wie Sie mir DJ zurückbringen wollen. Dorcas hat jeden Richter in LA auf ihrer Seite."

„Nein. Nicht jeder von ihnen ist käuflich."

„Aber sie werden zufällig zugeteilt, also ist mir nicht klar ..."

„Teddy, ich habe Nachforschungen angestellt. Sie standen bis jetzt vor zwei Richtern, beide besuchten Dorcas Universität. Ich weiß nicht, ob das Zufall war, aber ich weiß, dass diese beiden Richter noch nie unterschiedliche Urteile gefällt haben. *Noch nie.* Wenn Dorcas also den einen kriegt, hat sie auch den anderen. Und wenn Sie glauben, dass die Zuteilung nicht manipuliert werden kann ... Das Erste, was wir tun, ist, eine Überprüfung des Falls durch einen anderen Richter zu beantragen."

Teddy musterte sie. „Fragen Sie mich nicht, ob ich ein misshandelnder Elternteil bin?"

„Teddy ... ich hatte schon das Vergnügen mit Dorcas. Ich weiß, was für eine Art Frau sie ist."

„Sie lügt."

„Genau."

Langsam formte sich ein kleines Grinsen auf seinen Lippen. „Woher wissen Sie, dass ich nicht lüge?"

Jess blickte ihn mit einem festen Blick an. „Das weiß ich nicht, noch nicht. Aber wissen Sie, wem ich ohne Frage glaube?"

„Ihrer eigenen Erfahrung?" Teddy grinste nun breit, und sie musste lachen, schüttelte aber gleichzeitig den Kopf.

„Nein", sagte sie leise. „Ich glaube DJ."

Damit hatte sie ihn. Er nickte, stand auf, drehte ihr den Rücken zu, und Jess sah die sanften Bewegungen seiner Schultern. Sie gab ihm einen Moment, stand dann auf, ging zu ihm und legte ihm die Hand auf die Schulter. „Teddy, ich werde alles tun, was in meiner Macht steht, um Ihnen DJ zurückzubringen. Alles."

Ihre Blicke trafen sich, und etwas Unausgesprochenes passierte zwischen ihnen. In ihrer Magengrube verspürte Jess einen Hauch von Verlangen, aber auch ein Gefühl von Vertrautheit.

„Danke. Das meine ich ernst. Danke, dass Sie zurückgekommen sind. Danke, dass Sie mich nicht aufgegeben haben."

DER MANN, DEN DORCAS ANGEHEUERT HATTE, TEDDY ZU BESCHATTEN, rief sie trotz der späten Stunde an. Sie würde das wissen wollen. „Ich bin's."

Dorcas Prettyman klang sehr verschlafen. „Was gibt es?"

„Die Frau, die ständig herkommt? Heute ist sie reingegangen ... und bis jetzt nicht wieder rausgekommen."

Am anderen Ende der Leitung herrschte Schweigen. „Haben Sie ein Foto?"

„Ich werde es Ihnen sofort schicken."

. . .

Dorcas spürte einen Adrenalinschub, als sie die Person auf dem Foto erkannte. Jessica Olden. *Mann ... verdammt.* Die einzige Anwältin, von der sie sicher wusste, dass sie sie nicht kaufen konnte. Teddy hatte sie also angeheuert ... oder er vögelte sie.

Oder beides. Dorcas zischte. Was auch immer er mit ihr tat, für Dorcas bedeutete das nichts Gutes. Sie hatte die Sorgerechts- und Vergleichsschlachten nur überstanden, weil sie alte Gefälligkeiten eingelöst und zahlreichen älteren, weißen Männern der Medien- und Gerichtswelt einen geblasen hatte, doch das hier war etwas Neues. Sie hatte davon gehört, dass Olden Teddy vor einem Jahr abgewiesen hatte. Was hatte sich also geändert?

Sie rief ihren Mann zurück. „Haben Sie jemanden, der auch die Anwältin beschatten kann?"

„Sie ist Anwältin?"

„Ja. Eine schlagkräftige. Ich brauche also etwas Belastendes. Ich meine *alles.* Durchwühlen Sie ihren Müll, wenn es sein muss. Ich will, dass Sie jeden Winkel ihres Lebens auseinandernehmen."

„Verstanden, Boss."

Dorcas beendete das Gespräch und ging nach unten. Sie verharrte vor DJs Tür, entschied sich aber dagegen, nach ihrer Tochter zu sehen. Seit sie aus dem Krankenhaus entlassen wurde, blieb DJ für sich. Sie hatte die Reporter vor dem Haus ignoriert und verschwand einfach im Haus. Das war für Dorcas in Ordnung – DJ hatte ihr nicht die Show gestohlen, während sie die Rolle der leidenden, aufopferungsvollen Mutter spielte.

Sie hatten es so gedreht, dass DJ die Pillen in Teddys Wohnung gefunden hatte – oder besser gesagt, Dorcas hatte es so dargestellt. Sie konnten es nicht so direkt aussprechen, weil jeder wusste, dass Teddy seine Tochter nicht sehen durfte. Als sie also von einem Reporter geradeheraus gefragt wurde, ob sie Teddy verdächtigte, DJ die Pillen gegeben zu haben, hatte Dorcas dies entschieden bestritten. „Wir wissen einfach nicht, wo sie sie herhat oder wie lange sie sie schon versteckt hatte."

Bei der Erinnerung daran, musste Dorcas Lächeln. Die Unannehmlichkeiten durch DJs Selbstmordversuch fielen wesentlich geringer ins Gewicht, als die Aufmerksamkeit, die sie selbst dadurch bekam. Die Rolle der liebenden Mutter. Das übertraf bei weitem die Paparazzi-Spaziergänge, zu denen sie DJ gezwungen hatte und bei denen sie ihrer Tochter nie ein Lächeln abringen konnte.

Bei weitem übertroffen. Hmm. Vielleicht sollte sie die Routine einer besorgten Mutter etwas weiter ausbauen. Sie hatte ihr Schlafzimmer bereits wieder erreicht, ging aber noch einmal zurück zu DJs Zimmer. Sie öffnete die Tür einen Spalt, hörte dann aber das leise Schluchzen ihrer Tochter und entschied sich, das Zimmer nicht zu betreten. Sie hasste dieses Tränenzeugs. Dorcas schloss die Türe und ging ins Bett.

Morgen müsste sie sich neu organisieren. Sich überlegen, was sie wegen Teddy und Jess Olden unternehmen sollte und wegen ihrer Tochter. Das erste Mal in DJs kurzem Leben, begann Dorcas etwas Nützliches in ihrer Existenz zu sehen.

Sie nahm noch eine Valium, bevor sie schlafen ging.

KAPITEL SECHS – SEVEN DEVILS

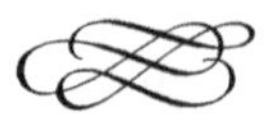

New York

„Klopf, klopf." Jess steckte den Kopf durch die Türe zum Physiotherapieraum und grinste ihre beste Freundin an. India, verschwitzt und außer Atem, lächele zurück, doch Jess konnte die Anstrengung in ihrem Gesicht sehen. „Ich will nicht stören."

Clare, die Physiotherapeutin, die sich um India kümmerte, lächelte sie an. „Wir sind gerade fertig. Ich denke, Sie haben mir das Leben gerettet ... Jemand ist heute schlecht gelaunt."

„Nicht *so* schlecht gelaunt."

„Du hast dreimal damit gedroht, mir meine Reifen zu zerstechen."

India brummte vor sich hin, während Clare und Jess lachten. Dann ließ die Physiotherapeutin sie allein. India bewegte sich auch nach all den Monaten, offensichtlich noch unter Schmerzen. Jess schaute sie mitfühlend an, als India eine ganze Flasche Wasser in einem Zuge austrank. „Sind die Schmerzen immer noch so stark?"

India nickte. „Clare und die Ärzte sagen ständig, dass die Nerven Zeit zum Heilen brauchen und dass die Stärkung des Rumpfes dazu führt, dass es schneller geht. Aber Gott, an manchen Tagen ..."

„An manchen Tagen ist es einfach ein harter Kampf?"

India nickte zustimmend, dann lächelte sie ihre Freundin verlegen an. „Entschuldige. Ich bade mich heute in Selbstmitleid. Ich habe kein Recht dazu, ich bin hier, ich lebe." Sie kaute auf ihrer Lippe herum. „Suns Verletzungen waren viel schlimmer, als meine, und er ist bereits wieder auf Tour und dreht seine Tanzrunden, die ich nicht hinkriegen würde, selbst wenn ich *tanzen könnte.*" Dann grinste sie. „Entschuldige, Jess. Wie geht es dir?"

„Gut." Jess half ihrer Freundin auf die Beine, die noch etwas wacklig waren. Indias Verletzungen waren sehr ernst gewesen, doch sie schien sich schnell davon erholt zu haben. Jetzt erst wurde Jess klar, dass sie nur versteckt hatte, wie stark die Schmerzen tatsächlich waren. „Ich habe Teddy Hoods Fall angenommen."

„Oh, ich bin froh. Der arme Mann."

Jess lächelte. Man konnte sich darauf verlassen, dass India den Kern der Sache erkannte. „Kann ich das so verstehen, dass du Dorcas Prettyman getroffen hast?"

India schüttelte sich. „Ein paar Mal, auf Wohltätigkeitsveranstaltungen. Diese Frau ist eine größere Fälschung als Milli Vanilli."

„Alles klar, Oma, du solltest dich mal auf den neuesten Stand bringen, wenn du jemanden runtermachst." Jess grinste und India lachte.

„Entschuldige. Mein Verstand ist etwas benebelt. Aber ja, sie ist wirklich nicht ohne, um es einmal milde auszudrücken. Und", India zog ihren Pullover an, „eine Person, die man wirklich, wirklich *nicht* in die Nähe von verletzlichen Kindern lassen sollte. Selbstmordversuch mit acht Jahren. Grundgütiger."

„Nicht wahr? Jedenfalls hat es etwas Überzeugungskraft gebraucht, aber Teddy hat letztlich zugestimmt, dass ich ihm helfe."

„Du musst vielleicht unfair spielen, weil Dorcas es auf jeden Fall tun wird."

„Ich weiß. Und scheiß auf sie … alles, was zählt, ist DJ." Jess sah zu, wie India sich in ihre Jeans kämpfte und bemerkte plötzlich den geschwollenen Bauch. „Boo … ist es das, was ich denke?"

India wandte den Blick von ihrer Freundin ab. „Falls du mich fragst, ob ich schwanger bin, dann nein. Aber ich bekomme eine Behandlung, die mich ein wenig aufbläht. Das und die Narben … Ich fühle mich richtig sexy im Moment." Es sollte wie ein Scherz klingen, doch Jess konnte sehen, dass sich India über etwas ärgerte.

„Was ist los?"

India zögerte kurz und schüttelte dann den Kopf. „Nichts, wirklich. Ich habe heute einfach einen schlechten Tag. Ignorieren und ablenken."

Jess umarmte sie. „Du hast ein Recht darauf, wütend zu sein, weißt du. Lazlo hat vor ein paar Tagen gesagt, dass es ihn überrascht, dass du bis jetzt noch nicht ausgerastet bist. Nicht einmal als dein Va… als LeFevre ins Gefängnis kam. Du hast es so ruhig aufgenommen."

„Was soll es bringen, wütend zu sein? Ich kann an dem, was passiert ist, nichts ändern. Ich bin nur froh, dass Sun und ich es überstanden haben und sonst niemand verletzt wurde. Hör zu, ich verhungere. Hast du Zeit für ein Mittagessen?"

„Für dich immer, Boo."

Während sie bei Katz' Sandwiches aßen, versuchte Jess, etwas mehr aus ihrer Freundin herauszubekommen, und India gab schließlich widerwillig zu, dass sie nicht gut schlief. „Ich fühle mich … schuldig."

„Weswegen?"

„Wegen diesem ganzen Mist ... Alles, das Leben aller wurde wegen mir zerrüttet. Leute stellen andere Dinge zu meinen Gunsten zurück. Du, Lazlo ... Massimo redet davon, für immer auszusteigen. Er ist erst vierzig, Jess und steht kurz vor dem Durchbruch in Hollywood. Es gibt Oscar-Gerede über seinen letzten Film, doch ihn scheint das alles nicht zu interessieren."

Jess nickte verständnisvoll. „Liebling, Massimo ist ein erwachsener Mann, und er liebt dich. Ich weiß, dass er seine wahre Leidenschaft gefunden hat, als er dich traf."

„Ich bin aber keine Karriere. Ich bin seine Partnerin. Was macht er denn, wenn ich wieder anfange zu arbeiten? Zuhause bleiben oder mit auf Tour gehen?"

„Fühlst du dich eingeengt?"

India schüttelte den Kopf. „Nein, das ist es nicht. Ich würde jede Sekunde mit ihm verbringen, aber das ist nicht das wahre Leben. Er hat für alles, was er erreicht hat, hart gearbeitet, für alles."

„Das hast du auch, Boo, und eines Tages haben zwei Psychopathen entschieden, dir das wegzunehmen. Du hast diese Aufmerksamkeit nicht ohne Grund bekommen, Indy. Du bist fast gestorben. Das hätte uns alle zerstört. Eines Tages bin vielleicht ich oder Laz oder Coco oder Massi in dieser Lage, und dann würdest du dasselbe für uns tun, was wir für dich getan haben. Schuld spielt dabei keine Rolle. Nur die Familie."

JESS FUHR INDIA ZURÜCK ZU IHREM APARTMENT UND HATTE DEN Eindruck, dass sich die Laune ihrer Freundin etwas gebessert hatte. Sie würde dennoch mit Lazlo reden, denn sie war besorgt über Indias Geständnis. Jess kam es so vor, als rutsche ihre Freundin in eine Depression – nach dem, was sie durchgemacht hatte, wäre das wenig überraschend.

Und Jess fragte sich, ob die Ermordung von Braydon Carter irgendwas in India verändert hatte, ob etwas in ihr verloren gegangen war, als sie zu dieser Tat gezwungen wurde. India hatte behauptet, sie bereue es kein bisschen, doch Jess kannte ihre Freundin. Jemandem das Leben zu nehmen, auch wenn es sich um Notwehr und um Rache für Suns Erschießung und den Mord an ihrer Mutter handelte, war etwas, das India gar nicht gefiel.

Massimo hatte unter vier Augen mit Lazlo darüber gesprochen, doch niemand hatte das Thema India gegenüber erwähnt. Jess seufzte. So viel Zerstörung überall.

Sie fuhr zurück ins Büro und fand ihre Assistentin am Telefon, die sie zu sich winkte. „Es ist Richterin DeMaio aus LA."

Jess ging in ihr Büro und nahm den Anruf entgegen. „Lindy, hallo. Vielen Dank für den Rückruf."

„Wie ich in meiner E-Mail schon schrieb, Jess, kann ich nichts versprechen. Aber von dem, was du mir erzählt hast, können wir in Folge des Einspruchs zumindest zu beschränktem Besuchsrecht übergehen."

Jess nickte. „Danke … und inoffiziell?"

Lindy DeMaio, seit siebzehn Jahren Richterin am Familiengericht, lachte humorlos. „Dieser Fall widert mich an, Jess. Lass uns Dorcas Prettyman besiegen."

Los Angeles

Teddy las die Zeilen noch einmal und legte das Drehbuch schließlich zur Seite. Er hatte die Worte jetzt bestimmt fünfzehnmal gelesen und hatte immer noch keine Ahnung, was auf den Seiten stand. Er bekam Jess Olden einfach nicht aus dem Kopf, und das störte ihn.

Er hatte ihr geglaubt, als sie ihm sagte, dass sie DJ zu ihm zurückbringen würde. Er sah die Leidenschaft für ihre Arbeit in ihren Augen. Das gab ihm Hoffnung.

Doch er verspürte auch Sorge. Er wollte nicht, dass sie falsch lag. Er wollte nicht von *ihr* enttäuscht werden. Er hatte das Gefühl, sollte es dazu kommen, würde er das Vertrauen in *alle* Menschen verlieren.

Für DJ. DJ, die ihn anrief, wenn sie die Erlaubnis dazu bekam, die am Telefon weinte und fragte, warum er sie nicht besuchen konnte, was ihm das Herz brach. Er wollte losschreien, dass es daran lag, weil Mommy eine Lügnerin war, weil Mommy gemein war, doch das konnte er seiner Tochter nicht antun. DJ kannte ihre Mutter; sie brauchte dafür keine Bestätigung. Aber er fürchtete sich vor *dem* Anruf. Der Anruf, der ihm mitteilen würde, dass DJ dieses Mal erfolgreich war. Dass DJ tot war.

Er versuchte, diesen Gedanken zur Seite zu schieben, aber er musste in das Bad seines Wohnwagens, um sich zu übergeben.

Er hörte, wie jemand an seine Türe klopfte. „Ted? Teddy? In fünf Minuten sind wir soweit."

Der Regisseur. „Alles klar, Kumpel. Ich bin sofort da."

Teddy spülte seinen Mund aus und entschied sich, sich die Zähne zu putzen. Sein Co-Star der nächsten Szene würde seinen schlechten Atem nicht ertragen wollen. Während er sich die Zähne putze, fiel sein Blick auf die fünf kleinen Plastikbecher, die auf der Ablage standen. Später, nach Drehschluss, würde sein Assistent ihm dabei zusehen, wie er in einen dieser Becher pinkelte. Urinprobe für einen anschließenden Drogentest, angeordnet vom Gericht.

Noch eine von Dorcas Intrigen. Teddy hatte, anders als einige Hollywood-Stars, noch nie etwas für Drogen übrig gehabt – abgesehen von einem Joint, der vor einigen Jahren mal nach der Arbeit geraucht hatte. Und dennoch hatte Dorcas es geschafft, verbindliche Drogentests für ihn durchzusetzen, als Voraussetzung dafür, dass seine Tochter ihn überhaupt anrufen durfte. Scheiß drauf, er hatte nichts zu verbergen. Seine Tests waren immer sauber, und Dorcas verlor immer stärker an Boden für ihre Forderungen, insbesondere jetzt.

Das gab ihm Hoffnung, dass Jess Olden in der Lage war, ihm zu helfen, DJ zu helfen. *Ich glaube DJ.* Als sie diese Worte sagte, hatte sich etwas in ihm verändert. Seine Gefühle der Hoffnungslosigkeit hatten sich verändert; seine Gefühle gegenüber Jess. Es lag nicht nur an ihrem Versprechen, für ihn um das Sorgerecht zu kämpfen.

Es lag an *ihr* ...

Er wollte es nicht zugeben, aber er fühlte sich zu ihr hingezogen. Aber verdammt nochmal, er kämpfte um sein Kind. Wie konnte er jetzt nur an Sex denken? Jetzt?

Aber in den letzten Wochen hatten sie eine Menge Zeit miteinander verbracht: in seinem Apartment, in ihrem New Yorker Büro und Jess hatte sich die ganze Zeit über, rein professionell verhalten.

Doch sie brachte ihn zum Lachen, und danach war ihm in den letzten Monaten – vielleicht sogar Jahren – nur selten zumute gewesen. Und er fühlte sich auch nicht schuldig deswegen. Jess' Humor grenzte an Sarkasmus, und sie machte sich in einer Art über seinen Status als Superstar lustig, die er ihr nicht wirklich übelnehmen konnte. Jess kannte die Branche, in der er arbeitete, und Jess' Respektlosigkeit ihr gegenüber glich seiner eigenen. Gott, es war schön, so jemanden zu kennen.

Und lieber Himmel, sie war wunderschön. Dieses dunkle, dichte Haar mit den roten Highlights, die mandelförmigen Augen und glatte Haut, das Lächeln, das teilweise albern und teilweise unverschämt sexy war, der Yoga-geformte Körper, die langen, formschönen Beine.

Teddy atmete tief durch. *Ganz ruhig.* Jetzt einen Ständer zu bekommen wäre schlecht. Der Gedanke amüsierte ihn, während er sich auf den Weg zu seiner Szene machte.

. . .

Am nächsten Morgen schwebte Dorcas in die Küche und warf einen kurzen Blick auf ihre Tochter, die ruhig am Frühstücktisch saß. Dorcas nickte ihr zu, doch DJ schaute weg.

Dorcas wandte sich an Johanna, die Köchin. „Ich werde das Frühstück für DJ machen", sagte sie der schockierten Johanne. „Ich denke, das ist ein perfekter Moment, um die Bindung zu meiner Tochter zu stärken. Wir sehen Sie dann später."

Johanna und DJ tauschten verwirrte Blicke aus, doch die ältere Frau nickte nur und verließ den Raum. Für einen Moment stand Dorcas einfach da und versuchte sich daran zu erinnern, was achtjährige Mädchen zum Frühstück aßen. Sie hörte DJ leise seufzen. „Müsli, Mom. Unteres Regal in der Speisekammer. Die Speisekammer ist direkt vor dir."

Dorcas nahm diesen Seitenhieb hin und gab ein helles Lachen von sich. „Ich weiß, Liebling." Sie griff sich die Packung und suchte nach einer Schale. DJ stand auf, holte eine und nahm ihrer Mutter sanft die Müslipackung aus der Hand.

„Ich mache das."

Dorcas gab auf und beobachtete, was ihre Tochter tat. Nur eine kleine Stimme in ihrem Kopf stellte ihr die Frage, wie realitätsfern sie eigentlich war, wenn sie noch nicht einmal wusste, wie sie ihrer Tochter Frühstück machen sollte?

Hatte sie ihrer Tochter *jemals* Frühstück gemacht?

Dorcas schob diesen Gedanken zur Seite und machte sich selbst einen Kaffee. „Morgen werde ich es besser machen, jetzt da ich weiß, wo alles ist."

DJ kaute ihr Müsli langsam, und ihre Augen, zu alt für ihr Alter, folgten aufmerksam ihrer Mutter. „Warum?"

Dorcas schluckte einen Konter herunter und lächelte. „Weil wir nicht genug Zeit miteinander verbringen, Liebling. Und das ist meine Schuld. Ich war so beschäftigt damit, den Kindern anderer Leute zu helfen, dass ich dich vernachlässigt habe. Lass uns ein paar Freunde finden, in Ordnung? Was kann ich tun, um dich glücklich zu machen, Süße?"

DJ kaute herunter und schaute Dorcas scharf an. „Erlaube mir, Daddy zu sehen."

Dorcas seufzte. „Dinah ..."

„DJ."

„DJ, du weißt, dass das nicht geht."

Sie sah, wie ihre Tochter das Gesicht vor Schmerz verzerrte, und ganz tief in ihr rüttelte etwas an ihrem Herzen.

„Ich will doch nur meinen Daddy sehen", sagte DJ und legte ihren Löffel zur Seite.

„Hast du aufgegessen?"

DJ nickte.

„Dann geh nach unten und mach dich für die Schule fertig."

„Kann Johanna mich bringen?"

Dorcas gab auf. „Von mir aus."

DJ verschwand in ihrem eigenen Badezimmer, Dorcas trank ihren Kaffee aus und pickte Müslireste aus DJs Frühstück und kaute darauf herum.

Vielleicht sollte sie DJ Teddy sehen lassen ... so würde sie wenigstens großherzig wirken. Die Presse begann langsam, sich nach DJs Selbstmordversuch gegen sie zu wenden. Jemand vom Krankenhaus hatte von Dorcas divenartigem Verhalten dort berichtet.

Und vielleicht würde es Jess Olden davon ablenken, ihr in die Quere zu kommen, was sie sicherlich vorhatte. Sie konnte die andere Frau noch nie leiden – sie war für Dorcas Verstand – oder fehlenden Verstand – viel zu clever, sarkastisch und schnell. Außerdem besaß diese Frau eine natürliche Schönheit, die Dorcas fehlte, und die sie auch durch ihre zahlreichen Operationen nicht herzaubern konnte.

Ja, Jess Olden zu überrumpeln war ein guter Grund dafür, DJ Teddy sehen zu lassen und ihre Tochter zumindest teilweise auf ihrer Seite zu halten …

… außerdem hatte sie dann jemandem, dem sie die Schuld geben konnte, sollte DJ krank werden. Diesen Gedanken schob sie schnell zur Seite. Nein, soweit würde sie nicht gehen.

Außer, wenn sie dazu gezwungen wäre.

KAPITEL SIEBEN – I WANNA BE YOURS

New York

Massimo Verdi schaute seine Verlobte an, während sie durch das leere Apartment gingen. Das deckenhohe Fenster bot eine unglaublich Aussicht auf den Central Park, aber India schien nicht besonders begeistert zu sein. Massimo bat die Maklerin, sie einen Moment alleine zu lassen, ging dann zu seiner Partnerin und legte die Arme um sie.

„Was ist los, Schatz?"

Sie lehnte sich an ihn. „Tut mir leid. Ich bin heute in einer komischen Stimmung und weiß nicht, warum. Und das Apartment ist großartig."

„Aber?"

„Aber … es wirkt wie Laz' Apartment. Es hat sogar die gleiche Aussicht auf den Park, nur aus einem anderen Winkel. Und Manhattan … wärst du mir sehr böse, wenn ich dir sage, dass ich es irgendwie satt habe?"

Massimo drückte seine Lippen an ihre Schläfe. „Natürlich nicht, Indy. Und es ist ein tolles Apartment und eine gute Investition. Aber wir müssen nicht hier leben. Wir können leben, wo immer du möchtest."

„Wo *wir* möchten. Das ist, was zählt, und wenn es dir hier gefällt ..."

„Wie ich schon sagte, ich sehe es als Investment und als einen Platz, an dem wir wohnen können, wenn wir in der Stadt sind. Oder die Zwillinge können hier wohnen", sagte er und meinte damit seine jüngeren Geschwister Gracia und Francesco, die in Rom auf eine Filmhochschule gingen. „Du weißt, dass sie den Sommer in New York verbringen möchten. Aber was uns betrifft, unser Zuhause ... die Welt steht uns jetzt offen, Liebling."

India drehte sich um und küsste ihn sanft. „Mit dir würde ich überall leben, Massi. Aber ... ich möchte ein Zuhause. Einen Ort mit Hunden, wo unsere Kinder – falls wir welche haben werden – draußen spielen können. Irgendwo ... ungestört."

Massimo nahm sie fester in den Arm. „Dann suchen wir woanders. Hast du eine bestimmte Vorstellung?"

Sie lächelte. „Irgendwo am Wasser."

„Abgemacht. Warum machen wir hier nicht Schluss und gehen was essen. Dann bringe ich dich nach Hause und stelle unmögliche Dinge mit dir an." Grinsend zwinkerte er ihr zu, und sie lachte. Er konnte sehen, wie sie sich entspannte.

„Wir sind im Geschäft."

IM LAUFE DES MITTAGESSENS BESSERTE SICH INDIAS LAUNE, UND SIE wurde wieder mehr die alte India: lustig und albern. Händchenhaltend gingen sie zurück zu Lazlos Apartment, und als sie alleine waren, fing Massimo an, sie langsam auszuziehen.

India kicherte, als er sie in seine Arme nahm und zum Bett trug. „Das ist unfair, du hast deine Klamotten noch an."

„Das stimmt, *Bella*, und für den Moment bleibt das auch so. Ich habe hier das Sagen."

Indias Augen strahlten bei seinem Ton. „Ach, wirklich?"

Massimo grinste und bedeckte ihren Körper mit seinem. „Oh ja ... jetzt lehn dich zurück und lass den Mann für dich sorgen." Seine Lippen trafen ihre und wanderten anschließend an ihrem Körper entlang und saugten schließlich an ihren Brustwarzen. Seine Zunge fuhr über ihren Bauch bis zu ihrer Weiblichkeit. Er hörte ihr zufriedenes Seufzen und spürte, wie sich ihr Körper entspannte. Massimo ließ seine Zunge über ihre Klitoris gleiten und spürte, wie sie härter wurde und erschauerte. Dann drang er mit der Zunge tief in India ein, kostete ihren süßen Saft und brachte sie zum Schreien.

„Ich will dich in mir spüren", hauchte India, fuhr ihm mit den Fingern durchs Haar, und Massimo gab ihr nach. Er befreite seinen harten Schwanz aus der Hose und drang in sie ein. Er unterbrach für keine Sekunde den Augenkontakt, während sie sich gemeinsam bewegten und sich liebten.

„Ich liebe dich so sehr, Massi."

Massimo antwortete mit einem wilden, innigen Kuss, der sie zum Lachen brachte. „Du Tiger."

Er lachte. „Nur für dich."

Unter gegenseitigen Liebesbekundungen kamen sie zusammen und lagen anschließend im Bett und redeten bis zum Morgengrauen. India schlief, während Massimo sich anzog und dabei ihr liebliches Gesicht beobachtete.

Seit einiger Zeit machte er sich Sorgen um ihre emotionale Gesundheit. Seit der Messerattacke, seit der Ermordung von Carter, folgte eine so lange, körperliche Genesung. Sie hatte sich geweigert, einen Psychologen aufzusuchen und ihren Liebsten gesagt, dass sie nicht wolle, dass sich ihr ganzes Leben um die Geschehnisse drehe. India war offensichtlich frustriert – sie hatte versucht, wieder zu arbeiten, neue Songs zu schreiben, doch sie hatte eine Blockade, die sie nicht überwinden konnte. Auch das Wiedersehen mit Sun und Tae – Sun erholte sich noch von seiner eigenen Schussverletzung – konnte sie davon nicht gänzlich befreien.

Massimo zog sich seinen Pullover über und ging ins Wohnzimmer. Er prüfte seine Nachrichten, ignorierte die meisten und rief dann seine Agentin an. „Hey, wie ist die Lage, Massi?"

Seine Agentin Gen vertrat ihn hier in den USA, und Massi genoss es, sie kennenzulernen. Gen war eine nette Person, mit der man gut reden konnte. Doch wenn es ums Geschäft ging, war sie knallhart und setzte alles daran, ihm die besten Drehbücher und gutes Geld zu sichern. Den amerikanischen Markt musste er erst noch erobern, nachdem er in Italien bereits der Frauenschwarm Nummer Eins war. Für einige Monate hatte er die Arbeit ruhen lassen, um sich um India kümmern zu können. Doch in letzter Zeit hatte sie ihn stärker dazu ermutigt, seine Fühler wieder auszustrecken.

Gen klang aufgeregt. „Ich habe gerade einen Anruf von Bymax Studios erhalten. Sie casten einen Thriller, und ich glaube, dass du perfekt dafür bist. Teddy Hood ist bereits dabei, und die Autoren sind Leman und Holly Jones."

Massimo pfiff. Die Jones' waren momentan die begehrtesten Autoren Hollywoods. Sobald sie an einem Film beteiligt waren, wollten alle dabei sein. „Und das Studio hat nach *mir* gefragt?"

Gen lachte. „Frag nicht so erstaunt. Offensichtlich hatten die Jones' dich im Kopf, als sie diese Rolle geschrieben haben. Du wirst der Gegenspieler von Teddy Hoods Hauptrolle, und Tiger Rose spielt die Frau, die zwischen euch steht."

„Klingt interessant", lachte Massimo, „auch wenn ich nicht sicher bin, ob es ein Kompliment ist, dass die Rolle des Schurken extra für mich geschrieben wurde."

„Ne, ne, das ist schon gut so. Die Rolle des Bösen ist es, die einem den Oscar einbringt."

„Ha, jetzt träumst du aber. Aber sicher, schick mir das Skript."

„Liegt bereits in deinem E-Mail-Eingang. Hör zu, ich weiß, dass du deine Entwicklung etwas zurückgestellt hast, um für India da zu sein, aber ich glaube, dass dieser Film dir den Durchbruch verschaffen kann. Das würde aber auch bedeuten, dass du einige Zeit in LA verbringen musst."

„Das sollte kein Problem sein, aber ich werde vorher natürlich mit India darüber reden müssen."

„Natürlich."

Massimo bedankte sich bei seiner Agentin und beendete das Gespräch. Die Idee eines neuen Films gefiel ihm. Und es war ein komischer Zufall, dass Teddy Hood als sein Filmpartner vorgesehen war – gerade jetzt, als Jess mit ihm arbeitete. Er rief sie an. „Hallo Kleine."

„Hallo Loser."

Kurz nachdem sie sich kennengelernt hatten, wurden Massimo und Jess schnell beste Freunde. Sie machten ich gegenseitig die Hölle heiß, wenn es sein musste und verbündeten sich, wenn es darum ging, India dumme Streiche zu spielen. Sie hatten den gleichen pietätlosen Sinn für Humor und brachten ihren Liebsten unerschütterliche Loyalität entgegen.

„Weißt du was? Vielleicht mache ich einen gemeinsamen Film mit deinem neuen Klient."

„Teddy?"

„Genau der."

Jess lachte. „Und jetzt willst du ein paar schmutzige Details?"

„Nur einen Eindruck. Werde ich ihn leiden können?"

Jess lachte erneut. „Ich bin sicher, er wird dich für ein hübsches Mädchen halten, Massi."

„Sehr witzig. Nein, im Ernst. Was hast du für einen Eindruck?"

Am anderen Ende der Leitung wurde es einen Moment still. „Er ist … nett."

Massimo schnaubte. „Was für eine tolle, lauwarme Art, jemanden zu beschreiben."

Jess lachte leicht. „Tut mir leid. Ich habe versucht, unvoreingenommen zu sein. Die Wahrheit ist, Mass, ich habe ihn sehr gern. Er ist bei seiner Scheidung durch die Hölle gegangen und hat nie aufgegeben. Ich finde das beeindruckend. Obwohl ich ihn auch immer dafür verurteilen werde, dass er diese miese Schlampe geheiratet hat."

„Ach ja, Dorcas Prettyman."

„Hast du sie getroffen?"

„Leider. Einmal. Sie und meine Ex, Valentina, haben sich bei einem Panel auf dem Filmfest in Venedig in die Haare gekriegt. Entzückende Frau, und mit entzückend meine ich Gorgone."

Jess schnaubte. „Oh, jetzt ist mir der Kaffee aus der Nase gelaufen, aber das war es wert. Jep, das ist Dorcas." Sie seufzte.

„Im Moment spielt sie Spielchen, und ich versuche immer noch … ach, egal. Du hast nach Teddy gefragt? Du wirst ihn mögen, Massi."

Massimo musste grinsen, als er hörte, wie ihre Stimme einen sanften Klang annahm. „*Du* magst ihn."

„Natürlich, er ist mein Klient."

„Das war keine Frage. Du magst *magst* ihn, Jessie."

„Wie alt bist du, zwölf?" In Jess' Stimme lag gespielte Wut, doch sie lachte mit ihm. „Ich gebe zu … es ist leicht, ihn zu mögen."

„Schnapp ihn dir, Jessie."

„Ha." Jessica hustete etwas verunsichert – da wusste Massimo mit Sicherheit, dass sie sich in Teddy Hood verknallt hatte. Jess war normalerweise niemand, die sich für eine mögliche Affäre schämte. Vielleicht bedeutete Teddy ihr mehr?

Massimo hob den Blick, als India erschien. Mit verwuschelten Haaren und verschlafenen Augen, sah sie eher wie das zwölfjährige Kind aus, als das Jess *ihn* zuvor bezeichnet hatte. Massimo grinste sie an. „India ist aufgestanden. Willst du mit ihr reden?"

„Ja, bitte."

Er reichte seiner Verlobten das Telefon. „Jessie hat einen neuen Schwarm."

India und er lachten, als sie ihren lauten Protest durch das Telefon hörten. India wartete keine Sekunde, um ihre Freundin über Teddy Hood auszuquetschen. Massimo schnappte sich seinen Laptop und prüfte seine E-Mails. Das Drehbuch für *Blackwater Heart* war tatsächlich schon da.

Er begann zu lesen und hörte gleichzeitig mit einem Ohr der Unterhaltung zwischen India und ihrer Freundin zu.

Jess erhielt den Anruf am späten Freitagnachmittag und fuhr sofort zu Teddys Apartment. „Dorcas hat sich entschieden, dir die Besuch wieder zu erlauben."

Teddy bekam große Augen. „Das ging schnell."

„Lag nicht an mir … deswegen verschafft mir das eine kleine Pause." Jess lächelte nicht, er ließ sie herein, während die Freude in seinem Blick verschwand. Er folgte ihr in das Wohnzimmer und bot ihr Tee an, den sie dankend annahm. Während sie wartete, kam Niko zu ihr und legte ihre Schnauze in Jessies Hand. Jess streichelte den Hund und küsste sie auf den Kopf. Sie sah nicht, dass Teddy sie beobachtete.

Als er sich mit den gefüllten Tassen neben sie setzte, bat er sie durch ein Kopfnicken, fortzufahren. „Teddy, nach dem, was Sie mir erzählt haben, und von dem, was ich selbst über Dorcas weiß, ist das völlig untypisch. Wir sollten jetzt nichts überstürzen. Sie sagt, dass sie betreute Besuche in der Woche erlaubt - wie früher - und dann ein ganzes Wochenende, einmal pro Monat."

„Das ist besser als früher ... also warum freuen Sie sich nicht?"

Jess nahm einen Schluck, bevor sie weitersprach. „Während der Fahrt hierher habe ich über mögliche Gründe dafür nachgedacht. Erstens ... es ist, was DJ will, und der Selbstmordversuch war ein Weckruf. Dorcas stellt die Bedürfnisse ihres Kindes endlich vor ihre eigenen."

Teddy schnaubte. „Als ob."

„Ja, genau. Lassen Sie mich aussprechen. Zweitens ... sie weiß, dass die Presse anfängt, sich gegen sie zu stellen, genau wie Hollywood. Schadensbegrenzung."

„Das *ist* wahrscheinlich der Grund", stimmte Teddy zu. „Aber ehrlich gesagt ist mir das eigentlich egal, solange ich DJ sehen kann."

„Ja, in Ordnung, das ist verständlich. Aber ich mahne dennoch zur Vorsicht."

„Weswegen?"

Jess lächelte finster. „Wegen Grund Nummer drei. Ich glaube, sie will Ihnen eine Falle stellen."

Teddy starrte sie an. „Inwiefern?"

„Das weiß ich eben *nicht*. Und ich hoffe, dass ich mich irre. Wirklich."

Teddy stand auf und lief im Zimmer auf und ab – wie damals, als sie das erste Mal hier war. Er trug den blauen Pullover, den sie so mochte, weil er ihm so gut stand. Der dunkle Bart war dichter, wenn auch nicht länger, und sein Haar stand ab, als wenn er draufgelegen hätte. Verdammt, er war süß ... Jess entdeckte ein Drehbuch auf dem

Tisch und fragte sich, ob es zu dem Film gehörte, von dem Massimo ihr erzählt hatte.

„Passen Sie auf, Jessie, was auch immer der Grund ist, ich werde DJ sehen. Das ist fantastisch."

Die zwanglose Art, in der er sie mit ihrem Spitznamen anredete, brachte sie zum Lächeln. Es bedeutete, dass er ihr vertraute, und das gefiel ihr. „Das ist es, Teddy. Es ist fantastisch, und ich freue mich für Sie. Nur ... wir sollten unserem eigenen Plan folgen."

„Was schlagen Sie vor?" Er setzte sich neben sie, und Jess spürte ein leichtes Verlangen, als sie den Duft seines Rasierwassers einatmete – holzig und würzig. Seine muskulösen Beine hatten eine ablenkende Wirkung.

Konzentrier dich. Du bist ein Profi, und hier geht es um sein Kind ...

„Ich schlage vor, wir zeigen uns freudig überrascht und halten uns an die Besuchsauflagen. Es wird keine Minute überzogen. Die Wochenenden damit verbringen, Daddy zu spielen, aber Dorcas gleichzeitig mit ihren eigenen Mitteln schlagen. Rufen Sie die Paparazzi nicht an, aber gehen Sie an Orte, an denen die sich ohnehin aufhalten. Hotspots für Promifamilien, so was. Sie sollten natürlich alles zum Wohle von DJ tun, aber ab und zu mal dort ein Eis holen, wo andere Promis ihre Kinder auch hinbringen, kann nicht schaden. Nur damit Dorcas klar wird, dass sie die PR-Schlacht nicht gewinnen kann."

Teddy verzog das Gesicht, stimmte aber kopfnickend zu. „DJ steht mehr auf Sunlight Books."

„Gott, das habe ich auch."

„Letzte Woche, als Zwölfjährige?"

Jess grinste. „Ha ha. Ich bin fünfunddreißig, danke. In Ihrem hohen Alter offensichtlich ..."

„Fünf Jahre älter als Sie. Olden. Bei Ihnen steckt das Alter ja schon im Namen."

Jess streckte ihm die Zunge heraus, und er grinste. „Jedenfalls, ja. Ab und zu, damit man den guten Vater sieht, der Sie sind." Sie sah, wie das Lächeln aus seinem Gesicht verschwand. „Was?"

Er zögerte. „Was, wenn ich mir selbst etwas vormache, Jessie? Was, wenn ich *kein* guter Vater bin?"

Jess hasste den Ausdruck in seinen Augen und legte ihre Hand auf seine. „Das sind Sie. Glauben Sie mir, ich habe schon eine Menge schlechter Väter gesehen – angefangen vom Narzisst, bis hin zum völligen Psychopathen. Sie wären nicht so verletzt, wenn Sie DJ nicht von ganzem Herzen lieben würden. Wir kennen uns vielleicht noch nicht lange, aber ich weiß, dass Sie ein großartiger Vater sind. Kein perfekter, denn die gibt es nicht. Aber DJ liebt Sie."

Teddy blickte herab auf ihre Hand, und ganz langsam drehte er seine und verschränkte seine Finger mit ihren. Ihr Herz begann zu rasen, und langsam löste sie ihre Hand aus seiner; lächelnd, um die Zurückweisung etwas abzumildern. „Es ist nicht, dass ich nicht … du bist mein Klient, Teddy. Solange die Sache ..." Ein Blick in seine kornblumenblauen Augen reichte, um sie aus der Fassung zu bringen, und er lächelte sie an.

„Für die nächsten Augenblicke bist du gefeuert", antwortete er leise und drückte seine Lippen auf ihre. Gott, dieser Kuss … Jess spürte ihn überall, in jeder Faser ihres Körpers, und als er mit seiner Hand durch ihr Haar fuhr, war sie verloren.

„Jessie?"

„Ja?" Gott, sie fühlte sich wie ein Teenager … So hatte sie sich nicht mehr gefühlt, seit sie ein Teenager *war.*

„Bleibst du?"

Oh Gott, sie wollte. Sie wollte es *so sehr,* aber … „Ich kann nicht. Ich kann nicht riskieren, dass in unserem Kampf um DJ irgendetwas schiefgeht." Sie legte ihre flache Hand sanft gegen seine Wange und fuhr mit dem Daumen sanft über seine Haut. „Glaub mir, das hier …

wir beide ... Ich kann nicht aufhören, an dich zu denken, Teddy Hood. Das kann ich nicht, seit ich dir begegnet bin. Aber ich habe dir etwas versprochen und ... falls irgendwer dahinterkommen würde, wäre nicht nur mein Ruf beschädigt. Dorcas würde das sofort gegen dich verwenden."

Teddy legte seine Stirn an ihre und schloss seine Augen. „Ich weiß, dass du recht hast, Jessie ... Es ist nur ..."

„Ich weiß."

KURZ DARAUF VERABSCHIEDETE JESS SICH VON IHM UND FUHR ZURÜCK IN ihr Büro. Sie versuchte, nicht länger an seine Lippen zu denken. Himmel, es hatte sie ihre ganze Selbstbeherrschung gekostet, ihn nicht augenblicklich anzuspringen. Aber sie war stolz auf sich. Stolz ... und kein bisschen Bedauern. Ihr Körper schrie vor Verlangen, das tat er seit Wochen, seit sie diesen netten, sehr un-Filmstar-typischen Mann kennengelernt hatte. Teddy Hood war keiner dieser Entertainer, die sie kannte. Er war ruhig, schüchtern und introspektiv. Aber er hatte auch einen bösen Sinn für Humor, der zu ihrem passte, und ihr gefiel auch die Art, wie er lebte. Kein Protz, nur seine Bücher, Niko und eine beachtliche Plattensammlung. Sie hatte sich diese genauer angeschaut, während er Kaffee gekocht hatte, und stellte erfreut fest, dass er alle Alben von India sowie einen vielseitigen Musikgeschmack besaß.

Jess freute sich immer auf die Zeit, die sie gemeinsam verbrachten, auch wenn sie sich natürlich professionell verhielt. Doch die natürliche Chemie zwischen den beiden machten ihre Treffen immer ... erfreulich. Abgesehen von der ernsten Lage mit DJ empfand sie Teddy in ihrer Gesellschaft immer als sehr entspannt, auch wenn ihm seine Belastung ins Gesicht geschrieben stand.

Und das hatte sie sich nicht eingebildet. Wenn er sie ansah, erhellte sich sein Gesichtsausdruck und seine ganze Körperhaltung veränderte sich von Niederlage in ... etwas anderes. *Gott,* dachte sie, *du klingst wie ein verknalltes Highschool-Mädchen.* Aber das musste sie zugeben … sie war in Teddy verknallt. Das war es.

Doch Jess wusste, dass es mehr war als das. Es war nicht nur Teddy, der erstrahlte, wenn sie zusammen waren.

Gottverdammt …

KAPITEL ACHT – IT'S DEFINITELY YOU

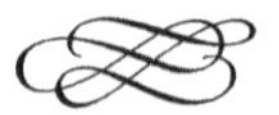

Los Angeles

MASSIMO UND INDIA VERSUCHTEN, UNERKANNT ZUM LAX ZU KOMMEN, doch das funktionierte nicht. Während sie von Paparazzi angerempelt und gemaßregelt wurden, stupste India Massimo an. „Erinnerst du dich daran, wie wir uns versteckt haben, als wir uns kennenlernten? War es da genauso?"

Massimo grinste sie an. „Wir hatten einen stärkeren Grund, aus dem wir uns verstecken mussten, oder? Gott sei Dank müssen wir uns *darum* keine Sorgen mehr machen." Und ich denke, wenn wir es wirklich versucht hätten, dann hätten wir auch unerkannt bleiben können. Wir haben uns aber dazu entschieden, einen öffentlichen Flug zu nehmen, anstatt in Lazlos Privatjet zu fliegen.

„Ich vermisse das Ding."

„*Du* warst doch diejenige, die gesagt hat, er solle an die Umwelt denken." Massimo hielt ihr die Tür zum Auto auf, das auf sie wartete, und India stieg ein.

„Ich glaube, das hat er mir immer noch nicht ganz verziehen", sagte sie, als er sich neben sie setzte.

Massimo strich ihr eine lose Haarsträhne aus dem Gesicht. „Das hat er. Geht es dir gut? Du bist etwas blass."

„Nur ein wenig Nervenschmerz. Das zeigen sie in den Filmen nie, oder? Leute werden angeschossen oder niedergestochen und sind die Folgen innerhalb von Wochen wieder los. Sie zeigen nie alle miesen Begleiterscheinungen." India zuckte mit den Schultern, und Massimo war froh zu sehen, dass sie trotz ihrer Worte, guter Laune zu sein schien.

Sie waren unterwegs zu Coco und Alex, und Massimo hatte ein Treffen mit den Produzenten von *Blackwater Heart,* um die Rolle, die ihm angeboten wurde, zu besprechen. Er hatte das Skript geliebt – Gen hatte recht, diese Rolle könnte ihm große Beachtung einbringen, wenn er sie richtig rüberbrachte.

Und es war das erste Mal seit Jahren, dass er sich auf eine Rolle freute. Auch India hatte das Drehbuch gelesen und nachdem sie damit fertig war, hatte sie ihre Brille abgesetzt, ihn direkt angeblickt und gesagt: „Kumpel, wenn du das nicht machst, sage ich die Hochzeit ab."

Er hatte gelacht, doch sie schaute ihn vollkommen ernst an. „Das ist … gewalttätig und tragisch und auch wunderschön. Massi, Herrgott. So sehr ich auch all deine anderen Filme liebe, dieser hier würde sie alle in den Schatten stellen."

„Ich weiß", hatte er geantwortet. „Aber es würde auch bedeuten, für mindestens drei Monate nach Los Angeles gehen zu müssen."

„Und? Das können wir. Ich werde Coco noch während ihrer Schwangerschaft sehen, und je nachdem wann die Dreharbeiten beginnen, sind wir vielleicht noch da, wenn das Baby geboren wird. Ruf Gen an", drängte sie ihn. Sie stieß ihn weg, als er sich ihr näherte, und er lachte. „Ruf Gen an und sage Ja, dann kannst du wiederkommen und mich zur Feier des Tages verführen."

. . .

Jetzt erinnerte Massimo sie daran, und sie musste lachen. „Und Junge, das hast du. Und weißt du was? Später machen wir das Ganze noch einmal."

„Bei Coco zuhause? Wir traumatisieren sie noch. Sie ist noch immer nicht über das eine Mal hinweggekommen, als wir Telefonsex hatten."

India grinste breit. „Videosex. Mann, es kommt mir vor, als sei das eine Ewigkeit her, oder?"

„Absolut."

Massimo legte ihr den Arm um die Schulter. „Weißt du, wenn du einen neuen Ort suchst ..."

India grinste. „Westküste, was? Ich weiß nicht, hier ist es immer so heiß."

Er lachte. „Für eine Inderin bist du ziemlich hitzeempfindlich."

„Nicht immer, und wie bei allem", sie wackelte mit den Augenbrauen, „kommt es auf den Kontext an."

Coco freute sich, die beiden zu sehen, und India verkündete, dass die Schwangerschaft schon sichtbar war.

„Ich weiß, ich bin riesig." Coco verdrehte die Augen und klopfte sanft auf ihren kleinen Bauch. Sie lachte, umarmte India und gab Massimo einen Kuss auf die Wange. „Kommt rein."

Coco und Alex besaßen eine wunderschöne Wohnung in Malibu. Alles war in Weiß getünchtem Holz und das Zimmer mit Aussicht auf den Ozean. Als India das große Gästezimmer mit der Strandatmosphäre und den sauberen Bettlaken sah, rief sie aus: „Kann ich hier einziehen?"

Coco grinste. „Fühlt euch wie zuhause. Und bevor ich es vergesse, Alex und ich haben darüber gesprochen. Massi, falls du diesen Film machst, möchten wir, dass ihr hier wohnt."

„Oh, das können wir nicht", entgegnete India. „Wir wollen nicht stören."

Coco kicherte. „Wobei? Wenn Alex und ich Sex haben?"

„Haha."

„Genug geredet. Kommt mit auf die Terrasse. Ich habe eine Riesenkanne Sangria gemacht. Ich kann euch beim Trinken beobachten, und ihr genießt stellvertretend für mich. Alex musste noch zu einem Meeting, er kommt aber zurück, so schnell er kann. Dann können er und du, Massimo, wie die Höhlenmenschen das Essen auf dem Feuer zubereiten, während India und ich über euch meckern und lästern. Einverstanden?"

Massimo reagierte mit einem leicht unsicheren Blick, der India zum Kichern brachte. Coco war durch die Schwangerschaft anscheinen etwas hyperaktiv geworden – nicht dass sie davor besonders ruhig gewesen wäre.

Anschließend duschten India und Massimo und zogen sich um, bevor Alex nach Hause kam. Er hatte die Anwältin Jess im Schlepptau.

Die Anwältin grinste ihre Freunde an. „Wir müssen aufhören, uns so zu treffen."

„Das müssen wir nicht", widersprach India lachend und umarmte ihre Freundin. „Mir gefällt es, dass wir uns an beiden Küsten treffen." Sie warf Coco einen verschwörerischen Blick zu, den diese mit einem leichten Kopfnicken beantwortete. Sie hatten etwas geplant, eine kleine Überraschung für Jess. Und da sie nun hier war, konnten sie ihren Plan in die Tat umsetzen.

JESS LEGTE IHREN MANTEL AB UND GING INS BAD, UM SICH ETWAS Wasser ins Gesicht zu spritzen. Sie hatte den ganzen Morgen mit einem anderen Klienten vor Gericht verbracht und eine Einigung in einem Sorgerechtsstreit erreicht. Es war nicht leicht, doch am Ende waren alle zufrieden. Jetzt konnte sie sich auf Teddys Fall konzentrieren.

Seit ihrem Kuss vor einer Woche konnte sie nicht aufhören, an ihn zu denken, und das störte sie, das störte sie sogar sehr. Jess verknallte sich nicht in Leute, sie hatte keine Zeit für so einen Mist. Sie bat sie entweder um ein Date oder sie vergaß sie. Aber Teddy Hood war anders. Sie dachte ständig an diese blauen, ach so blauen Augen, an diesen sanften Lippen auf ihren ...

„Hallo Träumerle. Kannst du mir mal helfen?“

Jess hob ihren Blick in Richtung Küche und sah Coco, die sich mit zwei großen Getränkekrügen abmühte. Jess nahm sie ihr ab und brachte sie nach draußen auf die Terrasse. Es war Mai und schon sehr warm. Jess atmete die Meeresluft tief ein. In der Nähe des Wassers zu sein entspannte sie immer, und sie sah, dass India sich ebenfalls entspannte. Als sich die beiden auf dem College kennengelernt hatten, hatten sie hin und wieder die Kurse geschwänzt und waren stattdessen an den Strand gegangen.

„Indy, wie läuft es mit der Reha?“

India verzog das Gesicht und lachte. „Mir wird wieder klar, warum ich Sport so hasse.“

„Nicht den Sport, den wir betreiben“, sagte Massimo mit einem breiten Grinsen, und sie lachte laut auf.

„Es kommt immer auf den Zusammenhang an, mein Lieber.“ India blickte über Jess' Schulter hinweg. „Oh, hallo. Wir haben Besuch.“ Sie klang gar nicht überrascht und als Jess sich umdrehte, wurde ihr die Bedeutung der merkwürdigen Blicke zwischen India und Coco plötzlich klar.

Teddy Hood stand hinter ihr und schien überrascht – und glücklich – Jess zu sehen. Seine Empfindungen spiegelten sich in ihrem Blick wider. Sie starrten sich für einen langen Moment einfach an. Auf ihre Gesichter legte sich ein Lächeln, dann schüttelte Teddy sich aus seiner Trance und bemerkte die anderen. „Hallo. Ich bin Teddy.“

Massimo grinste, stand auf und schüttelte seine Hand. „Das wissen wir, Teddy. Schön, dich endlich kennenzulernen."

Jess schluckte und sammelte sich, während Teddy jeden mit einem Handschlag begrüßte. Dann drehte er sich zu ihr und grinste sie verschmitzt an. „Hey Boss."

Jess lachte und war erleichtert, dass zwischen ihnen keine komische Stimmung herrschte. Sie umarmte ihn. „Hey Loser."

„Das ist mein Spitzname!", protestierte Massimo mit gespielter Empörung, und Jess kicherte.

„Nun ja, wer konnte ahnen, dass es *zwei* von euch gibt?"

Das gegenseitige Necken brach das Eis, und Jess war froh, dass sich Teddy in der Gesellschaft ihrer Freunde – ihrer Familie – anscheinend wohl fühlte. Der Nachmittag verging wie im Flug, und India und Coco schienen genau darauf zu achten, dass Jess und Teddy immer nah beieinander blieben.

Doch seine Anwesenheit fühlte sich so natürlich an, als sei er schon immer ein Teil dieser kleinen Gang gewesen. Er hatte den gleichen, respektlosen Sinn für Humor, und er hatte ähnlich schmerzhafte Erfahrungen gemacht wie der Rest der Gruppe. Die Boshaftigkeit einer anderen Person, die Panik, deswegen beinahe einen geliebten Menschen zu verlieren. Kein Wunder, dass er so gut zu ihnen passte.

Jess konnte sich gar nicht mehr daran erinnern, ab wann sie Händchen hielten. Vielleicht nach dem dritten Krug Sangria, den Coco nach draußen gebracht hatte. Jess hielt ihren Drink in einer Hand und legte die andere auf die Armlehne ihres Stuhls. Teddy legte seine Hand auf ihre und verschränkte seine Finger mit ihren. Das fühlte sich schön an, so ... behaglich. In ihrem angetrunkenen Zustand dachte sie nicht an ihre Vorbehalte und ließ ihre Hand, wo sie war. Jess' und Indias Blicke trafen sich und India lächelte erfreut. Sie nickte in Richtung Teddy und lächelte. Sie versuchte Jess wortlos etwas mitzuteilen, was diese jedoch nicht entschlüsseln konnte.

Teddy und Massimo sprachen über den Film, den sie gemeinsam drehen würden, und Alex wollte etwas über die Rollen erfahren, die sie spielen würden. Jess hörte unbeeindruckt zu, der Alkohol war ihr etwas zu Kopf gestiegen. Sie lächelte Coco an, die ihr das Knie tätschelte, und fragte: „Du bleibst doch heute Nacht? Wir haben genügend Gästezimmer. Genügend", sagte sie und richtete ihren Blick vielsagend auf Teddy.

Jess verdrehte die Augen, konnte sich ein Grinsen aber nicht verkneifen. Der Alkohol und die Gesellschaft entspannten sie und als ihre Freunde sich einer nach dem anderen für die Nacht verabschiedeten und sie mit Teddy allein ließen, störte sie das überhaupt nicht.

Teddy schaute zu ihr herüber, und ihre Blicke trafen sich. In ihrem Blick fand er die Antwort auf seine stumme Frage. Er beugte sich vor und ihre Lippen trafen sich, und während des Kusses, streichelte seine Zunge ihre. Jess versank in seinen Armen und verwarf ihre Bedenken. Gott, sie wollte diesen Mann genau jetzt, genau hier. Alles andere war ihr egal.

„Bin ich immer noch gefeuert?", murmelte sie gegen seine Lippen und spürte sein Lächeln.

„Für die nächsten paar Stunden, *ja*", flüsterte er zurück. Jess lehnte sich etwas zurück und sah ihn genau an.

Ja. Ja, es würde passieren.

Sie stand auf und streckte ihm ihre Hand entgegen. Er ergriff sie, stand ebenfalls auf und langsam gingen sie – Hand in Hand – in eines der Gästezimmer.

Nachdem sie die Türe hinter sich geschlossen hatten, strich Teddy ihr über die Wange. Jess lehnte sich gegen die Tür, und Teddy presste seinen Körper gegen ihren, so dass sie sein Erektion spürte.

„Jessica ..." Die Art, wie er ihren Namen sagte, brachte sie um den Verstand und als seine Lippen sich auf ihren Hals legten, schloss sie die Augen und genoss die Gefühlswellen, die sich in ihrem Innersten ausbreiteten.

Sie vergrub ihre Finger in seinem Haar, während er ihre Bluse öffnete und seine Lippen auf ihren Busen legte. Dann öffnete er ihren BH, bis Jess stöhnte, an seinem Pullover zog und ihn unsanft über Teddys Kopf streifte.

Teddy grinste, als ihr Handeln seine Haare verwuschelte, und Jess musste lachen. Sie küsste ihn und presste sich an ihn. „Bring mich ins Bett, Hood."

Er nahm sie in den Arm und trug sie zum Bett. Sie schauten sich tief in die Augen. „Wenn du wüsstest, wie lange ich von diesem Moment geträumt habe", sagte er lachend und schüttelte den Kopf.

„Dito." Jess' Finger griffen den Reißverschluss seiner Jeans und öffneten ihn langsam. Sie legte ihre Hand auf seinen großen Schwanz. „Beinahe seit ich dich getroffen habe."

„Dito", erwiderte er, und sie lachte. Er zog ihre Hose aus und anschließend ihre Unterwäsche. Teddy lehnte sich zurück und atmete tief durch. „Gott, du bist noch schöner, als ich es mir erträumt hatte."

Er drückte sie zurück, spreizte ihre Beine und legte seinen Mund auf ihre Weiblichkeit. Er leckte, liebkoste und fuhr tief in sie, bevor er über ihre Klitoris glitt. Sie erzitterte stöhnend vor Verlangen.

„Gott, Teddy ..." Ihre Finger fuhren durch sein dunkles Haar, und ihr ganzer Körper bebte vor Erregung. „Ich will dich auch schmecken."

Sie verlagerten ihre Positionen so, dass sie seinen Schwanz aus der Unterhose befreien konnte. Dann schloss sie ihre Lippen um ihn und genoss den salzigen, reinen Geschmack seiner Haut. Sie fuhr mit der Zunge über seine Männlichkeit und ließ gleichzeitig ihre Finger über seine Eier gleiten.

„Jesus, Jess ..."

Fast hatte sie ihren Höhepunkt erreicht, als er ihre Lippen von sich löste und sie an sich zog. Sie half ihm dabei, ein Kondom überzustreifen und mit einem kraftvollen Stoß, drang er in sie ein. Jess schlang ihre Beine um seine Hüften. Sie blickten sich in die Augen und bewegten sich gemeinsam. „Fick mich *hart*", sagte sie und grinsend rammte er seine Hüften gegen ihre, bis beide kamen. Jeder schrie den Namen des anderen, und es interessierte sie nicht, ob jemand sie hörte.

Sie trieben es noch einmal auf dem Boden miteinander und in der Dusche. Teddy presste Jess gegen die Fliesen und drang von hinten in sie ein. Während sie sich langsam und gleichmäßig bewegten, biss er ihr sanft in die Schulter.

Für Jess, die schon immer sehr ungehemmt war, wenn es um Sex ging, war es eine Offenbarung, jemanden getroffen zu haben, der ihre Vorlieben eins zu eins teilte. Teddy zuckte nicht einmal mit der Wimper, wenn sie ihn darum bat, sie hart ranzunehmen, er wich nicht zurück, wenn sie beim Sex kratzte und biss. Es war schön, von ihm gehalten zu werden, doch sie genoss den Kampf noch mehr, den Machtkampf und das Gelächter danach.

Sie schlief in seinen Armen ein, und als sie ein paar Stunden später aufwachte, hielt er sie noch immer fest, und das fühlte sich … richtig an. Sie beobachtete ihn einige Momente lang beim Schlafen, dann löste sie sich langsam aus seiner Umarmung, stand auf, ging ins Bad und zog ihren Bademantel an.

Teddy rührte sich, seine Arme suchten nach Jess, und sie sah, wie sich ein Lächeln auf seinen Lippen formte und er zärtlich ihren Namen murmelte. Ihr kamen die Tränen, und in diesem Moment wusste sie, dass sie ihn liebte.

KAPITEL NEUN – STRESSED OUT

Los Angeles

DORCAS BEKAM JETZT SEIT WOCHEN INFORMATIONEN ÜBER TEDDY UND Jessica Olden, doch es langweilte sie bald. Falls sie miteinander schliefen, verheimlichten sie es gut. Nach dem Abend, an dem Jess länger als üblich geblieben war, wurde Dorcas von ihrem Detektiv darüber informiert, dass sie sich entweder in Oldens Büro oder an Teddys Filmset trafen.

Langweilig, langweilig, langweilig. Dorcas hatte gehofft, die Affäre ihres Mannes mit seiner Anwältin für sich nutzen zu können, doch den Gefallen taten ihr die beiden nicht. Dorcas machte sich einen Spaß daraus, sich vorzustellen, dass Teddy es nicht brachte. Nicht, dass er je ein Problem bei ihr gehabt hätte. Das gehörte zu den Dingen, die sie am meisten an ihm vermisste: Teddy Hood war der beste Liebhaber, den sie jemals hatte. Sein langer, harter Schwanz konnte sie in den Wahnsinn treiben, und sie vermisste es, nach ihren ausgiebigen Sexspielen tagelang wund zu sein.

Natürlich war sie damals eine andere Person gewesen. Eine freiere Person. Jemand, der sich nichts aus Starrummel, Geld und das Gesicht wahren machte. Als sie und Teddy sich kennengelernt hatten, hatte sie sich von seiner lustig-liebenswerten Art mitreißen lassen. Aber auch von der Art, in der er sich um die Menschen in seinem Umfeld kümmerte. Er befand sich gerade auf dem Weg, bekannt zu werden, dieser süße Junge aus Washington State. Mit seinen großen blauen Augen und den dunklen Haaren sah er aus, wie ein Pin-up, von dem jede gelangweilte Hausfrau träumte. Dorcas war bereits ein Star und hätte jeden Mann haben können – aber sie wollte Teddy, und er hatte nicht die geringste Chance.

Und Gott, hatte sie ihn geliebt, *wirklich* geliebt, und das war neu für sie. Teddy zu lieben war einfach, doch sie hatte geglaubt, dass sie für immer zusammenbleiben würden. Dass er genauso eine Karriere machen würde wie sie und dass sie das Power-Paar Hollywoods werden würden. Das ‚It'-Paar der nächsten Jahrzehnte.

Dann wurde Dinah-Jane geboren, und Teddys Liebe schien sich von Dorcas auf seine Tochter zu verlagern. War das fair? Hatte sich das Feuer zwischen ihnen nicht bereits abgekühlt, bevor DJ überhaupt gezeugt wurde? War DJ nicht die Notlösung, die sie bereit war einzugehen, um Teddy zu halten? Teddy wollte so sehr Vater werden ...

Sie erinnerte sich an eine Geschichte, die eine seiner Ex-Freundinnen – ebenfalls Schauspielerin – in einem Interview erzählt hatte, nachdem Teddy und Dorcas geheiratet hatten. Die Ex sprach sehr wohlwollend über Teddy, keinerlei Ressentiments, aber sie erzählte dem Magazin, dass Teddy schon immer Vater werden wollte und sie sich nicht vorstellen konnte, dass Dorcas ihre Karriere für ein Kind zurückstellen würde.

Dorcas nahm Rache, indem sie verbreitete, dass die Ex-Freundin unfruchtbar sei und Teddy kein Kind schenken konnte. Teddy war stinksauer, die Ex brach jeden Kontakt zu ihm ab, und der Schaden war angerichtet. Dorcas zeigte keinerlei Reue.

Dorcas drückte die Zigarette aus und versteckte den Beweis in einem Blumentopf. Sie versteckte ihre Zigaretten vor dem Personal und vor DJ, aber einmal pro Woche gab sie ihrem Verlangen nach. Sie sagte sich, dass es auch nicht schlimmer als ihre anderen Schwächen war. Sie blickte auf ihre dünnen Arme. Wenn du nur darauf bestanden hättest, auch mich regelmäßig testen zu lassen, Teddy, dachte sie mit einem grimmigen Lächeln. Sie hatte sich seit einiger Zeit keinen Schuss mehr gesetzt, aber sie vermisste den Rausch, wenn das Heroin durch ihre Adern floss.

Ihr Dealer war langsam genervt davon, dass sie ihren Kreditrahmen immer weiter ausdehnte, und das konnte sie ihm nicht verübeln. Es war ja nicht so, als könnte sie ihre Schulden nicht bezahlen, es war nur ... warum sollte sie? Sie war Dorcas Prettyman, verdammt nochmal!

Dorcas ging ins Haus und die Treppen hoch, zu ihrem Schlafzimmer. Die Türe zu DJs Schlafzimmer stand offen. Sie ging zur Türe. „Licht aus, DJ."

DJ schmollte, legte ihr Buch aber zur Seite. Dorcas spürte eine merkwürdige Welle von ... etwas, und sie ging in das Zimmer und setzte sich an das Fußende des Bettes. DJ war ihr gegenüber nicht mehr ganz so abweisend, nachdem sie den Besuchen von Teddy wieder zugestimmt hatte. Dorcas wusste, dass ihr das beizeiten noch nützlich sein könnte.

Sie strich ihrer Tochter über das Haar. „Gute Nacht, Liebling."

„Gute Nacht, Mommy." DJ schloss die Augen und drehte Dorcas den Rücken zu. Dorcas blieb noch einen Moment, dann stand sie auf und ging in ihr eigenes Schlafzimmer. Das Bett sah so leer aus, zu leer, und sie fragte sich, ob sie einen ihrer jüngeren Bewunderer anrufen und einladen sollte. Sie brauchte Sex, sie wollte gehalten werden.

Zwei Fliegen mit einer Klappe. Sie rief ihren Dealer an, einen jungen hübschen Stricher namens Rick, und lud ihn zu sich ein. „Ich habe dein Geld und noch etwas mehr. Ich werde dich dafür bezahlen, die Nacht hier zu verbringen."

„Halt das Bargeld bereit, und wir reden." Er beendete das Gespräch.

Etwas entnervt rief Dorcas unten am Tor an und meldete Rick beim Personal an. Anschließend ging sie ins Badezimmer und nahm ein Bad. Sie würde ihn für seine unausstehliche Art bezahlen lassen, wenn sein Schwanz ganz tief in ihr steckte. Sie würde ihn reiten, bis er um Gnade bettelte.

Mit einem schiefen Lächeln glitt Dorcas in das nach Rosen riechende Wasser und wartete auf ihr Date für die Nacht.

Jess stand im Aufzug, der zu ihrem Büro führte und grinste vor sich hin. Noch vor einer Stunde lag sie in den Armen von Teddy Hood, nachdem sie sich die ganze Nacht lang geliebt, miteinander gelacht und geredet hatten. Seit ihrer ersten gemeinsamen Nacht in Cocos Haus waren zwei Wochen vergangen, und in dieser Zeit hatten sie keine Nacht mehr getrennt voneinander verbracht.

Sie war ihren Freunden dankbar dafür, dass sie ihr den nötigen Schubs gegeben hatten, um sich auf Teddy einzulassen. Am Morgen nach ihrer ersten gemeinsamen Nacht hatte keiner einen Witz gemacht oder auch nur komisch geguckt, und dafür liebte sie sie. Sie hatten ihr Frühstück zusammen mit ihren Freunden auf der Terrasse genossen, und Jess saß auf Teddys Schoß, während er sie mit Obst fütterte.

Dann nahmen sie gemeinsam ein Taxi zu ihrer Wohnung, wo sie sich ein weiteres Mal liebten und anschließend Teddys Fall besprachen. Jess war froh, dass er Arbeit und Privates so gut trennen konnte.

Als sie jedoch ihr Büro betrat und Bree sah, die sie mit einem grimmigen Gesichtsausdruck erwartete, verschwand das Lächeln aus ihrem Gesicht. „Was ist los?"

Bee drängte sie in ihr Büro und schloss die Türe. „Wir haben Ärger. Zumindest glaube ich das. Es kommt darauf an, wie ernst man YouTube-Drama nimmt."

Jess blinzelte verwirrt. „Was zur Hölle …?“

Bee verzog das Gesicht. „Lass mich dir die Welt des Ausplauderns zeigen. Im Grunde geht es um Gerüchte, sogenannte Wahrheitsfinder und solche Leute. Manche von ihnen sind überzeugte Artikelschreiber, aber eben auch wahre Arschlöcher.“

„Ich habe keine Ahnung, wovon du redest, aber gut. Also, wo liegt das Problem?“

Bee setzte sich. „Zu den Arschlöchern gehört ein Blogger namens Taran Googe, und der hat sich entschlossen – die nächsten Worte setzte Bee in Anführungszeichen –, ‚die Wahrheit hinter Hollywood-Scheidungen aufzudecken‘. Genauer gesagt die beteiligten Anwälte. Und jetzt rate, von wem sein neuester Bericht handelt?“

Jess seufzte. „Von mir.“

„Genau.“

„Und was für einen Blödsinn verbreitet er?“

Bee schaute ein wenig unsicher. „Er beginnt mit deiner Beteiligung an der Prettyman/Hood Scheidung. Du hast Glück, er macht aus dir einen Zweiteiler.“

Jess zuckte mit den Schultern. „Und? Wer beachtet denn so was überhaupt?“

„Jess … Er hat eine Vorschau auf den nächsten Teil veröffentlicht … und er redet mit deinem Vater.“

Das traf Jess wie ein Faustschlag ins Gesicht. „Was? Was zum Teufel?“

Bee nickte. „Nun, wir wissen nicht, ob er mit ‚reden‘ meint, dass er ihn angerufen hat und lediglich *Hallo* sagen konnte, bevor dein Vater aufgelegt hat oder ob er tatsächlich ein Interview mit ihm geführt hat. Was denkst du?“

„Ich denke, das werden wir wissen, wenn der Teil online geht.“ Jess setzte sich und blickte aus dem Fenster. Sie hatte seit fast fünfzehn Jahren kein Wort mehr mit ihrem Vater geredet. Was könnte er schon sagen, das auch nur annähernd mit der Person, die sie heute war, in Verbindung stand? Sie kannten sich kaum.

„Du willst es wirklich nicht stoppen?"

„Ich glaube, wenn wir eine große Sache daraus machen, machen wir es noch schlimmer. Das Ganze wird schon wieder vorbeigehen."

Bee sah nicht glücklich aus. „Jess ... Ich hasse es, das sagen zu müssen, aber YouTuber sind Influencer. Sobald sie eine große Sache aus etwas machen, findet das Beachtung. Schau dir Shane Dawsons Reportagen an."

„Wer?"

Bee grinste. „Oma."

Jess lächelte und zuckte mit den Schultern. „Es ist mir wirklich egal, Bee. Ich habe nichts zu verbergen."

Bee kaute auf ihrer Unterlippe. „Jess, was wenn sie die Houston-Sache ausgraben?"

„Mit Simon? Das ist doch ein alter Hut."

Bee stand auf. „Na schön, na schön. Aber ich sage dir Bescheid, wenn die Sache online geht."

„Bitte. Dann können wir es uns zusammen ansehen – wer besorgt Popcorn?" Jess bedankte sich mit einem Lächeln bei Bee, drehte sich in ihrem Stuhl und schaltete ihren Laptop ein. Als sie alleine war, kümmerte sie sich um ihre Emails. Anschließend lehnte sie sich zurück und dachte an die letzte Nacht mit Teddy.

Er war fröhlich und erzählte von seinem Tag mit DJ. Die beiden waren am Venice Beach gewesen, wo sie viel zu viel Süßes gegessen und herumgealbert hatten.

„Sie ist einfach … Sie ist ein gutes Kind, weißt du? Manchmal mache ich mir Sorgen, dass sie zu schnell erwachsen wird, aber sie scheint in Ordnung zu sein."

Jess lächelte ihn an. „Ich bin froh. Ich würde sie irgendwann gerne kennenlernen, aber ich verstehe, dass das schwierig sein könnte."

Teddy schüttelte den Kopf. „Das glaube ich nicht. Du bist meine Freundin. Es wäre komisch, wenn ihr euch nicht kennenlernen würdet. Außerdem", fuhr er mit einem Augenrollen fort, „wäre es gut für sie, ihre Eltern mit anderen Partnern zu sehen. Sie muss sich daran gewöhnen."

Jess lächelte, sagte aber nichts. Freundin. Das Wort hatte in der Vergangenheit bei ihr immer einen Fluchtinstinkt ausgelöst, es klang so nach Teenager. Aber … bei Teddy hatte es einen anderen Klang. Sie wollte seine Freundin sein – mehr als nur eine Geliebte und mehr als nur eine gute Freundin – und es machte sie glücklich, es von ihm zu hören. Mehr als sie zugeben wollte. Sie sammelte sich wieder. Werd erwachsen, Frau!

Doch mit Teddy in der Nähe, konnte sie keinen klaren Gedanken fassen, und das war ein ganz neues Gefühl für sie. Jeder Kuss fühlte sich so an, als seien ihre Lippen füreinander gemacht.

Und im Bett waren ihre Körper dermaßen im Einklang, dass es schon verrückt war. Teddy wusste ganz genau, wie er sie halten musste, dass er sie nicht behandeln musste, als würde sie zerbrechen, dass er sie bis zur Erschöpfung richtig rannehmen konnte. Und sie konnte nicht genug von ihm bekommen. Sie würden sich bis tief in die Nacht lieben, auch wenn sie am nächsten Morgen bei Gericht sein musste.

Ihre Freunde – insbesondere die Verschwörerinnen India und Coco – freuten sich für sie, und Massimo und Teddy freundeten sich schnell miteinander an, wodurch die Vorfreude auf den gemeinsamen Film noch weiter anstieg.

Es kam ihr vor, als sei zwischen ihrer ersten gemeinsamen Nacht und heute eine gefühlte Ewigkeit vergangen. Sein Name leuchtete auf ihrem Telefondisplay auf, und beim Klang seiner Stimme wurde ihr ganz warm ums Herz. „Hallo Schönheit."

„Selber hallo. Dreharbeiten beendet?"

„Drehpause. Sie bereiten die neue Szene vor. Hör zu, Dorcas hat angerufen. Anscheinend ist DJ krank und kann mich heute nicht sehen." Er klang etwas verärgert, und Jess fragte sich, ob er sich mit Dorcas gestritten hatte.

„Nun, wenn sie krank ist … pass auf, wir arbeiten weiter auf das geteilte Sorgerecht hin und falls Dorcas Spielchen spielt, wird sie das nicht mehr lange tun können. Und DJ könnte tatsächlich krank sein. Und Dorcas würde wegen so etwas nicht lügen, oder? Ich meine, ich bin keine Mutter, aber ich kann mir nicht vorstellen ..."

„Du hast recht", wurde sie von Teddy unterbrochen. „Ich bin nur paranoid."

„Geht es dir gut?"

Er lachte verlegen. „Wie gesagt, paranoid. Aber nach dem, was Dorcas sich schon erlaubt hat, kann mich bei ihr nichts mehr überraschen." Er atmete tief durch und entspannte sich. „Hör zu … kann ich dich dazu überreden, heute Abend zu schwänzen?"

„Das kannst du … kommst du zu mir? Ich kann kochen."

Teddy lachte kurz „Natürlich kannst du das, du bist Superwoman."

„Ha, glaube mir, das bin ich nicht. Aber deine Art zu denken gefällt mir. Komm vorbei, wann du willst, ich werde nach sechs zuhause sein."

„Ich kann es kaum erwarten."

Während Coco versuchte, in ihrem Sessel eine gemütliche Sitzposition zu finden, beobachtete sie ihre Freundin India. India saß über ihrem Laptop gebeugt, die Stirn gerunzelt und schlug wie wild auf die Tasten ein. Dabei fiel Coco auf, dass sie immer wieder das Gesicht verzog und sich die Seite hielt. „Boo, geht es dir gut?"

India hob ihren Blick und schien überrascht zu sein, Coco zu sehen. Wenn sie schrieb, vergaß sie immer alles um sich herum. „Nur ein wenig Nervenschmerzen."

„Willst du etwas Schmerzmittel?"

„Ich versuche zu widerstehen. Ich habe mich nach dem Messerstich etwas zu sehr an das Vicodin gewöhnt. Es hat mich ganz schön erschreckt, wie sehr ich mich darauf gestützt habe. Also, nein danke, ich versuche es auszuhalten."

Coco nickte verständnisvoll. „Gut, aber lass mich dir wenigstens einen Tee machen."

India grinste sie an. „Du bemutterst mich. Ich sollte dich verhätscheln. Du bist die Schwangere."

„Ach was." Coco stand auf und legte die Hand auf ihren Bauch. „Bis jetzt noch ein Kinderspiel."

India folgte ihr in die Küche. „Ich wollte dir noch sagen, dass ich es toll finde, was Alex und du macht. Ich weiß, dass Alex schon seit Jahren ein Kind wollte. Das hier macht Sinn."

„Danke, Boo. Ich muss zugeben, ich bin aufgeregt." Sie nickte India zu. „Du wirst die Nächste sein."

India wurde rot, und Coco fragte sich, ob sie einen Nerv getroffen hatte. „Haben du und Massimo darüber geredet?"

Indy nickte. „Haben wir. In den letzten Monaten immer mal wieder. Wir nehmen es - sagen wir - *locker* mit der Verhütung. Aber ..." Sie zögerte und seufzte. „Wenn ich ehrlich bin ... Ich bin mir nicht einmal sicher, ob ich Kinder will."

Coco war geschockt. „Wirklich? Ich meine, Kinder sind kein Muss, aber ... nun, ich hatte einfach angenommen. Das hätte ich nicht tun sollen, tut mir leid. Hat das etwas mit deiner Tochter zu tun?"

India nickte zustimmend. „Ja und ganz ehrlich, sie ist nicht meine Tochter. Wir haben die gleichen Gene, und wir beide wissen, dass das keine Bedeutung hat … es hat für sie hoffentlich keine Bedeutung, wenn man bedenkt, wer ihr Vater ist."

„Ich habe dir nie gesagt, wie stolz ich auf dich bin, dass du diese Schwangerschaft durchgezogen hast, nach allem, was passiert ist. Dass du dem Kind nie die Schuld dafür gegeben hast, wie es gezeugt wurde. Durch deinen Mut hast du eine Familie glücklich gemacht.

„Ich bin *nicht* mutig", sagte India plötzlich mit Tränen in den Augen. „Ich fühle mich wie der größte Feigling der Welt."

Coco schlang ihre Arme um ihre niedergeschlagene Freundin. „Was ist los, Indy? Du bist nicht du selbst."

„Ich bin weggelaufen", schluchzte India. „Vor Massimo, vor Sun, als er mich gebraucht hat. Und ich habe so viel Leid verursacht … Ich ertrag das nicht. Jeder war so gut zu mir, aber ich will, dass jemand wütend auf mich ist, mich anschreit, dass ich verantwortungslos war … eine dumme, dumme Frau." Sie war nun völlig aufgelöst und weinte hemmungslos. Coco nahm sie noch fester in den Arm.

„Oh, Süße."

„Sei nicht so nett zu mir, dass macht es nur schlimmer."

Coco schürzte die Lippen „Gut. Sieh mich an." India, deren Wangen nun tränenüberströmt und rot waren, folgte der Aufforderung. „Hör auf damit. Hör auf damit, dich schuldig zu fühlen. Hör auf damit, dir selbst leidzutun. Ja, du hättest die Dinge anders handhaben können, aber es ist, wie es ist. Carter ist tot. Dir steckte *wieder* ein Messer im Bauch. Du bist beinahe gestorben. Sun ist beinahe gestorben. Aber ihr habt beide *überlebt.* Nichts ist einfach, nichts ist unkompliziert. Die Umstände waren außergewöhnlich, keiner von uns konnte klar denken. Also Schluss mit der Schuld. Es ist vorbei."

Sie sah India mit sanften Augen an und strich ihr eine Strähne aus dem verweinten Gesicht. „Und Süße, du musst mit jemandem reden.

Einem Profi. Ich habe seit einiger Zeit darüber nachgedacht, und ich weiß, dass Massimo auch daran gedacht hat."

India wischte sich die Tränen aus den Augen. „Er hat davon gesprochen?"

„Er hat dich nicht übergangen. Er macht sich nur Sorgen."

India seufzte. „Ich weiß. Aber ehrlich, ich fühle mich irgendwie erbärmlich. Und ich habe eine Heidenangst davor, dass er bald genug von mir hat."

„Dieser Mann liebt dich von ganzem Herzen, Indy."

India lächelte ein wenig. „Das weiß ich auch." Sie nahm sich ein Taschentuch aus der Box, die auf dem Tisch stand, und schnäuzte laut hinein.

„Ich sehe unmöglich aus."

„Ein bisschen."

India lachte. „Ich habe es satt, hier rumzuhängen. Lass uns was Schönes für dein Bambino kaufen."

KAPITEL ZEHN – MAKE ME FEEL

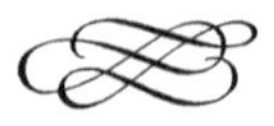

Jess klappte ihren Laptop um kurz vor sechs Uhr zu, als Bee an ihre Türe klopfte. „Jess? Es ist online."

Es dauerte einen Moment, bis Jess sich wieder an den ‚Beitrag' erinnerte, und sie zuckte nur mit den Schultern. „Ich schau es mir später an. Wirklich Bee, mach dir deswegen keine Sorgen. Das tue ich auch nicht."

Sie fuhr nach Hause und hatte den Bericht fast sofort wieder vergessen. Stattdessen konzentrierte sie sich auf die Frage, welche Lebensmittel sie noch in ihrem Kühlschrank hatte. Die Erkenntnis, dass sie noch nie zuvor für ein Date gekocht hatte, war ihr peinlich – und amüsierte sie. Auch Margot war immer diejenige, die für sie gekocht hatte.

Es lag nicht daran, dass sie es nicht mochte. Sie liebte das Kochen. Schon auf dem College hatten sie und India Kurse besucht, um die Finessen einer Meisterküche zu erlernen, doch Jess setzte, anders als India, das Kochen anschließend nicht weiter fort.

Sie hielt bei Whole Foods an und besorgte frisches Hühnchen und Gemüse, sowie eine Handvoll frischen Rosmarin und Thymian. Zuhause rieb sie das Hühnchen mit einer Marinade aus Öl, den gekauften Kräutern und Knoblauch ein, füllte es mit einer halben Zitrone und stellte es in den Ofen. Einfach, aber gut, dachte sie. Sie schnitt das Gemüse, das sie später rösten würde.

Ihr Telefon piepte, und sie sah die Nachricht von Teddy: *Bin auf dem Weg ...*

Jess grinste und antwortete: *Das hoffe ich doch. Ich bin nackt und überall eingeseift ...*

Sie ging in ihr Schlafzimmer und zog sich aus. Dann ging sie unter die Dusche und drehte das Wasser auf. Sie stand unter dem Wasserstrahl und genoss die entspannende Wirkung. Sie hörte sein Auto auf dem Kiesweg zu ihrem Haus und grinste.

Sie hatte ihm an der Türe eine Nachricht hinterlassen: *Komm rein, wasch es ab ...*

Sie hörte sein Lachen, als er das Badezimmer betrat und sie unter der Dusche sah. „Wow, du weiß, wie man einen Mann begrüßt."

Jess öffnete die gläserne Duschtüre. „Sei leise und komm rein!"

Grinsend zog Teddy Pullover, Schuhe und Hose aus. Nackt betrat er die Duschkabine, stellte sich hinter sie und schlang seine Arme um sie. „Hallo Schönheit."

„Selber hallo." Jess presste ihre Lippen auf seine. Sie küssten sich langsam und genossen das Gefühl des anderen. Sie spürte seine Erektion an ihrem Bauch. „Willst du mir das geben?"

„Du hast keine Ahnung, wie sehr ..."

Er nahm sie in seine Arme und trug sie aus der Dusche zum Bett. Jess holte ein Kondom aus ihrem Nachttisch und streifte es ihm über. Teddy legte ihre Beine um seine Hüften und drang in sie ein.

„Gott Jess, du fühlst dich so gut an ..."

Sie lächelte ihn an und umschloss ihn noch fester, um ihn ganz spüren zu können. „Besorg es mir richtig, Theodore."

Er lachte. „Ihr Wunsch ist mir Befehl, Mylady."

Sie liebten sich, lachten und scherzten miteinander und waren so zärtlich, wie Jess es noch nie erlebt hatte. Sie liebte es, in den Armen dieses Mannes zu liegen, liebte das Kratzen seines Barts auf ihrem Gesicht – und ihren Schenkeln, wenn er sie dort liebkoste, was er nur zu gerne tat. Und Junge, Teddy Hoods Zunge konnte unglaubliche Dinge anstellen.

Irgendwann erinnerte sich Jess an das Hühnchen im Ofen und beeilte sich damit, es zu retten. Teddy zog sich an und folgte ihr anschließend in die Küche. „Das riecht köstlich."

Während des Abendessens und einer guten Flasche Wein redeten sie, und Jess war froh, dass Teddy sich nicht mehr darüber ärgerte, dass der Besuch von DJ ins Wasser gefallen war. Teddy rief seine Tochter nach dem Essen an, um ihr eine Gute Nacht zu wünschen und erfuhr, dass es DJ wieder besser ging. „Morgen geht sie wieder in die Schule, anschließend treffen wir uns dann."

Er sah so glücklich aus, dass Jess nicht anders konnte, als zu lächeln. Sie räumte ihre Teller ab und ging in die Küche. Als sie aus dem Fenster blickte, erstarrte sie. Am Straßenrand vor ihrem Haus stand der Übertragungswagen eines Nachrichtensenders, und zwei weitere kamen dazu. „Was zum Teufel?"

„Was ist los?"

„Die Nachrichtenleute stehen vor meinem Haus."

Teddy stellte sich neben sie, doch sie schubste ihn ein Stück weg. „Die sollen dich nicht sehen. Dass gießt nur Wasser auf die Mühlen. Worum verdammt geht es überhaupt?"

„Soll ich sie zum Teufel jagen?"

Jess schüttelte den Kopf. „Nein. Ich will nicht, dass sie wissen, dass du hier bist." Ihr wurde klar, dass sie vielleicht etwas rüde klang, und lächelte ihn entschuldigend an. „Nicht, dass ich mich für uns schäme, ganz und gar nicht, aber wir wollen Dorcas keinen Grund geben, sich über uns auszulassen."

„Verstanden."

„Ich werde rausgehen und sehen, worum es geht."

Jess öffnete ihre Haustür und stand direkt vor einem der Journalisten und seinem Kamerateam. Vorsichtig schloss sie die Tür hinter sich. „Hallo Leute, was gibt's?"

„Hey Jess, wollen Sie etwas dazu sagen?"

„Wozu?" Sie war ehrlich verwirrt und sah, wie die Reporter und Kameraleute sich untereinander Blicke zuwarfen.

„Raus damit Leute. Ich bin ein großes Mädchen. Ich kann damit umgehen."

„Sie wissen über Taran George Bescheid?"

„Er ist ein YouTuber, richtig? Ah ..." Langsam ging ihr ein Licht auf, und sie lächelte. „Ja, ich habe davon gehört, dass er an einem Bericht über mich arbeitet. Viel Glück bei der Suche, Mr. Googe."

Der Reporter errötete etwas. „Jess ... er hat die ganze Simon Lamont Sache ausgegraben."

„Welche Simon Lamont Sache? Simon ist der Anwalt, bei dem ich meine erste Anstellung als Anwältin hatte, aber ich habe ihn seit Jahren nicht gesprochen. Ich weiß, dass er letztes Jahr in einem Fall von sexueller Belästigung angeklagt wurde und von einer Gruppe seinesgleichen bereits vorverurteilt wurde. Details zum Fall sind mir aber nicht bekannt, und überhaupt weiß ich nicht, inwieweit mich das betrifft?"

„Googe stellt die Behauptung auf, dass Sie nur aufgrund bestimmter Gegenleistungen Karriere gemacht haben."

Jess verdrehte die Augen. „Und dafür schicken sie euch hierher? Jungs, wisst ihr, wie oft ein Mann den Ruhm für meine Arbeit geerntet hat?

Oder für meinen Erfolg? Täglich Leute, täglich. So etwas passiert jeder Frau, und dauernd denkt man, dass wir uns für die Arbeit prostituieren. Mein Jura-Diplom sagt etwas anderes. Also ... ein degenerierter kleiner Blödmann kann schreiben, was er will. Nichts davon ist wahr."

Wieder tauschten die beiden Männer Blicke aus, und Jess wurde langsam ärgerlich „Was?"

„Jess, Googe hat mit Ihrem Vater gesprochen. Er hat Googes Behauptungen mehr oder weniger bestätigt."

Autsch. *Autsch.* „Nun, wenn man bedenkt, dass ich meinen Vater seit siebzehn Jahren weder gesehen noch gesprochen habe – also lange bevor ich Simon Lamont überhaupt getroffen habe, glaube ich nicht, dass er viel über mich, meine Arbeit oder mein Leben sagen kann. Also ... hier gibt es keine Story. Tut mir leid. Gute Nacht, Leute."

VERÄRGERT UND GEREIZT GING SIE WIEDER REIN. ALS TEDDY IHR Gesicht sah, ging er direkt zu ihr. „Was ist los?"

„Nichts Besonderes. Nur so ein nerviger Pseudojournalist, der mich im Internet eine Nutte genannt hat."

Teddy runzelte die Stirn und führte sie zu einem Stuhl. „Erzähl es mir."

Das tat sie. Und das, was sie Teddy erzählte, machte Teddy wütend. Jess legte ihm eine Hand auf das Bein. „Teddy, es macht keinen Sinn, sich darüber aufzuregen. Die Sache ist absoluter Blödsinn, es geht vorbei."

DOCH SIE MUSSTEN ERKENNEN, DASS ES NICHT SO SCHNELL VORBEIGING. Zum Ärger von Teddy, sprang Dorcas direkt auf die Sache an, twitterte die Links zum Video und verbreitete kryptische, passiv-aggressive Seitenhiebe darüber, was für eine Anwältin ihr Ex-Mann sich ausgesucht hatte.

Sie versuchte aber nicht, die Besuche zwischen Teddy und DJ zu unterbinden … noch nicht. Jess fand Teddys Paranoia zu einem gewissen Grade ansteckend, und sie fragte sich, ob sie das Mandat nicht niederlegen sollte. Doch davon wollte er nichts hören. „Du bist doch der Grund, warum sie Angst bekommen hat und mich DJ wieder besuchen lässt. Du bist meine letzte Hoffnung, Obi Wan."

Jess lachte kurz auf. „Du bist ein Idiot, Teddy Hood." Sie setzte sich auf seinen Schoß. „Was würde das zahlende Publikum wohl denken, wenn es wüsste, dass sein Filmstar Nummer Eins ein Geek ist."

„Ich denke, es weiß Bescheid."

„Oh-oh. Nie mehr *People's Sexiest Man* Auszeichnungen für dich. Ab jetzt heißt es *Gaming Weekly*."

„Hast du in deinem Leben jemals ein Gaming-Magazin gelesen?" Teddy strich ihr sanft über den Rücken und grinste sie an.

„Nein, ich bin ja kein Trottel, und ich *habe* eine Frau nackt gesehen."

Teddy schnaubte. „Snob."

„Du musst es wissen." Jess seufzte. „Vielleicht sollten wir es uns ansehen, damit wir wissen, womit wir es zu tun haben. Wenn die Presse hier weiterhin auftaucht, werden sie dich eines Tages erwischen."

Teddy zuckte mit den Schultern. „Vielleicht sollten wir das. Obwohl es mir eigentlich egal ist, wer über uns Bescheid weiß. Es ist mir wirklich egal. Ich will, dass die ganze Welt weiß, wie viel Glück ich habe."

Seine Worte berührten Jess, und sie lächelte ihn an. „Das ist wirklich süß von dir."

„Ich sage das nur, weil ich dich flachlegen will." Teddy zog verschmitzt die Augenbrauen hoch und runter.

„Das hoffe ich doch." Sie küsste ihn leidenschaftlich. „Lass uns diesen Blödsinn anschauen und dann wieder vergessen."

„Abgemacht."

. . .

Eine halbe Stunde, nachdem sie sich die Reportage angesehen hatte, kam Jess zu dem Schluss, dass Taran Googe ein zutiefst unattraktiver Mann war, sowohl körperlich als auch charakterlich. *Wenn man es überhaupt Reportage nennen konnte. Eigentlich war es nur absoluter Mist.* Teddy schüttelte den Kopf. Es tat ihm weh zu sehen, wie Jess so verunglimpft wurde. Nach allem, was sie durchmachen musste, um dahin zu kommen, wo sie heute war. Sie schaute sich die Sendung schweigend an und verzog dabei keine Mine. Doch Teddy kannte sie gut genug, um zu wissen, dass ihr Schweigen bedeutete, dass sie entweder wütend oder verletzt war.

Wahrscheinlich beides. Er legte seine Hände auf ihren Nacken und massierte sie sanft. „Nicht vergessen: alles Blödsinn."

„Ich weiß." Als ein älterer Mann auf dem Bildschirm erschien, veränderte sich ihr Blick, und Teddy wurde klar, dass es ihr Vater war.

„Nein, es überrascht mich nicht, dass Jessica sich mit jemandem wie Simon Lamont eingelassen hat. Sie war schon immer rücksichtslos in allen Dingen." Offensichtlich genoss ihr Vater das Gespräch mit Taran. „Sie ist eine von diesen Frauen, die nie wissen, wann sie ruhig sein sollen. Aufdringlich, ehrgeizig. Sie packt jeden bei den Eiern."

„Und dieser Typ ist dein Vater?"

„Indias Vater wollte sie umbringen. Zweimal. Ich habe mit diesem Arschloch noch das leichte Los gezogen." Sie sprach ganz ruhig, doch er spürte ihre Anspannung. Er nahm die Fernbedienung und schaltete den Fernseher aus.

„Ich will den Rest sehen", sagte Jess, doch Teddy schüttelte den Kopf. .

„Später. Jetzt unterhalten wir uns."

Jess seufzte. „Gut … Ja, es tut weh. Aber es ist Hörensagen. Und selbst wenn Leute das glauben, was soll's? Ich bin immer noch die beste Scheidungsanwältin der Stadt, und die Leute wissen das. Wen interessiert es, ob ich mich hochgeschlafen habe? Und übrigens, das habe ich nicht."

Teddy lächelte sie an. „Das musst du mir nicht sagen, Liebling."

Jess' Miene besänftigte sich. „Ich weiß. Ich musste es einfach mal laut aussprechen."

Er strich ihr sanft über die Wange. „Du kannst mit mir schimpfen, so viel du willst. Dieser Verlierer", er nickte in Richtung Fernseher, „ist wie einer dieser Jungs auf dem Schulhof, die Mädchen kneifen und boxen, weil sie sie mögen."

Jess rollte mit den Augen. „Nicht jeder will mit mir ins Bett, Teddy."

„Wollen wir wetten?"

„Ha ha. Denken wir nicht mehr daran. Wie ich schon sagte: dieser Idiot kann heulen und jammern, aber es wird nirgendwo hinführen, sofern ich nicht darauf reagiere. Du hast recht, er will eine Reaktion, aber er hat gar nichts." Jess beugte sich zu Teddy und küsste ihn. „Bring mich ins Bett, Hood."

Sie liebten sich ausgiebig, doch anders als Teddy fand Jess anschließend keinen Schlaf. Sie stand auf, ging in die Küche und nahm die Milch aus dem Kühlschrank. Sie wusste, was sie beschäftigte.

Ihr Dad. Als Kind hatte sie immer Angst vor ihm gehabt. Er sah seine zerbrechliche Männlichkeit durch seine zwei Töchter bedroht. Jess und ihre jüngere Schwester Kate waren beide exzellente Schülerinnen und Studentinnen. Ihre Mutter Therese war Professorin, etwas, dass Ian Olden nie ganz passte. Der Gedanke, dass seine Frau nicht nur schön, sondern auch klug war. Er war in der Lage, ihr Selbstvertrauen zu zerstören, seine Töchter aber ließen nicht zu, dass er ihnen dasselbe antat. Besonders Jess hatte sich gegen ihn aufgelehnt. Sie nahm nicht einen Penny von ihm an und finanzierte ihre Bildung selbst, und als Katie starb …

Gott, das tat noch immer weh. Katie war immer ein Sonnenschein gewesen, und niemand hatte ihren Selbstmord vorhergesehen.

Niemand, nicht einmal ich, dachte Jess und fühlte sich noch immer miserabel. Wie? Warum?

Als sie nach Katies Beerdigung wieder am College war, traf sie am nächsten Tag ein Mädchen in einer Studentenkneipe, das so niedergeschlagen aussah, wie sie sich fühlte. Von diesem Moment an waren India und Jess unzertrennlich. Ihr geteiltes Leid wurde zum Grundstein einer beständigen Freundschaft.

Herrje, sie wurde rührselig, und immer, wenn sie sich in dieser Stimmung befand, fiel es ihr schwer, die guten Seiten des Lebens zu erkennen. *Nein, dieses Mädchen werde ich nicht sein.*

Und schon gar nicht mit Teddy. Sobald sie an den Mann in ihrem Bett dachte, besserte sich ihre Stimmung. Das war es, was nun zählte. Nicht ihr Dad. Nicht so ein verblödeter Internet-Schmierfink. Sie schaute aus dem Fenster und sah, dass die Übertragungswagen verschwunden waren. Sie konnte noch immer nicht glauben, dass man dafür ein Team zu ihr geschickt hatte.

Aber andererseits ... Simon Lamonts Verhandlung stand an, und sie brauchten wahrscheinlich Füllmaterial. Gott, sie hatte nie jemandem von ihren Erfahrungen mit Lamont erzählt. Sie wollte nicht einmal daran denken. Kurz gesagt, sie glaubte den Frauen, die ihren ehemaligen Chef beschuldigten.

„Hey Euer Ehren, kommen Sie zurück ins Bett?"

Sie drehte sich um und grinste beim Anblick eines sehr zerzausten Teddys, der lächelnd in der Tür stand. Ihr wurde ganz warm, und sie spürte ihr Verlangen nach ihm. „Hmm, da muss ich überlegen ... Ich könnte schon ... Oder du vögelst mich gleich hier auf dem kalten Küchenboden."

Es folgte ein kurzer Augenblick des Schweigens, dann schrie Jess lachend auf, als Teddy sie um die Kücheninsel jagte, sie sanft zu Boden warf und küsste. „Ich bin verrückt nach dir, Jessica Olden."

„Und ich nach dir, Theodore. Küss mich nochmal ... und nochmal ... und *nochmal* ..."

KAPITEL ELF – BREATHE

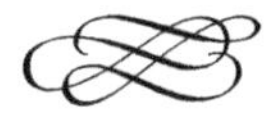

Dorcas hörte sich in aller Ruhe an, was ihr Privatdetektiv zu sagen hatte, dann bedankte sie sich, gab ihm seinen Scheck und verabschiedete sich von ihm. Anschließend ging sie nach oben in ihr Zimmer, schloss die Tür und schrie. Sie kreischte und fluchte, schmiss Gegenstände, zerbrach Glas.

Unten in der Küche schaute ihre Tochter zu Johanna, die DJ eine Hand auf den Rücken legte. „Ist in Ordnung, Süße."

DJ seufzte. „Ich weiß. Ich glaube, Mommy hat gerade erfahren, dass Daddy eine neue Freundin hat."

„Hat er?"

DJ nickte. „Er hat mir letzte Woche von ihr erzählt. Ich glaube, er liebt sie, denn als er von ihr gesprochen hat, sah sein Gesicht so … sanft aus."

Johanna kicherte. „Sanft?"

„So etwa." DJ legte eine verträumte Mine auf, und Johanna lachte. „Er hat Herzchenaugen für sie", erklärte DJ.

„Nun, das ist gut. Richtig?"

DJ nickte enthusiastisch mit dem Kopf. „Richtig."

„Solltest du dich nicht für die Schule fertig machen?"

Keiner hatte Dorcas bemerkt, die sich von ihrem Wutanfall erholt hatte und nun in der Küchentür stand und die beiden beobachtete. Johanna errötete und drehte sich weg. DJ rutschte von ihrem Stuhl. „Ich hole meine Bücher."

„Ich werde DJ heute zur Schule bringen, Johanna", sagte Dorcas. Unter Dorcas Oberfläche brodelte es, und Johanna kannte sie zu gut, als das sie es nicht bemerkt hätte. Glücklicherweise war sie in diesem Haushalt unersetzlich – und sie wusste zu viel über Dorcas, um gefeuert zu werden.

Johanna holte DJs Mittagessen aus dem Kühlschrank. Dorcas riss es ihr aus der Hand und verließ den Raum ohne ein weiteres Wort.

Im Auto, auf dem Weg zur Schule, blickte Dorcas durch den Rückspiegel auf ihre Tochter, die ruhig und geduldig auf dem Rücksitz saß. „So ... du weißt also, dass Daddy eine neue Freundin hat."

„Ja, Mommy."

Dorcas' Mund wurde ganz schmal. „Hast du sie getroffen?"

„Nein. Noch nicht."

„Noch nicht."

„Nein."

Dorcas bemühte sich, die Fassung nicht zu verlieren. Jessica scheiß Olden. Sie hatte vermutet, dass Teddy mit ihr ins Bett ging, aber es sicher zu wissen ... „Hat Daddy von ihr gesprochen?"

„Ein wenig." Gott, aus DJ Informationen herauszuholen, gestaltete sich als ein wahrer Kraftakt. Aber egal, DJ würde auf andere Art schon nützlich sein.

Dorcas setzte DJ vor der Schule ab und gab ihr ihr Mittagessen. „Ich möchte, dass du heute alles isst und nichts übrig lässt. Ich habe deine Lieblingssachen eingepackt."

DJ schaute etwas skeptisch, nickte jedoch und verschwand in der Gruppe ihrer Freunde, die schon auf sie wartete. Dorcas schaute zu, wie ihre Tochter sofort mit ihren Freunden losredete und wunderte sich darüber, wie leicht sie Leute in ihren Bann ziehen konnte. Das konnte Dorcas noch nie, auch nicht als Kind. Sie musste immer ihr Aussehen einsetzen, um zu kriegen, was sie wollte. Sie blickte wieder in den Rückspiegel, dieses Mal aber auf sich. Sie war mittlerweile spindeldürr, doch alles, was sie sah, war die deutliche, zerbrechliche Schönheit ihrer Jugend. Allein ihre Augen konnten sehen, was aus ihr geworden war.

Sie setzte sich die Sonnenbrille auf und steuerte das Auto von der Schule weg. Sie überlegte zu Jess Oldens Haus zu fahren, vielleicht würde sie Teddy dort erwischen, wenn er rauskam ... doch das wäre der Beweis dafür, dass sie ihm hinterherschnüffelte. Dass sie Jess hinterherschnüffelte.

Verdammt. Frustriert schlug sie auf das Lenkrad ein. Wenn Jess Olden glaubte, sie könne ihr den Ehemann und die Tochter wegnehmen, dann hatte sie sich geirrt.

Sie hatte den Plan bereits in Gang gesetzt, mit dem sie Teddy dazu bringen wollte, zu ihr zurückzukommen.

Dorcas fuhr nach Hause und wartete den ganzen Tag darauf, von der Schule angerufen zu werden, um zu erfahren, dass ihre Tochter krank war.

Venedig

Massimo hatte India zu ihrem Jahrestag mit einem Trip nach Venedig überrascht. Dort hatten sie sich kennengelernt. Sie übernachteten in der Penthouse-Suite von Venedigs bestem Hotel, und auch wenn sich beide darauf freuten, die Stadt erneut zu erkunden, blieben sie an ihrem ersten Nachmittag in der Suite.

Erst als sie Hunger bekamen, verließen sie die Suite und gingen in eines ihrer Lieblingsrestaurants. Massimo bestellte eine Flasche Champagner und sprach einen Toast auf seine Verlobte aus. India sah an diesem Abend besonders schön aus, dachte er, ihre karamellfarbene Haut in einem goldenen Kleid, ihr liebliches Gesicht so entspannt, wie er es seit Monaten nicht gesehen hatte.

In New York hatte sie sich einen Therapeuten gesucht, und auch wenn die ersten Wochen hart gewesen waren, war ihm aufgefallen, dass sich ihre Laune deutlich verbessert hatte, und das erfüllte ihn mit Freude. Er hatte seine Indy zurück, nach allem, was passiert war.

„Bella, so schön wie heute hast du noch nie ausgesehen."

India errötete – wirklich, diese Frau konnte mit Komplimenten einfach nicht umgehen – und küsste ihn. „Ich liebe dich so sehr, mein italienischer König."

Er lachte. „Nun, nur ein König ist Deiner würdig."

India streichelte ihm sanft über die Wange. „Es tut mir leid, dass ich dir das Leben so schwer gemacht habe, Baby. Es tut mir so leid."

„Hör auf dich für etwas zu entschuldigen, dass nicht in deiner Macht lag. Ich würde jederzeit für dich durch die Hölle gehen, wenn ich müsste ..." Er schluckte und erinnerte sich plötzlich an ihren fürchterlichen, verheerenden Anblick im Krankenhaus, halbtot, als er nicht wusste, ob sie ihre wunderschönen Augen jemals wieder öffnen und ihm sagen würde, dass sie ihn liebte ...

„Baby?"

Er blinzelte. „Entschuldige, Liebling, ich war nur ..."

„Du bist ganz blass geworden."

Er winkte ab. „Es war nichts, versprochen. Lass uns unser Essen genießen."

Doch auch während des Essens, verfolgte ihn das Bild von India, so schwer verletzt, so brutal behandelt, und es beeinflusste seine Laune an diesem Abend. India schaute ihn an, und er sah, dass sie verwirrt war. „Rede mit mir, Massi."

„Es ist wirklich nichts, Süße. Genießen wir den Abend."

WÄHREND SIE DURCH DIE NÄCHTLICHEN STRAßEN UND BRÜCKEN Venedigs spazierten und die Boote auf dem Canale Grande beobachteten, hielt Massimo Indias Hand, und sie lächelte ihn an. „Das wird immer unser Ort sein", sagte sie leise. „Der Ort, an dem wir uns trafen, uns wiedersahen und uns das erste Mal geliebt haben. An dem wir uns vor der Kamera geliebt haben und uns die ganze Welt sehen konnte."

Massimo lächelte bei dieser Erinnerung. Sie hatten ein Musikvideos zu einem von Indias heißen Songs gedreht und während einer Liebesszene tatsächlich Sex gehabt. Die Aufnahme hatte weltweit Schlagzeilen gemacht, und überall wurde über die Sexszene spekuliert, doch die Wahrheit blieb ihr Geheimnis. Die beiden hatten ihren Spaß an diesem Katz-und-Maus-Spiel.

Plötzlich zog India ihn in eine dunkle, verlassene Seitengasse und drückte ihn gegen eine Hauswand. Sie presste ihre Lippen hungrig auf seine, und angesteckt von ihrer Leidenschaft fuhr er mit seinen Händen an ihrem Körper entlang.

*„Bellisimo India, wenn ich nicht innerhalb de*r nächsten Minuten in dir bin, werde ich wahnsinnig."

Sie nahm seine Hand, und die beiden rannten über die Brücken zu ihrem Hotel.

Dort angekommen verloren sie keine Zeit und rissen sich augenblicklich die Kleider vom Leib. India keuchte, als er ihre Beine um seine Hüften legte. „Verzeih mir India, aber ich kann nicht warten ..."

Sie grinste ihn atemlos an. „Gut … fick mich, Massimo. Bitte fick mich hart."

Er presste seinen langen harten Schwanz so tief in sie hinein, dass sie kurz aufschrie. Massimo zögerte, doch sie nickte ihm auffordernd zu. „Härter, Baby, *härter* …"

Er kam ihrer Aufforderung nach und stieß fest zu. Dabei drückte er ihre Hände gegen den Boden, und während er es ihr besorgte, sah er ihr tief in die Augen. Gott, es fühlte sich so gut an, wie seine Hüften gegen ihre schlugen und er sie ganz und gar ausfüllte.

„Gott, India. Schöne, schöne India. Ich werde es dir heute Nacht auf jede Art besorgen, ich schwöre, das werde ich … *sei una dea, sei una dea." Du bist eine Göttin.*

Er brachte sie zweimal zum Höhepunkt, bevor er selbst kam und seinen Saft in ihr verspritzte. Dann attackierte er ihren Körper mit seinen Lippen, saugte an ihren Nippeln und leckte ihren Bauchnabel. Als sein Mund ihre Weiblichkeit erreichte, stöhnte sie auf und räkelte sich unter ihm.

Sie gehörte ihm, nur ihm, und niemand konnte ihnen in diesem Moment etwas anhaben. Massimos ganzer Fokus lag auf der wunderschönen Frau in seinen Armen, auf seiner Indy, auf dem Mädchen, das so viel überlebt hatte und immer noch seine Liebe wollte, um glücklich zu werden.

„*Ti amo*, India Blue", flüsterte er sanft, während er mit seinen Lippen sanft über ihren Körper fuhr.

Sie kamen zusammen und sackten anschließend erschöpft und nach Luft ringend auf dem Bett zusammen. India schlief in seinen Armen ein. Er küsste ihre Augenlider und versuchte, selbst Schlaf zu finden.

DIE ALBTRÄUME BEGANNEN, UND ER WAR WIE EIN BEOBACHTER, DER nach India rief, als sie ihr Apartment in Venedig betrat. Sie reagierte nicht, und er bemerkte, dass er nicht mehr war als ein Geist …

. . .

India schüttelte ihr nasses Haar aus, als sie die Türe öffnete. Sie schaute an sich herunter und bemerkte, dass ihr weißes Kleid vom Regen völlig durchnässt und durchsichtig wurde. Gott sei Dank trage ich heute Unterwäsche, dachte sie grinsend und ging ins Schlafzimmer, um sich ein Handtuch zu holen.

Als sie durch die Tür ging, nahm sie neben sich eine Bewegung wahr, doch bevor sie reagieren konnte, wurde sie von jemandem gepackt. Sie wehrte sich, trat um sich und wurde panisch. Sie schaffte es, sich loszureißen und in die Küche zu laufen, bevor sie zu Boden geworfen wurde. Ihr Angreifer drehte sie auf den Rücken, drückte sie mit seinem eigenen Gewicht zu Boden und legte seine Hand auf ihren Mund. India blickte in die Augen des Mannes, der sie vor einigen Jahren niedergestochen hatte, und sie wusste, dass sie sterben würde und dass sie niemand retten konnte.

Massimo schrieb einige Autogramme und ärgerte sich darüber, dass er bis Mitternacht gewartet hatte, um nach Venedig zu fliegen. Er konnte es einfach nicht länger ertragen, von ihr getrennt zu sein.

„Hey, Massimo! Wirst du India heiraten?“

Massimo kritzelte seine Unterschrift auf eine Zeitschrift, die ihm entgegengehalten wurde, und schaute den Journalisten ungläubig an. „Natürlich werde ich das ... Sie ist die Liebe meines Lebens.“

Daraufhin flippten die Fotografen aus, und er musste sich den Weg zu seinem Auto geradezu freikämpfen. Als das Auto losfuhr, atmete er erleichtert auf und dachte darüber nach, was er gerade der Presse erzählt hatte.

Es war die Wahrheit. India war die Liebe seines Lebens, daran gab es keinen Zweifel, und er war ein Idiot, dass er ihr das nicht gesagt hatte, bevor sie das Hotelzimmer verlassen hatte. Er konnte es nicht erwarten, sie wiederzusehen, sie zu küssen, ihr zu sagen, dass er so sehr in sie verliebt war, dass es schon wehtat, und dass er sich ein Leben ohne sie nicht vorstellen konnte. Falls sie ihm verzieh und falls sie es zuließ, würde er sie direkt zum Standesamt bringen und heiraten. Morgen, ach was heute Abend ... er war sich sicher, dass er das einrichten könnte. Dann würde er sie auf seine Insel bringen und dort würden sie Tage, Wochen oder sogar Monate damit verbringen, sich zu lieben, miteinander zu schlafen und zu lachen.

Er beugte sich zum Fahrer vor. „Fahren Sie bitte etwas schneller. Ich muss zu meiner Liebsten."

Braydon lächelte auf India herab und fuhr mit seiner Fingerspitze über ihren Bauch und stoppte an ihrem Nabel. „So schön wie immer, meine liebste India. Oh, wo sind meine Manieren? Das ist Zeke. Ich habe ihn mitgebracht, denn er möchte gerne dabei zusehen, wenn ich dich umbringe. Sag Hallo, Zeke."

Zeke grinste schmierig auf sie herab. Seine raue Hand lag noch immer auf ihrem Mund.

Braydon bewunderte ihren Körper, der durch das nasse Kleid deutlich sichtbar war. „Süße India ... es musste auf diese Weise enden, weißt du? Mein Messer in deinem Bauch." Er zog ein Stilett-Messer aus seiner Tasche, und India schaute ungläubig zu, wie er es über seinen Kopf hob. Sein Blick wirkte beinahe liebevoll. „Von diesem Moment habe ich jahrzehntelang geträumt, meine Schöne."

Dann rammte er ihr die Klinge tief in den Bauch, wieder und wieder. India konnte die Qualen kaum fassen. Die Hand von ihrem Gesicht löste sich, während Braydon auf sie einstach, aber sie konnte nicht schreien, sie konnte nicht atmen.

„Boss ...", hörte sie Zeke wehleidig rufen und wunderte sich, ob er fand, dass es genug war. Braydon stoppte und grinste.

„Wo sind meine Manieren? Natürlich ..." Er übergab das Messer an Zeke. Für eine Sekunde fragte sich India, ob es vorbei war, doch ihre Hoffnung wurde brutal zunichte gemacht, als Braydon zufügte: „Nur in den Bauch, Zeke."

Zeke kicherte wie ein Schuljunge und stach wieder und wieder auf sie ein.

„Gott ...", flüsterte sie und spürte, wie sie das Bewusstsein verlor. „Massimo ..."

„Stopp", sagte Braydon, und Zeke ließ das Messer los, dessen Griff aus Indias Bauch ragte. „Das wird sie niemals überleben. Es ist vorbei."

Er beugte sich vor und küsste sie auf den Mund. „Auf Wiedersehen, meine Liebste. Ich habe beendet, was ich begonnen habe ... und bevor du stirbst, solltest du etwas wissen. Vor einem Jahrzehnt? Als ich deine Mutter getötet und dich gevögelt habe? Dein Vater hat mich dafür bezahlt, das zu tun. Er wollte euch beide tot sehen, und es war ihm egal, wie ich es tat. Ich war ganz aufgeregt, als er mir dein Foto zeigte – zu wissen, dass ich dich haben kann und dann mein Messer in dich rammen kann. Letztlich hat er mich bezahlt, und ich habe genau das getan. Darum hat er auch nicht gegen mich ausgesagt, India, weil er wusste, dass ich ihn innerhalb einer Sekunde verraten würde."

Er strich ihr über das Gesicht, und sie kämpfte darum, Luft zu holen. Ihr wurde ganz schummrig vor Schmerzen und vom Blutverlust. „Die Entscheidung, das Ganze jetzt zu Ende zu bringen, ist nur meine Belohnung. Er hat mir gesagt, dass du hier in Venedig lebst." Er lehnte sich noch weiter vor und legte seinen Mund an ihr Ohr. „Ich habe ihm erzählt, dass ich dich töten werde ... weißt du, was er gesagt hat, India? Er hat gesagt, ich solle es tun. Dein eigener Vater. Stirb mit diesem Wissen, schönes Mädchen."

Er stand auf und nickte Zeke zu, der India losließ. Sie konnte sich nicht bewegen, sie war dem Tode nahe und als sie hörte, wie ihre Killer die Tür hinter sich schlossen, schloss sie die Augen.

Massimo stieg aus dem Wassertaxi, und ein Gefühl von Richtigkeit überkam ihn. Er schaute nach oben zu den geöffneten Fensterläden ihrer kleinen Wohnung – der Ort, an dem sie sich ineinander verliebt hatten – und sein Herz schlug schneller. Er rannte die Stufen hinauf und klopfte an ihre Tür. Keine Antwort.

„Bella? Süßer Schatz? Ich bin es, Massimo. Bitte, lass mich rein. Ich weiß, dass du da bist, deine Fenster sind offen."

Immer noch keine Antwort und Massimo wurde langsam nervös. „India, bitte. Ich weiß, du bist sauer, ich weiß, dass ich dich verletzt habe, aber du musst wissen ... zwischen mir und Valentina ist nichts gelaufen. Nichts. Es könnte nie etwas laufen, denn ich liebe dich und nur dich. Du bist der Grund, warum ich atme."

Massimo lauschte an der Tür, doch er hörte nichts. Er seufzte, ging einen Schritt von der Tür weg und schloss mit hängendem Kopf die Augen. Er rieb sich über die Augen und als er sie wieder öffnete, sah er es.

Blut. Es lief unter der Tür durch. Adrenalin und Panik schossen ihm durch den ganzen Körper. „India! Nein, nein, bitte ... Ich brauche Hilfe!"

Er warf sich wieder und wieder gegen die Tür, bis sie endlich nachgab. Er stolperte hinein und sah sie.

Der Schock traf ihn eiskalt. India lag in einer Blutlache, und aus ihrem Bauch ragte der Griff eines Messers. Ihr weißes Kleid war blutgetränkt, ihre Augen geschlossen. Sie war so blass. Massimos Beine gaben nach, und er kroch auf dem Boden zu ihr. Er legte ihren Kopf in seinen Schoß und horchte, ob sie noch atmete. Der Schrei, den er hörte, kam aus seiner Seele, ein trockener Schrei voller Leid.

„Nein! India, nein! Bitte, lebe ..." Doch sie lag regungslos in seinen Armen und als er seinen Finger auf ihren Hals legte, um den Puls zu fühlen, fühlte er nichts. Er schluchzte und schrie, und als er seinen Blick wieder hob, waren ihre Augen geöffnet und blickten ihn vorwurfsvoll an.

„Du konntest mich nicht retten, Massimo ... du hättest mich nie retten können ..."

MASSIMO ERWACHTE IN KALTEM SCHWEIß GEBADET UND RIEF IHREN Namen.

KAPITEL ZWÖLF – HUMBLE

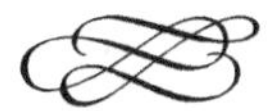

Los Angeles

Jess hatte schon vor einiger Zeit eine Einladung zu der Party ihres Schauspielerfreundes Seth Mackenzie erhalten, und es war zu spät, diese jetzt noch abzusagen. So fand sie sich in seinem Haus in den Hollywood Hills wieder und sagte sich selbst, dass sie maximal eine halbe Stunde bleiben würde.

Teddy war an diesem Abend auch ausgegangen, er unterstützte einen befreundeten Schauspieler bei dessen Premiere, und daher war Jess allein zu der Party gegangen. Glücklicherweise traf sie einige Freunde hier, und ihre halbe Stunde dauerte den ganzen Abend.

Sie dachte gerade darüber nach, die Party zu verlassen, als sie ihn entdeckte und lachen musste. Taran Googe stand in einer Ecke des Raumes mit einem Getränk in der Hand und beobachtete die Leute. Im Internet stellte er sich größer dar, als er tatsächlich war, und er hatte etwas hinterhältig Gruseliges an sich, das Jess anekelte.

Als Seth an ihr vorbeiging, packte sie ihn am Arm. „Seth … was zum Teufel hat dieser Googe Loser auf deiner Party zu suchen?"

Seth schaute herüber und zuckte die Schultern. „Jemand muss ihn mitgebracht haben." Plötzlich verstand er. „Oh Gott … Pass auf, ich werde ihn rauswerfen lassen, Jess."

„Nein, keine Sorge. Ich werde mir einen Spaß daraus machen, dass er hier ist." Jess lächelte hinterhältig und machte sich auf die Konfrontation mit dem Mann bereit, der sich darum bemüht hatte, sie niederzumachen. Sie würde ihn wissen lassen, dass er nicht *den Hauch* einer Chance hatte.

Seth zuckte mit den Schultern und küsste sie auf die Wange. „Mach ihn fertig. Nur lass meine Besitztümer heil."

Jess lachte kurz auf, und Seth ging weiter. Dann ging sie mit bestimmten Schritten zur Bar hinüber, an der Googe stand. Aus dem Augenwinkel konnte sie sehen, wie überrascht er war, als er sie erkannte.

„Na, wenn das nicht Jessica Olden ist."

Jess verzog keine Miene und wandte sich ihm zu, ihr Blick war völlig emotionslos.

„Entschuldigung, kennen wir uns?"

„Sie wissen, wer ich bin, Ms. Olden."

Wow. „Ich fürchte, Sie müssen mir auf die Sprünge helfen."

Sie sah einen Hauch von Zweifel in seinem Blick. Gott, er war widerlich. Über seiner Oberlippe lag ein dünner Schweißfilm, seine Augen hatten eine fiese grüne Farbe, sein Haar war rot und sein Gesicht unrasiert. Er roch nach billigem Tabak. „Taran Googe."

„Müsste ich Sie kennen, Mr. Googe?"

Er grinste sie fies an. „Das sollten Sie. Ich habe gerade erst eine Reportage über Sie veröffentlicht."

„Über mich? Was um Himmels willen könnte an mir so interessant sein?“ Jess genoss dieses Spielchen. Was war dieser Typ doch für ein kleiner Wurm.

„Kommen Sie, Jess. Ihre Vergangenheit mit Simon Lamont, Ihre Beziehungen mit Teddy Hood.“

„Meine ‚Beziehungen‘? Mr. Hood ist mein Klient, Mr. Googe, und Simon Lamont war mein früherer Arbeitgeber. Also?“

Er grinste schief, und Jess widerstand der Versuchung, ihm mitten ins Gesicht zu schlagen. Die Art, wie er sie ansah, brachte Sie innerlich zum Kochen, doch sie kontrollierte ihre Wut. Er durfte nicht gewinnen.

„Nun, da ich Sie persönlich treffe“, hauchte er ihr entgegen, „bereue ich meine Sicht auf Sie beinahe. Wie wäre es, wenn wir uns ein ruhigeres Plätzchen suchen und dort über alles reden?“

Machte er Witze? Wo zum Teufel hatte er seine Sprüche her, aus einem kitschigen 80er-Jahre-Film? Jess blickte ihn eiskalt an. „Hör zu, *Junge,* genießen Sie Ihren Tag im Rampenlicht. Sonnen Sie sich gut darin, denn das wird Ihre einzige Gelegenheit dazu sein, verstanden? Mist, der im Internet verbreitet wird, hält sich nicht lange. Da müssen Sie sich schon etwas mehr investieren.“

Taran Googe grinste noch immer. „Sie haben es also gesehen.“

„Natürlich habe ich das. Ich habe es mir angeschaut, und wissen Sie, was ich dann getan habe? Ich habe es vergessen, denn es war alles nur Blödsinn. Aber das wissen Sie selber, nicht wahr? Sie sind nur ein Schmierfink, der schnelles Geld verdienen will.“ Jess lächelte ihn emotionslos an. Taran Googe lächelte nicht mehr, und es stand eine kleine Gruppe von Leuten um sie herum – alles Freunde von Jess.

Jess war noch nicht fertig mit ihm. „Und graben Sie mich nicht an, wie ein dummer Schuljunge. Deuten Sie nicht an, dass Sie Ihre miese Reportage zurückziehen, wenn ich Ihnen 'entgegenkäme'. Das ist nicht nur widerlich – sondern auch amateurhaft.“

Taran drehte sich mit rotem Gesicht um und verließ die Party. Um Jess ertönte ein kleiner Jubel. „Gott, ich liebe es, wenn du herrisch wirst." Seth legte seinen Arm um Jess' Schulter. „Erklär mir nochmal, warum du keine professionelle Domina bist?"

Jess grinste. „Das hättest du gerne."

„Dieser kleine Versager wollte sich vorhin bei mir einschleimen", sagte eine Schauspielerin, die Jess kaum kannte. „Wer hat ihn überhaupt reingelassen?"

Jess entfernte sich von der Gruppe, die damit beschäftigt war herauszufinden, wer den Eindringling mitgebracht hatte. Sie bedankte sich bei Seth für die Einladung und ging erleichtert zu ihrem Wagen. Gerade als sie die Tür öffnen wollte, sah sie es.

Schlampe

In den Lack ihres Mercedes geritzt. Nett ... und dumm. Seths gesamtes Anwesen war mit Überwachungskameras ausgestattet – vielleicht war es Taran Googe völlig egal, überführt zu werden. Der Typ war ein echter Anfänger.

Komischerweise war Jess über diesen Vorfall vielmehr amüsiert als wütend. Es bestätigte nur ihren Eindruck, dass Taran Googe keine Ahnung hatte, was er tat, und dass sie sich keine Sorgen machen musste.

Sie fuhr zu sich nach Hause, wo Teddy bereits war. Es war komisch, dass sie gegenseitig bei sich ein und ausgingen, als hätten sie das schon immer getan – sie hatte einen Schlüssel zu seinem Apartment, und er hatte einen Schlüssel zu ihrer Wohnung, und so war es einfach.

TEDDY MACHTE JESS DIE TÜR AUF UND NAHM SIE IN DEN ARM. Er konnte einfach nicht genug von ihr bekommen. „Wie war die Party?"

„Besser als erwartet – und es gab sogar einen kleinen Bonus."

Jess erzählte ihm von ihrer Begegnung mit Googe. „Ehrlich, dieser Typ ist ein Idiot. Baut diese vermeintliche Glaubwürdigkeit auf, nur um alles mit einer dämlichen Anmache zu versauen." Jess lachte, und Teddy war froh zu sehen, dass sie Googe nicht allzu ernst nahm – dass hatte sie ohnehin nicht. Jess ging erstaunlich unaufgeregt mit Angriffen auf ihre Person um. Ihm wurde klar, dass es nicht viel gab, was ihr Selbstbewusstsein ankratzen konnte. Er liebte das an ihr.

Er liebte *sie.*

Ihm war das schon seit einiger Zeit bewusst, aber er hatte noch nicht den Mut aufgebracht, es ihr zu sagen. Ihm war klar, dass viele Leute das lächerlich finden würden. Teddy Hood, Hollywood-Star, begehrter Junggeselle – eingeschüchtert von einem Mädchen? In ihrer Gegenwart fühlte er sich wie ein Teenager und manchmal sogar … nicht direkt unterlegen, aber Jess besaß eine Stärke, die er noch nie zuvor bei einer Frau gesehen hatte. Er fand das außerordentlich anziehend und unwiderstehlich.

Es war schon nach Mitternacht, als sie ins Bett gingen, sich liebten und ihre gegenseitigen Berührungen genossen, bevor sie einschliefen.

Es war beinahe vier Uhr morgens, als das Telefon klingelte und Dorcas ihm mitteilte, dass DJ erneut im Krankenhaus war.

KAPITEL DREIZEHN – WIRES

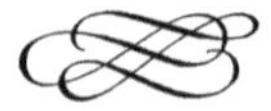

Los Angeles

Teddy versuchte die Panik zu unterdrücken, während er und Jess über die Krankenhausflure Richtung Intensivstation rannten. Als er Dorcas erblickte, ohne Make-up und verweint, setzte sein Herz vor Schreck beinahe aus. *Bitte Gott, nein ...*

„Dorcas? Wo ist DJ?"

„Sie machen noch einige Tests. Sie hört nicht auf sich zu übergeben, und sie klagt über wahnsinnige Kopfschmerzen. Ihr geht es schon seit Stunden schlecht, und ich weiß nicht, was ich tun soll."

Teddy holte tief Luft. „Herrgott Dorcas, warum hast du mich nicht früher angerufen?"

„Hätte ich dich in den letzten Tagen jedes Mal angerufen, wenn DJ sich übergeben musste, hättest du mir vorgeworfen, dich zu stalken." Dorcas warf Jess einen scharfen Blick zu und verzog verärgert das

Gesicht. „Du bringst deine Scheidungsanwältin mit ins Krankenhaus? Wie stilvoll und auch so unangebracht."

Teddy gab ihr keine Antwort, und Jess fühlte sich unwohl. „Warum besorge ich uns allen nicht einen Kaffee?"

„Ja, warum tun sie das nicht?" Dorcas Stimme klang abweisend, was Teddy verärgerte. Doch jetzt war nicht die Zeit für einen Streit. Jess drückte seine Schulter leicht und verschwand. Teddy richtete seinen Blick auf Dorcas. „Erzähl mir alles. Was meinst du damit, dass DJ sich in letzter Zeit häufiger übergeben hat? Warum weiß ich nichts davon?"

„Hat DJ dir nichts gesagt? Interessant."

Teddy ließ sich seine Verärgerung über diesen Seitenhieb anmerken. „Jetzt ist nicht die Zeit für so einen Schlagabtausch, Dorcas. Was zur Hölle stimmt mit dir nicht?"

Dorcas wollte gerade etwas sagen, wurde aber von einem Arzt unterbrochen, der aus dem gegenüberliegenden Zimmer kam. „Sie können DJ jetzt besuchen. Wir haben ihr ein Brechmittel und einige Schmerzmittel gegeben. Sie ist erschöpft aber wach." Lächelnd blickte er Teddy an. „Sie hat nach ihnen gefragt."

„Doktor, was fehlt ihr?" Dorcas klang eher genervt als besorgt, und Teddy warf ihr einen warnenden Blick zu.

„Das wissen wir nicht genau. Wir haben ihr Blut abgenommen und erstellen ein toxikologisches Profil. Es wird eine Weile dauern, bis wir die Ergebnisse bekommen. Es könnte eine einfache Magenverstimmung sein. Das ist die naheliegendste Ursache ihrer Krankheit. Kinder fangen sich eine ganze Menge Viren in der Schule ein, aber bei DJs Vorgeschichte … gehen wir lieber auf Nummer sicher."

„In *meinem* Haus gibt es keine Drogen", sagte Dorcas mit strenger Stimme und Teddy verdrehte die Augen. *Sicher.*

„In meinem auch nicht", entgegnete er ruhig und lächelte den Arzt an. „DJ hat sich in den letzten Tagen gut gemacht. Ich bin mir sicher, es ist nur eine Magenverstimmung."

TEDDY GING ZU SEINER TOCHTER INS ZIMMER UND VERSUCHTE SICH seinen Schreck darüber, wie blass sie aussah, nicht anmerken zu lassen. Sie lächelte ihn strahlend an. „Hi Dad."

„Hi kleiner Kumpel." Er gab ihr ein High-five. „So, du bist also ein Kotz-Monster, was?"

„Das ist so widerlich", sagte DJ und kicherte über den Spitznamen, den ihr Vater ihr gab. „Aber mir geht es schon besser, jetzt wo du hier bist." Sie blickte über seine Schulter, und es kam Teddy so vor, als hätte sie auf irgendetwas gehofft. DJ lehnte sich an ihn. „Bist du alleine hier?" Die Frage klang beiläufig, doch Teddy konnte die Neugier in ihren Augen sehen.

Er lächelte. „Nein, Jess ist mitgekommen."

„Und du hast sie mit *Mom* allein gelassen?" DJ schaute ihn mit großen Augen an, und Teddy musste lachen.

„Glaub mir, Jess kommt schon klar." Er legte seine Hand auf die Stirn seiner Tochter. „Mom hat gesagt, dass es du dich in letzter Zeit häufiger schlecht gefühlt hast."

„Etwas. Mein Bauch tut weh."

Teddy musterte sie. „DJ … du weißt, dass du mir alles sagen kannst, oder? Alles. Wenn dich etwas unglücklich macht ..."

„Versprochen, Daddy. Dieses Mal habe ich nichts genommen." Sie sah ihn mit großen, ernsten Augen an, und Teddy glaubte ihr.

„Dann ist es wohl nur eine Magenverstimmung, Kleines. Das bedeutet, du hast ein paar Tage schulfrei. Toll?"

DJ kicherte. „Toll … ein wenig." Sie seufzte und schien plötzlich hundert Jahre älter, als acht zu sein. „Es bedeutet, dass Mommy wieder Krankenschwester spielt. Sie wird mich nicht in Ruhe lassen."

Teddy nickte verständnisvoll und versuchte gleichzeitig, sich seine Verwunderung über Dorcas nicht anmerken zu lassen. Sie war in diesem Fall unangebracht – sie hatte jedes Recht, sich derart um DJ zu kümmern, und Teddy musste ihr zugestehen, dass sie dieses Mal wirklich ein besseres Bild abgab.

„Klopf, klopf", Dorcas betrat das Zimmer. Sie reichte DJ einen Becher mit Eiswürfeln. „Liebling, du siehst schon etwas besser aus."

„Mir geht es gut, Mommy."

Dorcas setzte sich auf die Bettkante. „Du wirkst immer fröhlicher, wenn wir drei zusammen sind", sagte sie beiläufig und strich ihrer Tochter übers Haar. „Vielleicht würde es dir gefallen, wenn Daddy zu uns zum Abendessen kommt, wenn es dir wieder bessergeht?"

Teddy blickte zu Dorcas, wollte ihr plötzliches Wohlwollen vor DJ aber nicht infrage stellen. „Wie klingt das, Kleines?"

„Darf Jess mitkommen?"

Dorcas Blick verfinsterte sich. „Ich glaube nicht, dass das angemessen wäre, oder? Sie ist Daddys Anwältin?"

Da wusste Teddy mit Sicherheit, dass Dorcas über ihn und Jess Bescheid wusste. Er konnte es in ihrem Gesicht sehen. Er fragte sich, ob Dorcas ihn beschatten ließ, und dann wurde ihm klar, dass sie genau das tat. Doch im Moment kümmerte ihn das nicht weiter. DJ hatte Priorität. Er lächelte seine Tochter an. „Möchtest du Jess kennenlernen?" *So* großmütig war er dann auch wieder nicht, dass er sich nicht wenigstens einen kleinen Seitenhieb gegen seine Ex erlaubte.

DJ nickte mit einem breiten Lächeln, und Teddy stand auf. „Ich werde sie holen."

Dorcas folgte ihm aus dem Zimmer. „Was zum Teufel tust du?"

„Meine Tochter mit meiner Freundin bekannt machen", antwortete Teddy gekonnt. „Aber das wusstest du ja schon, oder nicht?"

Dorcas kniff die Augen zusammen. „Deine Anwältin vögeln. Wie stilvoll von dir."

„So stilvoll wie mich beschatten zu lassen? Topf, lass mir dich Deckel vorstellen." Teddy merkte, dass er immer lauter wurde und atmete tief durch. „Das ist weder die Zeit noch der Ort."

„Um dein Betthäschen unserer kranken Tochter vorzustellen? Da stimme ich dir zu. Werd sie los." Dorcas ging zurück in DJs Zimmer und ließ Teddy kopfschüttelnd zurück.

„Hey."

Er drehte sich zu Jess um und lächelte. „Hey. Hast du das gehört?"

„Jep. Sie hat aber recht. Das ist weder die Zeit noch der Ort. Pass auf, ich werde gehen und dir etwas Freiraum geben. Du musst jetzt bei deiner Tochter sein." Jess küsste ihn zärtlich. „Ich laufe nicht davon. Wir sollten das aber richtig machen. Dass ihre Eltern sich streiten, ist das Letzte, was DJ jetzt braucht. Ich bin da, wenn du soweit bist. Ich bin froh, dass es ihr gut geht."

Teddy lehnte seine Stirn an ihre. „Danke, dass du für mich da bist."

„Gern geschehen." Sie küsste ihn kurz, aber liebevoll. „Ruf mich an, wenn du etwas brauchst."

Teddy schaute ihr nach und fragte sich, warum er sich nicht an eine Zeit ohne Jessica Olden in seinem Leben erinnern konnte. Er konnte auch den Hass nicht nachvollziehen, den ihr anfangs entgegen gebracht hatte. Es war nicht ihre Schuld gewesen, dass sie seinen Fall nicht annehmen konnte, und es war nicht ihre Schuld gewesen, dass er das Sorgerecht verloren hatte. Die Schuld lag bei ihm … und der bösartigen Frau, die er geheiratet hatte. Gott, wie konnte DJ da auch nur eine Chance haben?

Er ging zurück ins Zimmer seiner Tochter. DJ schlief, und Dorcas saß an ihrer Seite. Sie hob den Blick, und die Reue in ihren Augen überraschte ihn. „Es tut mir leid, Teddy. Ich bin nur so … Es tut mir leid, dass ich so unhöflich zu Jessica war."

Teddy schluckte das Bedürfnis zu Lachen herunter. Dorcas? Tut etwas leid? *Sicher.* Aber das musste er ihr lassen. Wenn das ein Schauspiel war, dann spielte sie ihre Rolle perfekt. „Ist schon gut." Er setzte sich an die andere Seite des Bettes und legte seine Hand wieder auf DJs Stirn.

Dorcas hielt DJs Hand. „Ihr geht es so viel besser, wenn wir drei zusammen sind."

Teddy antwortete nicht. Er wollte keine Szene. Stattdessen lehnte er sich zurück und musterte Dorcas. „Ich hätte DJ gerne länger, als nur ein paar Stunden. Ich möchte ein oder zwei Wochenenden im Monat. Etwas mehr Zeit, so dass wir auch mal wegfahren können, nach Tahoe oder an einen Ort, an dem wir ein paar Tage wandern und Rad fahren können."

Er wartete darauf, dass Dorcas ihm diesen Wunsch geradewegs verweigert, doch stattdessen schaute sie ihn nur an. „Gut."

Konnte das wirklich so einfach sein? Was hatte sie vor? Er stellte ihr genau diese Frage, und sie zuckte nur mit den Schultern. „Das ist das zweite Mal, dass ich beinahe meine Tochter verloren hätte, Teddy. Das Leben ist zu kurz, um an kleinen Feindseligkeiten festzuhalten."

Nun musste er lachen und schüttelte den Kopf. „Was hast du vor, Dorcas? Denn dieses ganze Bemuttern bist doch nicht du. Ich kenne dich, weißt du?"

Dorcas blickte ihn ruhig an. „Vielleicht doch nicht so gut, wie du glaubst. Es tut mir leid, dass ich dich von ihr ferngehalten habe, Teddy. Das war unterste Schublade von mir."

Teddy nickte schweigend. Dorcas musste erst noch beweisen, dass es ihr ernst war – er kannte sie einfach zu gut.

. . .

Teddy rief Jess später an diesem Morgen an und sagte ihr, dass er im Krankenhaus bliebe. „Das war Dorcas Vorschlag."

„Ihr Vorschlag? Ach." Jess konnte den zynischen Ton in ihrer Stimme nicht verbergen, und sie hörte Teddy leichtes Lachen.

„Ja, gut. Aber der geschenkte Gaul und das alles. Ich kann den ganzen Tag mit meiner Tochter verbringen."

„Das freut mich, Schatz. Ruf mich an, wenn du was brauchst."

„Danke, Schönheit. Ich sehe dich später."

Jess beendete das Gespräch lächelnd. Gott. Sie hatte keine Ahnung, wie Eltern das schafften. Hätte sie ein Kind, sie wäre die ganze Zeit über ein nervliches Wrack. DJ hörte sich nach einem tollen Kind an, und Jess musste zugeben, dass sie sie gerne kennenlernen würde.

Um Gottes willen, Olden, so verträumt? Der Gedanke erinnerte sie daran, dass sie sich schon eine ganze Zeit nicht mehr nach Coco erkundigt hatte. Also machte sie sich einen Kaffee und griff nach dem Telefon. Der Anruf wurde jedoch direkt an die Mailbox weitergeleitet.

Sie rief India stattdessen an und war über den niedergeschlagenen Ton ihrer Freundin überrascht. „Was ist los, Boo?"

„Es ist Massi", vertraute ihre Freundin sich ihr an. „Er ... macht gerade Sachen durch."

„Was für Sachen?"

India seufzte. „Gott, Jess. Ich fühle mich so schuldig. Er hat furchtbare Alpträume, und er steht so unter Stress, dass ihn alles aus der Ruhe bringt. Ich versuche ihn davon zu überzeugen, einen Therapeuten aufzusuchen, aber er sagt nur, dass es nicht er war, der entführt und niedergestochen wurde." Ihre Stimme zitterte. „Wir haben uns gestritten."

Jess war geschockt. Soweit sie wusste, gab es kaum etwas, worüber India und Massi sich jemals stritten. „Oh Süße."

Sie hörte, wie India einen tiefen Atemzug machte. „Ich weiß nicht, was ich sagen soll, damit es ihm bessergeht. Er sagt nur ständig, dass er mich besser hätte beschützen sollen, aber er ... Gott, Jess. Warum ist das immer noch so schmerzhaft?“

„Indy ... Verstehst du das Ausmaß von dem, was dir passiert ist? Du wurdest beinahe getötet. Für uns alle, die wir dich lieben, war es, fühlt es sich an, als seien wir auch gestorben. Massi ... Mensch, er liebt dich so sehr, dass es ihn im wahrsten Sinne des Wortes umbringen würde, sollte dir etwas zustoßen. Natürlich gibt es Rückschläge. Ich bin überrascht, dass es nicht schon früher passiert ist.“ Jess merkte, wie ihre Stimme immer lauter wurde, und sie unterbrach sich selbst. „Entschuldige.“

„Du bist auch wütend auf mich.“ In Indias Aussage lag kein Selbstmitleid, es war vielmehr eine Feststellung.

Jess wappnete sich für ihr Geständnis. „Ja, ein wenig. Nicht so sehr wie zu dem Zeitpunkt, als ich dich blutüberströmt und halbtot gesehen habe. Aber ja. Ich bin sauer, dass du dich in Gefahr gebracht hast, und ich weiß, dass es unfair ist.“

„Nein, ist es nicht.“ India klang irgendwie erfreut. „Ich will, dass jemand wütend auf mich ist und mich anschreit. Ich war so dumm. Bitte Jess, von all meinen Freunden, bist du die Letzte, die sich mit Blödsinn abgibt. Schrei mich an, beleidige mich, sei wütend. Bitte?“

„Das willst du von mir?“ Jess atmete tief durch. „India Blue. Hast du eine Ahnung, wie selten dämlich du warst? Wie egoistisch? Sun wurde angeschossen und bist weggelaufen. Du bist vor uns allen weggelaufen und hast dich in die Hände eines Mannes begeben, der dich nicht nur abgewiesen hat, sondern dich umbringen lassen wollte.“

„Ich weiß. Weiter.“

„Das war so unglaublich dumm, dass ich mich wundere, dass in deinem Schädel überhaupt noch Hirn steckt. Gott India, was zum Teufel hast du dir gedacht?“

„Weiter.“

„India … dumm beschreibt es nicht einmal annähernd. Bescheuert. Idiotisch. Du bist eine verdammte … Ahh!“ Jess gab einen lauten Schrei von sich, in dem sich die ganze lang unterdrückte Frustration entlud. Am anderen Ende der Leitung hörte sie ein merkwürdiges Geräusch.

„India, weinst du?“

Aber India lachte. „Gott, das musste ich hören, Jessie. Keiner sagt es, aber ich war eine verdammte Idiotin. Selbstmörderisch und dermaßen egoistisch. Wie konnte ich Sun in diesem Zustand nur zurücklassen? Massi? Gott, was für ein Volltrottel.“

Jess begann nun ebenfalls zu lachen. „Aber ich liebe dich. Ich bin so froh, dass du überlebt hast, Süße.“

„Sei nicht so nett, sonst muss ich heulen.“

„Schon gut, Dummkopf.“

„Kuh.

„Ziege.“

India lachte. „Hast es wohl nicht übers Herz gebracht, mich ein Miststück zu nennen, was?“

„Nein, das bist du nicht. Fühlst du dich besser?“

„Das tue ich, danke. Jetzt muss ich nur noch zu Massi durchdringen. In zwei Wochen wird er LA für den Film mit Teddy verlassen, und ich muss hier noch so viel erledigen, dass ich ihn nicht begleiten kann. Ich mache mir Sorgen.“

„Sieh mal, Indy. Ich werde hier sein, Coco und Alex … und er und Teddy haben sich gleich gut verstanden. Ich kann mit Teddy reden, dass er ihn im Auge behalten soll.“

„Würdest du das tun? Es soll aber nicht so aussehen, als passe er auf ihn auf. Massi würde das sofort durchschauen.“

Jess lächelte. „Keine Sorge. Teddy ist geschickt.“

„Du hast ihn wirklich gern, oder?"

Jess schwieg einen Moment, und India spürte ihre Zurückhaltung. „Jess?"

„Das tue ich. Ich habe ihn sehr gerne, Indy und das ist … ein neues Gefühl für mich. Es ist etwas beängstigend."

Daraufhin schwieg India für einen Augenblick. „Du liebst ihn."

Jess schluckte, konnte ihre Freundin aber nicht belügen. „Das tue ich. Ich bin vollkommen verrückt nach ihm, Indy. Und das jagt mir eine Heidenangst ein."

India lachte sanft auf. „Ich kenne das Gefühl, Jessie. Bei Massi ging es mir genauso. Es ist beängstigend. Aber ich glaube, Dinge, bei denen es um etwas geht, sollten ein wenig beängstigend sein, oder nicht? Teddy ist großartig."

JESS VERABSCHIEDETE SICH VON IHRER FREUNDIN UND GING AUF DIE Terrasse, um einen Kaffee zu trinken und über ihren Tag nachzudenken. Es war Samstag, und sie hatte vor, den Tag mit Teddy zu verbringen. Und nun lag der Tag vor ihr, und es war schön, keine Pläne zu haben.

SIE BEMERKTE DEN MANN NICHT, DER AM STRAND AN IHREM HAUS vorbeiging. Taran Googe hatte sich den Hund eines Freundes geliehen und ging mit ihm spazieren als Ausrede dafür, an Jessica Oldens Haus vorbeigehen zu können. Er konnte sie sehen. Sie saß entspannt auf ihrer Terrasse.

Sie sah verdammt gut aus. Während er sie beobachtete, zuckte sein Schwanz. Wunderschön, aber ein eierquetschendes *Miststück*.

Er wurde auf dieser Party gedemütigt, und dafür würde sie bezahlen. Ihr Auto zu zerkratzen war dumm gewesen. Er hatte damit gerechnet, dass die Polizei bei ihm auftauchen würde.

Aber nichts. Irgendwie störte ihn das. Für Jessica Olden war er nur ein lästiges Ärgernis. Aber nicht mehr lange. Jess Olden würde bald lernen, sich nicht mit Taran Googe anzulegen. Er würde ihr Leben zerstören, auf welche Art auch immer.

Genieße die Ruhe, du Miststück. Bald ist die Kacke am Dampfen.

TEDDY KÜSSTE DJ AUF DIE STIRN. „ICH WERDE SPÄTER WIEDERKOMMEN, Süße. Irgendwelche Wünsche?"

„Twizzlers?" Sie schaute ihn hoffnungsvoll an und richtete ihren Blick dann auf Dorcas, die mit den Augen rollte, aber zustimmend nickte.

„Betrachte es als erledigt." Er lächelte seine Tochter an und nickte anschließend seiner Exfrau zu. „Ich komme später wieder und löse dich für den Abend ab."

„Wir werden warten." Dorcas lächelte ihn an, und für eine Sekunde erkannte er die Frau wieder, in die er sich vor Jahren verliebt hatte, vor dem Ruhm, vor der Diva, vor den Drogen. Als sie ihn liebte. Ihn überkam ein Hauch Traurigkeit darüber, wie die Sache ausgegangen war.

„Bis später."

Er betrat den Krankenhausflur und bedankte sich bei der dienstha-benden Schwester. Er gab ein paar Autogramme – das Krankenhaus-personal war großartig, wenn es darum ging, Fans abzuwimmeln, und er konnte sehen, dass sie ihn wirklich gerne fragen wollten – und bedankte sich ein weiteres Mal. Ein Autogramm geben war das Mindeste, das er tun konnte.

Er ging nach unten zum Ausgang und schlich unerkannt an ein paar Fotografen vorbei. Darin hatte er schon Übung. Als er zum Ausgang kam, sah er den Mann, der aus dem Fenster starrte und blieb stehen.

„Alex?"

Alex drehte sich um, doch in seinem Blick lag eine solche Leere, dass es Teddy beinahe umgehauen hätte. „Gütiger Gott, was ist los?“ Er legte seine Hand auf Alex' Arm, doch dieser blinzelte nur, so als ob er Teddy gar nicht erkannte.

„Sie ist tot.“

„Was? Wer ist tot?“

In Alex' Augen lag so viel Schmerz, und mit verzerrtem Gesicht brach er zusammen.

„Coco. Sie hatte Schmerzen, also habe ich sie in die Notaufnahme gebracht. Sie sagten etwas von ... Herrgott, Ich weiß nicht … Aber sie ist tot. Unser Baby … Beide … Sie sind tot.“

KAPITEL VIERZEHN – SONG TO THE SIREN

Los Angeles

Obwohl es ein warmer Frühlingstag war, lief es Jess eiskalt den Rücken herunter, als Cocos Sarg in die Erde gelassen wurde. Um sie herum weinten Menschen, doch Cocos engste Freunde – Alex, India, Massimo, Sund und Tae, die aus Korea eingeflogen waren – standen wie Statuen am Grab. Zutiefst erschüttert. Verzweifelt. Jess' und Indias Blicke trafen sich, und India schüttelte einfach nur den Kopf.

Keiner von ihnen konnte diesen Tag fassen. Teddy drückte Jess' Hand, und sie lehnte sich dankend an ihn.

Die Totenfeier fand in Alex' und Cocos Apartment statt, doch Alex war nicht in der Verfassung, Gäste zu empfangen. Der Mann hatte seine beste Freundin und sein Kind an eine plötzliche Blutung verloren.

Es gab keinerlei Anzeichen, bis Coco plötzlich über lähmende Kopfschmerzen klagte. Auf der Fahrt zum Krankenhaus hatte sie sogar noch Witze gemacht.

Jess und India sprangen für Alex ein und stellten sicher, dass die Gäste versorgt waren. Es waren eine Menge Hollywoodstars da, doch niemand drängte sich in den Mittelpunkt. Coco wurde von vielen gemocht – nein, dachte Jess, vergiss das – Coco wurde in dieser Stadt geliebt. Sie erledigte die Arbeit nicht nur, sondern sie erledigte sie mit Würde, Wärme und Stil. Und die Leute liebten sie dafür.

Wie konnte sie tot sein? Wie war das möglich?

Als die Gäste sich nach und nach verabschiedeten, ging Jess ins Gästezimmer und verschnaufte selbst einen Moment. Teddy folgte ihr, schloss die Tür hinter sich und nahm sie in den Arm. „Das hast du gut gemacht, Jess."

Sie lehnte sich an ihn. „Mir geht es nicht so gut, Schatz."

„Ich weiß. Ich bezweifle, dass ich irgendetwas sagen kann, damit es dir bessergeht. Aber Coco wäre heute stolz auf dich gewesen. Auf dich, Indy und Massimo und auf die beiden viel zu hübschen Koreaner."

Jess lächelte ein wenig. Teddy hatte sich von Sun und Tae verführen lassen. Von ihrem natürlichen Charme, der sogar durch ihre Trauer hindurch schimmerte. „Es sind tolle Jungs."

Teddy küsste sie auf die Schläfe. „Schatz ... Du weißt, dass du bei mir loslassen kannst, nicht wahr? Schreien, wüten, weinen ... Du hast bis jetzt noch nicht geweint."

„Weil ich es immer noch nicht glauben kann. Ich kann es einfach nicht." Jess schloss ihre Augen. „Ich muss wieder zurück."

„Nimm dir ein paar Minuten. Indy kümmert sich um Alex und Massi um die restlichen Gäste."

Jess lehnte sich an ihn, doch dann piepste ihr Telefon. „Herrgott, nicht jetzt ..." Sie schaute dennoch nach. „Scheiße. *Scheiße.* Wollt ihr mich *verarschen?*" Sie schaute ungläubig auf ihr Telefon, und Teddy nahm ihr es vorsichtig aus der Hand. Während er die Nachricht ihrer Assistentin las, schaute sie ihn an. „Wirklich, *heute?*"

Teddy schüttelte den Kopf, und Jess nahm ihr Telefon zurück und rief Bee an.

Ihre Assistentin hörte sich an, als sei sie den Tränen nahe. „Es tut mir so leid, dass ich dich anrufen muss, Jess. Aber ich dachte, du solltest es von mir erfahren."

„Ist das Video schon online?"

„Ja. Es wurde vor ein paar Minuten hochgeladen."

„Schick mir den Link."

INNERHALB WENIGER MINUTEN HATTE JESS DAS VIDEO AUFGERUFEN und schaute es sich zusammen mit Teddy an. Allein der Titel brachte sie beinahe zum Schreien.

Vom Tod umgeben ... Ist Jessica Olden ein tödlicher Fluch für jeden in ihrem Umfeld?

Taran Googe' glänzendes, fettiges Gesicht starrte sie an, während er die Tode von Coco, Jess' Schwester Katie und den Beinahetod von India detailliert preisgab und in einer unsinnigen Weise miteinander in Verbindung brachte. Aber Jess wusste, dass Googe wusste, dass das ganze Blödsinn war. Es ging nur darum, sie zu verletzen, sich an ihr zu rächen, weil sie ihn lächerlich gemacht hatte. Dass das alles Unsinn war, störte ihn dabei nicht. Es genügte ihm, ihr ein schlechtes Gefühl zu vermitteln, und genau das hatte er an diesem Tag getan, am Tag von Cocos Beerdigung.

„Arschloch! Wichser!" Jess schrie lauthals los, und ihre Freunde kamen ins Zimmer. Während Jess wütete, zeigte Teddy den anderen das Video.

„Dieser Pisser", grölte Alex. Seine Trauer trug noch zu seiner Wut bei. „Ich werde die Scheiße aus ihm herausprügeln."

Sun legte Alex seine Hand auf den Arm, um ihn zu beruhigen. „Mein Freund, das ist genau, was er will. Er ist ein Insekt auf einer Windschutzscheibe. Jess, ist das der Idiot, von dem du uns erzählt hast?"

Jess nickte. Sie schaute sich das Video noch einmal an und hörte genau zu, wie Googe die Umstände vom Tode ihrer Schwester beschrieb.

„Es muss wehtun, dass Jess' eigener Vater sie für Katies Selbstmord verantwortlich macht. Wenn Jess ihr nur mehr Aufmerksamkeit entgegengebracht hätte, weniger egoistisch gewesen wäre ... Die Trauer in der Stimme des Mannes ist nur schwer zu ertragen."

Tarans Stimme war ruhig. Er tat so, als könne er den Schmerz über Katies Tod nachempfinden.

Jess gingen die Kraftausdrücke aus, stattdessen spürte sie die Tränen in ihren Augen. „Wie kann er nur? Wie kann er Katie benutzen? Wie kann er Coco benutzen, um mir wehzutun? Bastard. Ihre Namen überhaupt in seinen dreckigen, widerlichen Mund zu nehmen."

Vorsichtig nahm Teddy ihr das Telefon aus der Hand. „Wir werden uns um Googe kümmern, mein Schatz. Das werden wir. Aber jetzt ... Nichts was er sagt, wird ernst genommen. Er wollte dich an deinem wunden Punkt treffen, und", er lächelte sanft, „er weiß, dass es nur selten vorkommt, dass Jess Olden verwundbar ist. Er hat den Zeitpunkt bewusst gewählt."

„Hat er", stimmte India ihm zu und nahm Jess' Hand in ihre. „Jeder, der dich liebt, dem du etwas bedeutest, weiß, dass das Blödsinn ist. Es kann dich nicht verletzen, nicht wirklich."

Jess nickte, fühlte sich gleichzeitig aber wie gelähmt. Jeder in diesem Zimmer musste mit Trauer umgehen, mit Verlust. Niemand war dagegen immun. Nicht einmal sie.

TEDDY BRACHTE SIE SPÄTER NACH HAUSE, DOCH SIE BESTAND DARAUF, dass er DJ besuchte, anstatt bei ihr zu bleiben. „Du solltest dir keinen

Moment mit ihr entgehen lassen", drängte sie ihn, und Teddy gab ihr einen Kuss.

„Ich komme später wieder."

„Ich werde auf dich warten."

Als er im Krankenhaus ankam, schlief DJ. Dorcas sah blass und müde aus. „Wie war die Beerdigung?"

„Schmerzhaft. Wie geht es der Kleinen?"

Dorcas seufzte. „Ihr Zustand hat sich wieder etwas verschlechtert. Sie machen noch einige Tests, aber bis jetzt ist noch nichts dabei herausgekommen." Sie musterte ihn. „Du siehst müde aus."

„Du auch. Warum gehst du nicht nach Hause, nimmst eine Dusche, isst etwas, schläfst ein wenig? Ich bleibe bei DJ."

„Möchtest du nicht lieber bei deiner Freundin sein?"

Teddy warf ihr einen verärgerten Blick zu. „Was soll das heißen?"

Dorcas schaute unschuldig. „Gar nichts. Es war ein schwerer Tag für euch beide."

Teddy ließ die Schultern hängen. „DJ hat oberste Priorität."

Dorcas nickte und stand auf. „Also gut. Ich werde etwas essen und einen Kaffee trinken, aber ich will bei ihr bleiben. Sie ist sehr schläfrig. Die Magenkrämpfe haben sie wachgehalten, also haben sie ihr ein Schlafmittel gegeben. Ich wünschte, sie würden endlich etwas finden." Sie wandte ihr Gesicht von ihm ab, doch Teddy konnte die Tränen in ihren Augen sehen.

Er ging zu ihr und tätschelte ihr etwas verkrampft die Schulter. „Sie wird schon wieder, Dorcas. Es ist sicher nur eine schwere Magenverstimmung. Komm schon, du weißt das. Iss was und ruhe dich aus. Wenn du wiederkommen willst, gut. Sie ist aber auch meine Tochter, ich kann mich um sie kümmern."

Dorcas nickte und zu seiner Überraschung, küsste sie ihn auf die Wange. „Du bist ein guter Vater, Teddy."

Bevor er etwas sagen konnte, war sie weg, und er blieb verwirrt zurück. Machte sie sich wirklich solche Sorgen um DJ, dass sich ihre ganze Persönlichkeit verändert hatte?

Er hoffte es zumindest.

* * *

India schloss die Türe zum Gästezimmer und ging ins Bett. „Alex schläft endlich. Ich glaube, die halbe Flasche Scotch hat dabei geholfen. Sun und Tae sind immer noch auf. Jetlag." Sie seufzte und blickte zu Massimo.

„Hey."

„Hey." Er breitete seine Arme aus, und sie sank hinein. „Geht es dir gut?"

„Nein, aber das wird schon wieder. Dir?" Sie blickte in seine Augen und sah den Schmerz in ihnen. „Es ist unglaublich, oder?"

Er nickte schweigend. India küsste ihn. „Rede mit mir."

„Ich habe nichts zu sagen. Es ist einfach alles scheiße."

India streichelte seine Wange. „Deine Aussprache macht Fortschritte."

Massimo presste seine Lippen auf ihre. „Wie wär's, wenn ich bei anderen Dingen Fortschritte mache?"

India lächelte ihn sanft an. „Gute Idee. Hilft uns dabei, diesen furchtbaren Tag zu vergessen." Sie lachte kurz auf. „Entschuldige. Das war nicht die romantischste Antwort von mir."

Massimo küsste sie erneut und rollte sie sanft auf den Rücken. „Ich schätze, an einem Tag wie heute ist alles erlaubt. Wenn du nicht in Stimmung bist, verstehe ich das auch."

„Nein, ich bin in Stimmung", flüsterte sie ihm zu. „Bin ich wirklich. Ich brauche es, weißt du. Gerade heute muss ich dich ganz nah spüren." Sie grinste ihn verschmitzt an. „Aber eigentlich muss ich das immer."

Seit langer Zeit lächelte Massimo wieder, und sie sah das Funkeln in seinen Augen, das sie so liebte. „Ich liebe dich, India Blue. Ich weiß, dass wir noch nicht verheiratet sind, aber ich fühle mich bereits wie dein Ehemann."

Sie begann sich zu lieben, streichelten und liebkosten sich. Jede Berührung ein Balsam gegen die Trauer. Sie kannten ihre Körper so gut, und noch immer entfachte Massimo das Feuer in jeder ihrer Zellen. Er drang in sie ein, und sie liebten sich langsam und intensiv. Sie genossen die Ekstase und steuerten auf einen leisen Höhepunkt zu. Ihre Küsse unterdrückten die Schrei der Lust. Als er in ihr kam, lächelte India und küsste ihn auf den Mund, auf den Hals und rieb ihre Nasenspitze gegen seine. „Ich liebe dich", flüsterte sie und küsste ihn noch einmal.

Schließlich schliefen sie ein, doch als India am nächsten Morgen erwachte, war die andere Seite des Bettes leer.

India lief suchend durch das Apartment, konnte Massimo aber nirgendwo finden. Sie ging auf die Terrasse, schaute suchend auf den Strand und entdeckte eine einsame Figur, die den Strand entlanglief. Die Sonne war zwar noch nicht aufgegangen, doch der Mond schien so hell, dass sie die Stufen hinabging und zu ihrem Geliebten lief. Als sie sich ihm näherte, hörte sie, dass er mit sich selbst sprach. Er wütete und fluchte auf Italienisch, und die Intensität erschreckte India.

„Massi?"

Massimo erstarrte und zögerte einen Moment, bevor er sich umdrehte.

„Geh zurück ins Haus, Indy."

„Was ist los?"

„Geh zurück ins Haus. Bitte."

Den Klang in seiner Stimme hatte sie noch nie gehört, und er verwirrte sie. Er klang … aggressiv. Was? Ihr Massi?

„Massimo ..."

„Geh zurück ins Haus!"

India wich stolpernd von ihm zurück, geschockt und verletzt von der Art, wie er sie angeschrien hatte. Dann drehte sie sich um und rannte. Als sie die Terrasse erreicht hatte, zitterte sie so sehr, dass sie sich nicht mehr auf den Beinen halten konnte und die Treppe auf allen Vieren hochkroch. Oben angekommen brach sie schwer atmend am Boden zusammen. Sie schnappte nach Luft und richtete ihren Blick wieder in Massimos Richtung, der in die Knie gegangen war und den Kopf in den Händen hielt.

India spürte einen Arm, der sich um ihre Schulter legte. Sun. „Ich habe es gehört … Bist du in Ordnung, Indy?"

Sie schüttelte den Kopf und ließ sich von ihm stützen und zurück ins Haus bringen. Tae war ebenfalls wach, seine Haare waren zerzaust und sein Blick verwirrt. „Was war denn los?"

„Ich glaube Massimo ist … verärgert", antwortete Sun diskret, doch India sah den Blick, den sich die beiden zuwarfen.

„Habe ich etwas verpasst?" Ihre Stimme zitterte, doch sie wollte wissen, was die beiden wussten, was sie nicht über ihren Geliebten wusste.

Sun atmete tief durch. „Indy, wir sind besorgt … seit wir hier sind. Massimo wirkt verändert, gestresst."

„Kurz vorm Ausrasten", fügte Tae mit etwas mehr Deutlichkeit zu. „Als ob ihn alles zum Platzen bringen könnte." Er setzte sich neben India und ergriff ihre Hand. „Ist dir irgendetwas aufgefallen?"

India nickte und fühlte sich wie gelähmt. „Ja. Ein paar Mal, aber immer wenn ich versuche, es anzusprechen wird er … Ich verstehe es nicht. Wir haben uns heute Nacht geliebt und alles schien in Ordnung zu sein – den Umständen entsprechend." Sie schaute aus dem Fenster. „Er hat mich noch nie so angeschrien. *Noch nie.*"

Während sie redete, huschte ein Schatten durch das Zimmer, und Massimo öffnete die Glastür. Er betrat den Raum und vermied den Augenkontakt mit den Anwesenden. „Leute ... Könnt ihr uns einen Moment allein lassen?"

Tae nickte, aber Sun schaute India fragend an. Sie nickte ihm zu, und er drückte ihre Hand. Dann standen beide auf und gingen zurück in ihr Zimmer. Massimo nahm gegenüber von India Platz und machte keinerlei Anstalten, sie zu berühren. „Es tut mir leid."

India nickte, sagte aber kein Wort. Er sah ihr nicht in die Augen.

Massimo rieb sich das Gesicht. „Ich glaube ... Ich glaube, ich brauche vielleicht ..."

„Professionelle Hilfe?"

Endlich sah er sie an. „Ich brauche vielleicht etwas ... Abstand."

Ein unerträglicher Schmerz durchzog ihren ganzen Körper. „Abstand? Von ... mir?"

Massimo nickte, und Indias Herz zerbrach in tausend Teile. Sie atmete tief durch. „Wenn es das ist, was du brauchst."

Massimo stand auf. „Ich werde ein Taxi rufen."

Gott, dieser Schmerz, dieser Schock. „Jetzt sofort?"

Er nickte und wandte seinen Blick wieder ab. „Ja."

India war wie erstarrt, als er in ihr gemeinsames Zimmer ging. Innerhalb weniger Augenblicke kam er mit seiner Tasche heraus. „Es tut mir leid", sagte er erneut und blickte ihr in die Augen. „Ich liebe dich."

„Aber das ist nicht genug, oder?"

Massimo zögerte, bevor er nickte. „Nein. Im Moment nicht."

India hatte das Gefühl, als hätte man ihr einen heißen Spieß in die Brust gerammt. Sie zog Braydon Carters Messer diesem Schmerz vor. Sie sah zu, wie ihre Liebe, *die* Liebe ihres Lebens, das Strandhaus verließ, hörte, wie er ins Taxi stieg und davonfuhr. Sie konnte sich nicht bewegen, konnte nicht atmen.

Irgendwann spürte sie Suns Arme um sich. Er brachte sie in sein und Taes Schlafzimmer, wo beide sie für den Rest der Nacht im Arm hielten.

KAPITEL FÜNFZEHN – WHAT KIND OF MAN?

Los Angeles

Jess stürzte sich in die Arbeit und wollte den Schmerz über Cocos Tod und Indias und Massimos Trennung entkommen. Sie konnte es kaum glauben. Stattdessen konzentrierte sie sich darauf, Taran Googe zu überführen. Er hatte eine Grenze überschritten, als er Coco und Katie ins Spiel brachte, und sie wollte dieses Arschloch zur Strecke bringen, bevor er noch größeren Schaden anrichten konnte.

Sie war dermaßen auf Rache aus, dass sie die Sorge ihrer Freunde und Kollegen gar nicht wahrnahm. Schließlich war es Bee, die Teddy nervös und angespannt anrief, um ihn um Hilfe zu bitten. „Es tut mir leid. Ich will mich nicht aufdrängen, aber wir machen uns solche Sorgen."

„Ist schon gut", versicherte Teddy ihr, „ich weiß es zu schätzen, dass Sie sich an mich wenden. Dass können Sie immer, wenn es um Jess geht, okay? Ich möchte, dass Sie das wissen."

„Danke, Mr. Hood."

„Teddy, Bee.“

„Danke, Teddy.“

Jess war noch immer bei der Arbeit, als Teddy vom Krankenhaus nach Hause kam und Neuigkeiten über DJ hatte. „Sie wird entlassen.“ Er strahlte Jess an, die lächelte und erleichtert nickte.

„Wissen sie jetzt, was es war?“

„Sie denken ein Virus, der wieder aufgetreten ist, wissen es aber nicht hundertprozentig. Aber es scheint ihr gutzugehen.“ Er setzte sich neben sie auf die Couch, legte ihr den Arm um die Schulter und küsste sie auf die Wange. „Du riechst gut.“

„Ich habe gerade ein Bad genommen.“ Sie rollte die Schultern, und Teddy sah, wie die Anspannung ihren Körper verließ. Er warf einen Blick auf ihren Computerbildschirm und seufzte. Taran Googe. Sanft nahm er ihr den Laptop weg und machte den Deckel zu. „Das reicht.“

Für einen Moment wollte sie ihm widersprechen, nickte dann aber zustimmend und ließ sich von ihm in den Arm nehmen. „Sich diesen Pisser zu holen bringt Coco auch nicht zurück.“

„Ich weiß.“ Jess presste ihre Lippen auf seine. „Es tut mir leid, dass ich dich in diesen ganzen Schlamassel reingezogen habe.“

„Hey, ich habe dich genauso in meinen Schlamassel reingezogen.“

„Das ist etwas anderes. Du hast mich dafür bezahlt, dass ich mich um deinen Schlamassel kümmere.“ Sie lächelte ihn sanft an. „Aber ich hätte mich auch umsonst darum gekümmert.“

„Gut zu wissen, denn du bist wirklich *verdammt teuer*, Mädchen.“ Er grinste sie an, und sie lachte. Dieses Geräusch hatte er in den vergangenen Wochen viel zu selten gehört.

„Du kannst mich auch mit Sex bezahlen.“ Sie schaute ihn mit großen, unschuldigen Augen an, und er lachte.

„Das höre ich gerne.“ Er küsste sie und spürte, wie sie sich an ihn schmiegte. Beide grölten frustriert, als ihr Telefon plötzlich vibrierte. „Lass es einfach.“

„Das kann ich nicht. Es könnte immerhin ein Klient sein.“

Er seufzte, ließ sie aber ans Telefon gehen. Er stand auf, zeigte an, dass er sich etwas zu trinken holen wollte und fragte sie, ob sie auch etwas wolle. Jess nickte und nahm den Anruf entgegen.

Teddy ging in die Küche und holte zwei Flaschen Bier aus dem Kühlschrank. Als er die Tür wieder schloss, fiel ihm ein Foto ins Auge, das mit einem Magneten an der Kühlschranktür befestigt war. Es zeigte Jess, India und Coco lachend, fröhlich und gut gelaunt. Es war nur wenige Jahre alt, und sie sahen so jung und sorgenfrei aus – abgesehen von India, in deren Blick eine gewisse Schwere lag. Kein Wunder, bei dem, was sie damals erlebt hatte. Von einem Besessenen verfolgt.

Teddy kaute auf seiner Unterlippe. War Jess zu sehr auf Rache an Googe fixiert? Er wollte nicht so denken, aber er wusste, dass sie ihre Trauer auf diesen Mann richtete. Teddy fühlte sich unsicher dabei. Vielleicht sollte er Googe selbst aufsuchen und ihm sagen, dass er sich zurückhalten soll.

Er hörte, wie Jess' Stimme lauter wurde und ging zurück ins Wohnzimmer. Sie beendete gerade das Gespräch, sah aber verärgert aus. „Was ist los?“

Jess schaute ihn an. „Es ist Dorcas.“

Ihm wurde ganz mulmig zumute. „Was hat sie jetzt wieder?“

Jess zögerte. „Teddy … Sie hat das Jugendamt eingeschaltet. Sie will eine Untersuchung einleiten, wie es zu DJs Vergiftung kam. Sie sagt, da es direkt nach dem Besuch bei dir passiert ist, glaubt sie, dass du etwas damit zu tun hattest.“

. . .

Nach der Bestürzung kam die Wut. *Du willst Abstand, hier hast du ihn, Massimo. Wie klingt ein Abstand von der halben Welt für dich?* India fragte Sun und Tae, ob sie zu ihnen nach Seoul kommen könnte, und sie hatten eingewilligt ... schließlich. Beide hatten ihr erst geraten, bei Massimo zu bleiben, doch sie war wütend auf ihn, über alle Maßen verletzt, und sie konnten sie nicht davon überzeugen, bei ihm zu bleiben.

Alex, der noch immer voller Trauer war, hatte alle Vorkehrungen getroffen, um für eine Weile bei seinen Eltern zu leben. Jess hatte Teddy, und so stieg India in das Flugzeug Richtung Korea. Sie bereute es nicht. Sie war so wütend auf Massimo, auch wenn sie wusste, dass es nach allem, was sie ihm zugemutet hatte, unbegründeter Ärger war. Aber warum konnten sie nicht gemeinsam darüber hinwegkommen?

Sie hatte seine Mutter in Italien angerufen, doch Giovanna hatte ihr mitgeteilt, dass ihr ältestes Kind nicht nach Hause gekommen war. „Wenn er kommt, wirst du die Erste sein, die es erfährt, *Piccolo*", hatte seine Mutter ihr mit sanfter Stimme versprochen.

Ihre Beziehung hatte keinen guten Start gehabt, doch mit der Zeit und im Laufe von Indias Erholung, waren sie sich sehr nahe gekommen.

India wusste also nicht, wo Massimo war, doch als er von Paparazzi in Rom entdeckt wurde, war die Fantasie mit ihr durchgegangen. Sie hatte sein Exfreundin Valentina angerufen, die ihr versicherte, dass er nicht bei ihr war. „Ich bin über ihn hinweg, meine Liebe, und er über mich. Falls, und ich meine ein großes *falls,* ich ihn sehe, werde ich es dich wissen lassen."

Doch India traute dieser Frau nicht und als sie Massimos jüngere Geschwister Grazia und Francesco anrief, konnten auch sie ihr nicht sagen, wo er sich aufhielt. „Wir wissen es nicht, Indy", sagte Grazia und klang den Tränen nahe. „So etwas hat er noch nie gemacht."

Ich habe ihn dazu gebracht. India lehnte den Kopf gegen das Flugzeugfenster und wollte am liebsten weinen. Sie befanden sich nun über dem Pazifik, und die Nacht setzte ein. Neben ihr schliefen Sun und Tae und sahen dabei bezaubernd aus – aneinandergelehnt und die

Finger verschränkt. Suns Wange ruhte auf Taes Schulter. Es erfüllte ihr Herz mit Freude, die beiden so zu sehen, gleichzeitig spürte sie aber auch den Schmerz der Einsamkeit.

In ihrem Kopf spielte sie wieder und wieder die Nacht ihrer Entführung durch oder besser gesagt die Nacht, in der sie aus Seoul geflohen war, vor Massimo und einem schwer verletzten Sun. Das war der Moment, in dem sie Massimo verloren hatte. Scheiße. Sie hatte beinahe ihr Leben verloren, und jetzt verlor sie ihre Liebe.

Und sie lief weg … wieder. India schloss die Augen. Was für ein verdammter Schlamassel. Sie wühlte in ihrer Tasche rum und holte ein Schlafmittel heraus. Wenn sie die Dinge schon nicht in Ordnung bringen konnte, konnte sie zumindest etwas schlafen.

Jess brauchte ihre ganze Überzeugungskraft, um Teddy davon abzuhalten, Dorcas zuhause aufzusuchen und zu fragen, was das sollte. „Was hast du mir gerade zu Googe gesagt, Teddy? Nicht angreifen. Nicht kämpfen. Wie wir Dorcas kennen, ist das nur wieder ein Trick. Du hast nichts Falsches getan. Es gibt also keinen Grund zur Sorge, es ist nur ein Machtspiel."

„Ein Machtspiel, in dem behauptet wird, ich misshandle meine Tochter!" Teddy war völlig außer sich.

Jess schüttelte den Kopf und legte ihre Hände auf seine Schultern. „Nein. Niemand glaubt das. Dorcas will doch nur ihre Möglichkeiten ausspielen. Vertrau mir, sobald die Anhörung beim Jugendamt vorbei ist und man keinerlei Fehlverhalten feststellen konnte, wird Dorcas der Presse erzählen, dass sie von Anfang an nicht geglaubt habe, dass du etwas falsch gemacht hast. Sie wird sogar ‚verletzt' darüber sein, dass so etwas überhaupt in Betracht gezogen wurde. Sie wird dich bis aufs Blut verteidigen."

Teddy schaute sie an uns beruhigte sich langsam wieder. „Glaubst du?"

„Ich weiß es. Ich hatte schon oft mit solchen Narzissten wie Dorcas zu tun. Und glaub mir, auch wenn das schlimm ist, es kommt manchen Sachen, die ich erlebt habe, nicht einmal annähernd gleich." Jess fühlte sich sicher genug und nahm ihre Hände von seinen Schultern. „Schatz, ich weiß, es ist frustrierend, aber wir haben die Presse erlebt. Niemand glaubt, dass du DJ verletzt – niemand. Soll sie sich selbst bloßstellen. Wenn sie so weitermacht, werden sich Presse und Öffentlichkeit bald gegen sie stellen."

Teddys Schultern entspannten sich. „Glaubst du?"

„Ich *weiß* es. Dorcas ist nicht so schlau. Sie ist aber auch nicht dumm. Sie hat die Schlacht mit der Öffentlichkeit schon bei eurer Trennung verloren, und das weiß sie. Sie versucht jetzt, sich in ein besseres Licht zu rücken, indem sie die alleinerziehende Mutter gibt, deren ganzer Fokus auf ihrer Tochter liegt. Aber sie weiß, dass deine Beliebtheit auf dem Höhepunkt ist. Teddy, die Leute waren erleichtert, als ihr euch getrennt habt. *Erleichtert.* Was sagt dir das?" Jess lächelte ihn an. „Ich habe den Eindruck, dass die meisten deiner Freunde in dieser Branche es nicht ausstehen konnten, dass ihr überhaupt zusammen wart."

„Ja" Teddy nickte und lachte kurz auf. „Diesen Eindruck habe ich auch." Er lächelte sie dankbar an. „Danke, Schönheit. Das musste ich hören."

„Hey, wir sind ein Team. Du sagst mir die Meinung, ich sage dir die Meinung." Plötzlich atmete Jess tief durch, und Teddy wusste, dass sie an India und Massimo dachte.

„Hey, du kannst nicht alle Probleme lösen, Süße."

„Ich weiß. Gott, was für beschissene Jahre." Sie schaute ihn an. „Du bist wohl das Beste, das mir passiert ist."

„Das hoffe ich doch. Ich werde versuchen, es zu sein." Er nahm sie in den Arm. „Ich bin verrückt nach dir, Ms. Olden."

„Geht mir genauso, Mr. Filmstar."

Teddy lachte. „Ha. Ich bin noch immer der einfache Junge aus dem Niemandsland."

Jess lächelte ihn an, und ihre dunklen Augen glänzten. „Du bist *mein* einfacher Junge."

„Ganz genau." Er küsste sie sanft und dann mit mehr Leidenschaft. Dann rieb er seine Nase an ihrer. „Bist du gerade beschäftigt?"

Ihre Lippen formten sich zu einem Lächeln. „Jetzt gerade?"

Teddy fuhr mit seiner Hand zwischen ihre Beine und begann sie dort zu streicheln. *„Jetzt* gerade ..."

Jess stöhnte vor Verlangen auf. „Du hast einen schlechten Einfluss ..."

Er nahm sie in den Arm, trug sie zum Schlafzimmer und ließ sie dort auf das Bett fallen. „Du bist eine talentierte, wunderschöne, starke Frau, Jessica Olden. Wäre das Leben fair, würde Hollywood dir zu Füßen liegen. Die ganze Welt."

„Schmeichler. Jetzt halt die Klappe und nimm mich", sagte sie mit einem breiten Grinsen, und er lachte.

„Und du bist eine Verrückte. Meine Verrückte."

„Ganz genau."

Sie sprachen kein Wort mehr. Stattdessen küssten sie sich und zogen sich ungeduldig aus. Als sie nackt waren, legte Teddy ihre Beine um seine Hüften und drang mit einen festen Stoß in sie ein. Sie stöhnte vergnüglich auf, und die zwei bewegten sich in einem schnellen, leidenschaftlichen Rhythmus hin und her.

Er beobachtete sie, als sie ihren Höhepunkt erreichte, das liebliche Gesicht gerötet, die Augen geschlossen und der Kopf nach hinten geworfen. Er hatte noch nie etwas Schöneres gesehen.

Keiner von beiden bemerkte Taran Googe, der sie durch das Schlafzimmerfenster beobachtete. Wären sie bei Teddy gewesen, wäre er nicht einmal in die Nähe des Hauses gekommen, doch hier, in dieser relativ verstreuten Nachbarschaft, war es ziemlich einfach.

Googe konnte seinen Blick nicht von Jess Oldens wundervollem, nacktem Körper abwenden. Herrgott, sie war sensationell ... Kein Wunder, dass Teddy Hood sich in sie verliebt hatte. Er fragte sich, wie die Öffentlichkeit wohl darüber denken würde. Teddy Hood, der seine Anwältin vögelt. Würde es sie interessieren? Wahrscheinlich nicht. Sie würden wohl nur daran denken, wie wunderbar Jess war, und überhaupt ... in dieser Stadt vögelte jeder mit jedem.

Er beobachtete sie, wie sie mit Hood lachte und herumalberte. Dann sah er zu, wie Hood an ihrem Körper entlangfuhr. Googes Blick klebte förmlich an ihren Brüsten, prall, rund und sie schaukelten im Rhythmus ihres Liebesspiels. Er wollte sie gleichermaßen vögeln und verletzen.

Gott. Wo kam dieser Gedanke her? Googe war ein Querulant, ein Unruhestifter, aber er war nicht gewalttätig. Er drehte sich von dem Fenster weg und kletterte zurück auf den Gehweg. Er hatte noch nie jemanden verletzt, doch während er zu seinem Wagen ging, wurde ihm bewusst, dass seine Wut auf Jess Olden mehr als bloße Verärgerung war.

Junge. Die Art, wie sie ihm das Wort entgegengeworfen hatte, die Erniedrigung, die darin lag ... Gott. Physische Kastration musste dagegen weniger schmerzvoll sein. Er wollte sie an Ort und Stelle umbringen, vor all den Arschlochgästen, die über ihn gelacht hatten.

Umbringen. Lieber Gott, beruhige dich. Taran ging kopfschüttelnd zu seinem Auto. Nein, so ein Typ war er nicht. Er würde seine Rache bekommen, indem er sie demütigte, indem er es schaffte, dass sie ihr Geschäft und ihren Ruf verlor. Er würde Jess Olden nichts antun, was ihn ins Gefängnis bringen konnte. Er war nicht dumm und was noch wichtiger war, er könnte nie jemandem etwas antun, nicht einmal diesem Miststück.

So ein Typ war er nicht. Oder doch?

KAPITEL SECHZEHN – SO FAR AWAY

eoul, Südkorea

India war seit zwei Wochen in Seoul und hatte noch nichts von Massimo gehört. Sie rief ihn jeden Abend auf seinem Handy an, hinterließ aber nie eine Nachricht. Sie konnte sehen, dass Sun und Tae sich Sorgen um sie machten, aber sie konnte nicht anders, als sich schlecht zu fühlen.

Sie entschuldigte sich immer wieder bei ihnen, dass sie erneut in ihr Leben eingriff. „Ich tue es wieder, oder nicht? Du und Sun, ihr braucht euren Freiraum", entschuldigte sie sich an einem Nachmittag bei Tae, als die beiden allein waren. „Es tut mir leid, Tae. Ich hätte nie herkommen sollen."

„Süße, es ist in Ordnung. Du hast uns gebraucht." Tae strich ihr übers Haar. „Wir sind eine Familie. Es wird wieder besser, versprochen."

„Warum ist er gegangen?"

„Warum bist du?"

Eines der Dinge, die sie an Tae besonders liebte, war, dass er nichts beschönigte. Er urteilte auch nicht, er sagte einfach Sachen, die sie zum Nachdenken brachte.

„Ich denke ständig darüber nach. Der Schock darüber, dass Sun niedergeschossen wurde … Ich dachte, ich sei verflucht. Ich dachte, wenn ich …“ Sie unterbrach sich selbst und blickte Tae schuldbewusst an. „Wenn ich aus dem Weg wäre, könntet ihr alle glücklich sein. Der Schmerz würde aufhören.“

Tae nahm ihre Hand in seine. „Und Massimo? Er ist auch verletzt. Cocos Tod hat ihn daran erinnert, dass er dich beinahe verloren hätte. Seit dem Tag, an dem man dich ins Krankenhaus gebracht hat, steht er am Abgrund. Er musste irgendwann zusammenbrechen.“

India dachte darüber nach. „Hat er mit dir geredet?“

Tae lächelte sie sanft an. „Wir beide haben fast jemanden verloren. Wir hatten einiges gemeinsam und als Massi dich nicht weiter belasten wollte, haben wir uns gegenseitig gestützt.“

„Aber mir geht es wieder gut. Warum ist er nicht zu mir gekommen? Ich bin kein Baby.“

„Dir geht es nicht gut. Du glaubst es nur. Denkst du, wir sehen deinen Schmerz nicht? Nicht nur den physischen Schmerz, sondern auch den Schock darüber, einen Menschen getötet zu haben?“

„Ich würde es immer wieder tun“, sagte sie beharrlich und verärgert. „Ich bereue es keine Sekunde, Carter getötet zu haben. Für Sun, für meine Mutter, für mich. Nicht eine Sekunde.“

Tae legte seinen Arm um sie. „Und das solltest du auch nicht. Aber ich rede nicht von Carter selbst, sondern davon, dass es an niemandem spurlos vorbeigehen würde, getötet zu haben. Es zeigt, dass du ein Mensch bist, und ob du es nun zugibst oder nicht, es hat dich getroffen, dich verändert.“

„Es geht hier nicht um mich. Es geht um Massimo.“

„Es geht um euch beide. Gib ihm Zeit.“

. . .

Ein paar Stunden später kam Sun zurück, sah Tae schuldbewusst an, und die beiden verschwanden in ihrem Schlafzimmer. India konnte hören, dass die beiden sich auf Koreanisch unterhielten – ein wenig verstand sie die Sprache, aber sie konnte nicht verstehen, worüber die beiden stritten. Als die Wohnungstür laut zugeschlagen wurde, ging sie zu Sun, der unglücklich ins Leere starrte.

„Sun? Geht es dir gut?“

Sun blinzelte und schien vergessen zu haben, dass sie da war. Er schaute sie an und verzog das Gesicht. „Tae ist sauer auf mich. Ich habe etwas gemacht. Keine Sorge, er wird bald zurück sein.“

„Was hast du getan?“

„Nichts Schlimmes, aber er glaubt, dass ich mich ... in etwas einmische.“

„In was?“ India hatte ihn noch nie so schuldbewusst gesehen, dennoch lag auch eine gewisse Aufregung in seinen Augen.

„Nur etwas.“

Eine Stunde später fand India heraus, was genau Sun gemacht hatte. Als Tae zurückkam und sie ansah. „Indy ...“

Hinter ihm betrat Massimo die Wohnung. Er sah furchtbar aus, dunkle Ränder unter den Augen, unrasiert. „India.“

India stand auf und blickte verunsichert zu Sun. „Das ist es, was du getan hast?“

Sun nickte. „Ich habe ihn gefunden, ihn nach Seoul geholt. Du wirst nie erraten, wo er war.“

„Wo?“

„Pusan. Er wollte wohl Abstand, aber so groß sollte er dann wohl doch nicht sein." Seine Stimme klang amüsiert.

„Glücklicherweise rief mich der Freund eines Freundes an."

Tae und Massimo rollten beide mit den Augen, doch India war von alldem gar nicht beeindruckt. „Sun … Tae …"

Sie verstanden den Wink und ließen die beiden alleine. Sie starrte Massimo an. Seine Augen waren sanft, entschuldigend … gebrochen. Aber sie würde ihn nicht so einfach vom Haken lassen. „Nie wieder", sagte sie. „Nie wieder wirfst du mir meine Fehler vor."

„Ich weiß."

„Du hättest mir sagen sollen, wie groß dein Schmerz ist."

„Dito", antwortete er leise und lächelte.

„Nicht."

„Entschuldige." Er kam näher und sah erleichtert aus, dass sie nicht zurückwich. „Es tut mir leid, Indy. Es tut mir leid, dass ich dich angeschrien habe, dass ich gegangen bin. Das war dumm."

India wusste nicht, was sie sagen sollte, stattdessen starrte sie ihn einfach an. Dann, zur Überraschung beider, breitete sie ihre Arme aus, und er lief direkt hinein. Sie hielten einander lange fest, bevor einer von ihnen etwas sagte.

„Ich brauche Hilfe", murmelte er leise, und sie nickte.

„Ich weiß. Wir gehen nach Hause und besorgen dir, was du brauchst." Sie nahm sein Gesicht in ihre Hände. „Du siehst furchtbar aus."

„Ich weiß. Sicher, dass du diesen alten Mann willst?"

India lächelte ihn an. „Immer. Lauf nur nicht wieder davon, und ich verspreche dir hier und jetzt, dass ich es auch nicht tun werde."

„Abgemacht." Er küsste sie, und sie fuhr mit ihren Fingern durch sein dunkles Haar, erwiderte seinen Kuss und war ihren Freunden dankbar, die ihr wieder einmal geholfen hatten.

. . .

Am nächsten Tag fuhren Sun und Tae sie zum Flughafen. India und Massimo bedankten sich bei ihren Freunden, dass sie für sie da waren. „Das nächste Mal sehen wir uns auf unserer Hochzeit." Sun grinste breit. „Ich kann es nicht erwarten."

Los Angeles

Taran Googe hat ein neues Video hochgeladen, in dem er Jess schlecht machte, doch sie entschied sich dazu, es zu ignorieren. Sie konzentrierte sich vielmehr darauf, Teddy durch seine Anhörung beim Jugendamt zu bringen. „Die Tatsache, dass es nur eine Anhörung ist, hat etwas zu bedeuten. Sie glauben auch nicht, dass etwas nicht stimmt."

Überraschenderweise hatte Dorcas keinen Versuch unternommen, die Besuchsregelung zu ändern, aber genau wie Jess vorhergesagt hatte, spielte sie das Spiel genau so, wie es zu erwarten war. Sie zeigte sich ‚irritiert' über die Anhörung. „Teddy ist ein wundervoller Vater", teilte sie der Presse lächelnd mit. „Wundervoll, liebend, unterstützend. Wir haben Glück, ihn in unserem Leben zu haben." Sie blickte direkt in die Kamera und lächelte. „Wir haben beide so ein Glück, dass Teddy in unserem Leben ist."

„Darum ist sie Schauspielerin."

Jess verzog den Mund zu einem schiefen Lächeln und schaute ihn direkt an.

„Sie will dich zurück."

„Nein."

„Doch, und du weißt es. Darum geht es bei der ganzen ..." Sie verstummte, als ihr plötzlich ein Gedanke kam, und Teddy schaute sie fragend an.

„Was?“

Jess schluckte schwer. „Nichts, gar nichts. Aber sie will dich zurück.“ Sie schenkte ihm ein schwaches Lächeln. Ihre Gedanken verstörten sie, und sie wollte sie jetzt noch nicht laut aussprechen. Der Gedanke, die Idee, dass eine Mutter … Nein. Denk nicht einmal daran. „Wer würde dich nicht wollen?“ Sie grinste Teddy an und hoffte, ihn ablenken zu können. Es funktionierte.

„Nun, ich weiß.“ Er posierte für sie. „Ich bin ein Traumfang.“

Später, nachdem Teddy eingeschlafen war, schlich Jess aus dem Bett und ging in ihr Arbeitszimmer. Sie schloss die Tür hinter sich, startete ihren Laptop und durchsuchte das Internet, um mehr zu ihrer Theorie herauszufinden. Ihrer erschreckenden Theorie. Sie hoffte inständig, dass sie falsch lag, aber … Würde Dorcas Prettyman ihrer eigenen Tochter Schaden zufügen, um Teddy zurückzukriegen?

Ihr Bauchgefühl sagte Ja, und das bescherte ihr ein mulmiges Gefühl in der Magengrube. Jess vergaß völlig die Zeit, während sie verschiedene Seiten aufrief und den Namen der Krankheit verinnerlichte: Münchhausen-Stellvertreter-Syndrom.

Jess schloss die Augen. Sie wusste aus Erfahrung, wie heimtückisch die Misshandlung durch die Eltern sein konnte, wie die augenscheinliche Freundlichkeit und Sanftheit einer Person unglaubliche Boshaftigkeiten verschleiern konnten. Ihr Vater beispielsweise. Seine Freundlichkeit schützte ihn vor dem Urteil anderer. Hätten sie nur gewusst, was er seinen Töchtern antat. Das aggressive Verhalten, die Schreie, die emotionalen Misshandlungen.

Der sexuelle Missbrauch. Jess war die Glückliche gewesen. Er hatte erst damit begonnen, als Jess schon ausgezogen war. Katie war sein Opfer, und Jess erfuhr es erst nach Katies Tod. Einen Tag nach Katies Tod hatte Jess einen Brief bekommen, der sie völlig verzweifeln ließ. Katie hatte darin alles im Detail geschildert, was er ihr angetan hatte. Jess brachte den Brief zur Polizei, doch der Einfluss ihres Vaters reichte weit, und der Brief verschwand. Und mit ihm die Ermittlungen.

Jess ging nie wieder nach Hause. Sie wechselte ihr Hauptfach an der Uni von Kunst zu Jura und schaute nie mehr zurück. Und jetzt liefen ihre *Spinnensinne* auf Hochtouren. Dorcas Prettyman war zu dem Schlimmsten in der Lage. Sie wusste es, und sie würde sie entlarven.

Jess ging zurück ins Bett, und am nächsten Morgen erzählte sie Teddy, ohne etwas von ihrer Vermutung preiszugeben, dass sie DJ gerne kennenlernen würde.

KAPITEL SIEBZEHN – WHEREVER I GO

Los Angeles

Die Anhörung beim Jugendamt verlief gut. Den Ermittlern tat es sogar ein wenig leid, dass sie Teddy einbestellt hatten, und nachdem er und Jess gehen konnten, entspannte sich sein gesamter Körper. Er nahm Jess' Hand in seine. „Danke, dass du mich da durch gebracht hast, Schatz."

Jess grinste ihn an. „Ich habe gar nichts getan, Liebling. Schon bevor sie das Treffen einberufen hatten, war ihnen klar, dass es Blödsinn war, aber sie sind nun mal verpflichtet, dem nachzugehen. Wie ich sehe, hat Dorcas doch noch einige legale Personen an ihrer Seite."

Teddy lachte. An einem Tag wie heute konnte er einfach nicht verärgert sein. Später würde er DJ abholen, sie in einen Park bringen und dort Jess vorstellen. Jess war nervös, das konnte er sehen, doch er freute sich darüber, dass Jess DJ treffen wollte. Ihr hübsches Gesicht sah etwas besorgt aus, als sie ihm das sagte, als hätte sie Angst, dass er dagegen sein könnte. Aber in Wahrheit hatte er sich danach gesehnt, dass sich seine zwei Lieblingsmenschen endlich kennenlernten.

„Ich muss meine Agentin zum Lunch treffen. Willst du mitkommen?"

Jess lächelte. „Nein, möchte ich nicht, danke. Im Büro wartet ein Berg Arbeit auf mich, den ich lange genug ignoriert habe. Aber ich freue mich auf nachher. Wann holst du DJ ab?"

„Um drei. Wir werden gegen halb vier im Park sein."

„Dann treffe ich euch da."

Jess winkte Teddy hinterher, als er vom Parkplatz des Jugendamts fuhr, dann nahm sie ein Taxi zu ihrem Büro. Als sie dort ankam, sah sie, dass sich die gesamte Belegschaft am Straßenrand versammelt hatte. Stirnrunzelnd ging sie zu ihnen. „Was ist los?"

„Es wurde ein Briefumschlag abgegeben, der an dich adressiert war. Bee hat ihn geöffnet, und er enthielt nur weißes Pulver."

Jess erschrak. Das konnte nicht sein ... „Wo ist sie?"

„Noch drinnen. Sie haben die Büros geräumt. Sie glauben, dass es eine harmlose Substanz ist – ein schlechter Scherz – aber sie müssen auf Nummer Sicher gehen. Wir waren gerade beim Mittagessen, deswegen stehen wir nicht unter Quarantäne. Bee hat uns angerufen und uns gesagt, dass wir uns fernhalten sollen."

Seufzend blickte Jess am Gebäude hoch. „Nun ... passt auf. Wenn die Polizei euch gesagt hat, dass ihr nach Hause gehen könnt, dann tut das. Keine Sorge, ihr kriegt den Tag bezahlt, aber offensichtlich werden wir heute nicht mehr arbeiten können."

Sie sprach mit dem Detective, der zu ihr kam, und er stimmte ihr zu. Nachdem ihre Belegschaft gegangen war, erkundigte sie sich nach Bee. Sie wollte das nicht vor den anderen Angestellten machen, für den Fall, dass es schlechte Nachrichten gab.

Der Detective beruhigte sie. „Ihr geht es gut. Wir müssen immer davon ausgehen, dass es sich um eine aggressive Substanz handelt, aber im Moment gibt es keine Anzeichen dafür. Ihrer Kollegin geht es gut, die Ärzte der Gefahrenabwehr kümmern sich um sie. Natürlich können wir Sie nicht hineinlassen, aber Sie können sie anrufen, wenn Sie wollen."

Jess bedankte sich bei ihm und tat genau das. „Hi Bee, ich bin es. Kannst du reden?"

„Kann ich Boss, keine Sorge, mir geht es gut. Es war nur etwas erschreckend, aber sie scheinen nicht sonderlich besorgt zu sein. Sie glauben, dass es sich um Kreide oder Talk oder etwas Ähnliches handelt, doch bis die Ergebnisse da sind ..."

„Es tut mir so leid, Bee. Gab es irgendwelche Identifizierungsmerkmale auf dem Umschlag?"

„Nein, er wurde persönlich abgegeben. Die Sache ist, keiner hat gesehen von wem."

„Was ist mit den Überwachungskameras?"

„Die werden gerade überprüft."

Jess seufzte. „Nun, die Polizei wird es wissen wollen. Ich überlege nur gerade, wen ich dermaßen verärgert haben könnte."

Bee schnaubte. „Ich glaube nicht, dass wir da lange suchen müssen. Ich habe der Polizei schon von Googe erzählt."

„Nun, wir müssen vorsichtig sein, Bee. Wir müssen uns absolut sicher sein."

„Ich weiß. Aber zumindest müssen sie dieses A-loch befragen. Wenn ihn das nicht genug abschreckt, um dich künftig in Ruhe zu lassen, dann weiß ich es auch nicht. Und *er* war *es.*"

Jess musste über Bees verärgerten Ton lachen. „Ach Bee, ich liebe dich. Erinnere mich daran, dir hiernach eine riesige Gehaltserhöhung zu geben."

„Ha, ich habe deine Worte aufgezeichnet und hiermit habe ich dich darüber informiert; also denk nicht mal daran, mich zu verklagen."

Jess lachte. „Du bist verrückt. Erinnere mich daran, dich zu feuern."

„Ne, ne, zu spät. Ich habe die Aufzeichnung schon gestoppt."

Jess wartete auf weitere Neuigkeiten, doch der leitende Detective schickte sie nach Hause. „Sie können hier wirklich nichts tun, Miss Olden. Wir bleiben in Verbindung."

Als sie zu ihrem Wagen ging, klingelte ihr Telefon, und sie bemerkte plötzlich, dass sie spät dran war, zu ihrem Treffen mit Teddy und DJ. Teddy besorgte Stimme erklang am anderen Ende der Leitung. „Geht es dir gut?"

Sie erzählte ihm, was passiert war. „Jesus, Jessie ... war das Googe?"

„Mir fällt niemand anderes ein, der so tief sinken würde. Mach dir keine Sorgen, die Experten glauben, dass es blinder Alarm ist, und Bee hat mir versichert, dass es ihr gutgeht. Pass auf, ich bin jetzt im Auto und mache mich auf den Weg zu euch."

„Bist du sicher?"

„Natürlich, ich freue mich schon den ganzen Tag darauf, DJ kennenzulernen."

Seine Stimme war sanft, und sie merkte, dass er gerührt war. „Wir warten auf dich."

Jess hatte Kleidung zum Wechseln dabei und hielt kurz an einer Tankstelle an, um sich umzuziehen. Sie kaufte noch ein paar Snacks und Limo und ging zurück zum Auto. Sie hatte das merkwürdige Gefühl, beobachtet zu werden. Sie schaute sich um, konnte aber niemanden entdecken.

Paranoia half ihr jetzt nicht weiter, doch als sie den Wagen von der Tankstelle lenkte, konnte sie nicht anders, als in den Rückspiegel zu schauen um zu sehen, ob ihr vielleicht jemand folgte.

Als sie den Park erreicht hatte, hatte sie sich schon beinahe selbst verrückt gemacht, doch als sie Teddy und DJ miteinander spielen sah, entspannte sie sich. *Niemand verfolgt dich, Mensch.* Sie beobachtete die beiden noch einige Minuten, bevor sie aus dem Auto stieg. Sie hatte ihre Haare zusammengebunden und trug Jeans und T-Shirt, um weniger förmlich auszusehen.

Teddy hob seinen Blick, sah sie und winkte ihr zu. Sein Gesicht erhellte sich bei ihrem Anblick, und sie spürte die Schmetterlinge in ihrem Bauch. Gott, er sah so gut aus ... Ihr Blick wanderte zu dem Mädchen an seiner Seite und wieder schlug ihr Herz schneller. DJ war das Spiegelbild ihres Vaters, dunkle Haare, lang und durcheinander, und hellblaue Augen. DJ lächelte Jess schüchtern an und nachdem sie Teddy einen Kuss auf die Wange gegeben hatte, kniete sich Jess auf Augenhöhe zu DJ. „Hallo. Es ist toll, dich endlich kennenzulernen, DJ."

Grinsend nahm und schüttelte sie die kleine Hand, die DJ ihr entgegenstreckte. „Hallo Jess. Daddy hat dich wirklich gerne."

Teddy rollte mit den Augen, als die beiden über ihn lachten. „Ich habe keine Chance."

„Nein." Jess lächelte DJ an. „Ich weiß nicht, wie es euch geht, aber ich habe das Mittagessen verpasst. Wollen wir uns etwas zu essen besorgen?"

DJ und Teddy nickten zustimmend. „Ein paar Straßen weiter gibt es Burger und Shakes. Sollen wir laufen?"

FALLS TEDDY GEGLAUBT HATTE, DASS DJ IN JESS' GEGENWART schüchtern sein würde, erlebte er jetzt eine Überraschung. DJ mochte Jess sofort und hielt sogar ihre Hand, als sie zum Burgerladen gingen. Sie setzte sich neben Jess und redete ungehalten drauf los. Als ihre

Bestellung kam, fielen alle wie ausgehungerte Tiere über die Burger her.

Teddy musste kaum eingreifen, so unbefangen redeten Jess und DJ miteinander. Als Jess einen Anruf annehmen musste, entfernte sie sich ein paar Schritte von Vater und Tochter, und Teddy schaute DJ lächelnd an. „Und?"

DJs Augen glänzten. „Ich mag sie sehr, Dad. Sie ist lustig und so hübsch."

Teddy grinste. „Das ist mir aufgefallen."

„Und sie ist ..." DJ stockte und suchte nach den richtigen Worten. „Ich fühle mich bei ihr leicht. Ich weiß nicht, ob das das richtige Wort ist."

„Nun, was meinst du damit?"

DJ nahm eine Pommes von seinem Teller. „Ich glaube ich meine damit … ich habe keine Angst bei ihr."

„Du solltest bei niemandem Angst haben, Schatz." Teddy runzelte die Stirn. „Bei wem hast du denn Angst? Ist es jemand aus der Schule?"

DJ schüttelte den Kopf und ihr kleines Gesicht wurde rot. „Es ist niemand, Daddy, versprochen. Ich meine nur, dass ich Jessie sehr gerne hab."

Teddy strich seiner Tochter über das Haar, nicht ganz überzeugt von ihrem Zugeständnis. „Bist du sicher? Denn falls dich jemand aufregt ..."

„Nein. Ist schon gut, Daddy. Jessie kommt zurück."

Als Jess zurück zum Tisch kam, konnte er die Erleichterung in ihren Augen sehen. „Das war Bee. Sie konnte gehen. Bei dem Pulver handelt es sich nur um Kaliumalaun, wir können morgen also wieder zur Arbeit gehen. Tut mir leid, dass ich unser Essen unterbrechen musste."

Teddy nahm ihre Hand, und sie setzte sich neben DJ. „Kein Problem."

„Was ist Kaliumalaun?“ DJ nahm ihren Burger auseinander und entfernte die Tomate. Sie schaute die beiden an und wartete offensichtlich auf eine Antwort.

„Es ist ... etwas chemisches, Liebling.“

„Wie Gift?“

Teddy und Jess schauten sich beunruhigt an. „Nein, Süße. Es wird auch zum Kochen und in der Medizin verwendet.“

„Ist das auch in meiner Medizin?“

„Deine Medizin?“

DJ nickte. „Mommy gibt mir morgens Vitamine.“

Teddy entspannte sich. „Ich weiß nicht, Liebling, aber Vitamine unterscheiden sich ein wenig von Medizin. Medizin bekommt man, wenn man krank ist, erinnerst du dich?“

„Ich weiß. Können wir noch Eis essen?“

Teddy war froh, dass das Verhör vorbei war. „Sicher, Süße.“ Er lächelte Jess an, die etwas abgelenkt zu sein schien. „Jess?“

Sie schaute ihn an.

„DJ hat mir gerade gesagt, dass sie dich mag.“

Jess lächelte das junge Mädchen an. „Das freut mich, DJ. Ich mag dich auch sehr. Ich würde gerne mehr Zeit mit dir verbringen, wenn das für dich in Ordnung ist?“

„Oh ja ...“

„Wollt ihr beide mit zu mir kommen? Mein Haus liegt am Strand ... Es ist nicht groß, aber zumindest ist das Meer direkt da.“

DJ grinste. „Hast du einen Hund?“

„Nein, habe ich nicht. Magst du Hunde?“

DJ nickte eifrig mit dem Kopf, und Teddy lachte. „Begib dich erst gar nicht auf diesen Weg, Jess. Ich bitte dich. Sie hat dich auf den Hund gebracht, bevor du Fido sagen kannst."

„Daddy!" DJs Gesichtsausdruck war der Inbegriff von Empörung.

Jess lachte. Sie war von dem jungen Mädchen sehr angetan, dabei war sie niemand, der sich schnell mit Kindern anfreundete. Aber DJ war von einer weltgewandten Aura umgeben – sie war intelligent, neugierig und freundlich. Wie ihr Vater … Jess beobachtete die beiden beim Herumalbern und spürte eine ungewohnte Wärme in ihrer Brust. Sie hatte nie eine fröhliche Familie gehabt und nie gedacht, einmal eine zu haben. Doch mit Teddy und DJ, da hatte sie die Hoffnung, dass es vielleicht doch passieren könnte.

Vertrau nicht darauf. Ertönte ihre pessimistische innere Stimme und schrie sie an, dass das sicher nicht von Dauer sein würde. Doch für den Rest des Nachmittags erlaubte sich Jess, weiter davon zu träumen.

KAPITEL ACHTZEHN – NEVER BE THE SAME

Teddy fuhr zurück zu DJ und Dorcas, nachdem er Jess versprochen hatte, ‚bald zuhause zu sein'. *Wow.* Es war aber die Wahrheit: Ihre Wohnung war zu ihrer Basis geworden. Mehr als ein paar Klamotten von Teddy hatten im Laufe der letzten Monate ihren Weg in Jess' Kleiderschrank gefunden, sowie einige Pflegeprodukte den Weg in ihr Badezimmer.

Erstaunlicherweise störten seine Sachen Jess in keiner Weise, auch wenn sie noch nie mit einem Mann zusammengelebt hatte. Es passte. Seine Bücher neben ihren, ein paar seiner Platten neben ihren.

Aber das war auch typisch Teddy. Er passte einfach gut in ihre Welt. Sie lächelte noch immer, als sie das Auto in ihre Einfahrt lenkte und den Motor abstellte.

Sie wusste sofort, dass etwas nicht stimmte. Obwohl es eine sichere Gegend war, gab es auch hier einige Einbrüche – es war immerhin eines der teuren Wohnviertel – und somit auch jede Menge Sicherheitsvorkehrungen. Sie war es gewohnt, dass ihre Sicherheitskamera anging, sobald sie mit dem Auto vorfuhr. Doch heute Abend tat sich nichts, auch das Licht ging nicht an. Sie blieb noch einen Augenblick im Auto sitzen und versuchte, etwas Ungewöhnliches zu erkennen.

Die Türe ihres Apartments war zu, doch ringsherum leuchtete keine ihrer Lampen. Sie schaute die Straße hinunter, ob es bei den Nachbarn ebenfalls dunkel war, doch die übrigen Häuser in ihrer Straße leuchteten hell.

Sie zog das Pfefferspray aus ihrer Tasche und verließ den Wagen. Sie hatte die ganzen Jahre kein Krav Maga gelernt, um sich jetzt nicht verteidigen zu können. Jess ging auf ihre Eingangstür zu und wappnete sich für einen möglichen Angriff aus dem Hinterhalt. Ja, manchmal konnte ein wenig Paranoia durchaus hilfreich sein ... Sie erreichte die Türe ohne Probleme. Sie umfasste den Türknopf ... und zögerte. Er war beschmiert mit einer feuchten und klebrigen Substanz und dann roch Jess diesen rostigen-salzigen Geruch.

Blut. „Scheiße ..." Sie öffnete die Tür und versuchte, nicht zu viel anzufassen. Dann betrat sie die Wohnung und schaltete mit dem Ellenbogen das Licht ein. Ihre Schuhe traten auf etwas Weiches, und sie verzog das Gesicht, als sie sah, was es war. Man hatte zwei oder drei tote Ratten durch ihren Briefschlitz geschoben.

Jess fluchte und ging sich die Hände waschen. Sie glaubte zwar nicht, dass sie sich Sorge machen musste, doch in Anbetracht dessen, was in ihrem Büro passiert war, rief sie dennoch den Detective an.

Der Detective, Liam Green, sagte ihr, dass es richtig war, ihn anzurufen. „Es könnte sich um eine Kampagne handeln, und es ist besser, wenn wir alles wissen, wenn wir alles aufnehmen. Jemand wird vorbeikommen, Fotos machen und Fingerabdrücke nehmen."

Jess bedankte sich und beendete das Gespräch. Sie seufzte. Noch mehr Störungen. Sie ließ die Sauerei an der Tür, wie sie war, und ging duschen. Sie hoffte, dadurch etwas von dem juckenden Gefühl auf ihrer Haut loszuwerden.

TEDDY HATTE SICH GERADE VON DJ VERABSCHIEDET, EINIGE WORTE MIT einer anscheinend freundlichen Dorcas gewechselt und war auf dem Weg zu seinem Auto, als er seinen Namen hörte. Er drehte sich um und sah Johanna auf ihn zukommen. Sie schaute nervös zum Haus, als ob sie fürchte, dass Dorcas sie sehen und anschreien könnte. Teddy hatte Mitleid mit der Frau – wie zur Hölle hielt sie es nur bei ihr aus?

Er bekam seine Antwort in dem Moment, als sie zu sprechen begann. „Mr. Hood, es tut mir leid, Sie zu belästigen. Und bitte, seien Sie versichert, dass ich Ihnen das nicht erzähle um -“

„Was ist los, Johanna?“ Er wollte nicht unhöflich sein, doch er sah, dass sie den Tränen nahe war.

„Es ist -“

„Johanna? Was machen Sie hier draußen? DJ ist bereit fürs Bett. Helfen Sie ihr, bitte.“ Dorcas Stimme klang scharf und kühl.

Johanna drehte sich auf der Stelle um und schaute Teddy nicht mehr an. Teddy seufzte frustriert und schaute Dorcas an. „Sie hat mit mir geredet, Dorcas. Warum hast du das getan? Vielleicht wollte sie mit mir über DJ reden.“

„Es ging nicht um DJ.“ Dorcas kam näher, legte sich eine Hand auf die Brust und blickte ihn leidvoll an. „Liebling, Johanna ist einfach nicht mehr die Jüngste, und sie bildet sich Dinge ein. Sie glaubt, dass es in DJs Zimmer spukt und dass das Dienstmädchen sie beklaut. Sie will nicht in den Ruhestand und DJ hängt so an ihr ...“

Sie nahm einen langen, tiefen Atemzug. „Ich schwöre, manchmal kommt es mir vor, als hätte ich zwei Kinder.“

Teddy war nicht überzeugt. „Und sie ist zu mir gekommen, weil ...“

„Sie will mehr Geld. Ich würde ihr mehr bezahlen, aber wie du weißt, bin ich eine alleinerziehende Mutter.“

Teddy machte sich nicht einmal die Mühe seine, Verärgerung zu verstecken. „Johanna hätte sicherlich gerne mehr, als den Mindestlohn, wenn man bedenkt, dass sie quasi deinen Job erledigt.“ Er wollte sie nicht anschnauzen, doch Dorcas Masche war immer dieselbe.

„Du könntest wirklich netter sein, weißt du. Ich tue mein Bestes. Ich weiß, dass ich nicht immer die beste Mutter war, aber ich habe mich verändert. Wenn du öfter hier wärst, würdest du das erkennen. Aber was soll's."

Dorcas drehte sich um, achtete bei ihrem Abgang aber darauf, dass Teddy ihre Tränen sah. Teddy seufzte. „Pass auf, Dory. Es spricht doch nichts dagegen, dass wir Zeit als *Familie* miteinander verbringen, aber du und ich, das ist vorbei. Und du weißt das auch. Ich sage das nicht, um dich zu verletzen."

„Ach nein?"

Sein Blick besänftigte sie. „Nein. Wirklich nicht."

Dorcas lächelte ein wenig. „Es ist schon lange her, dass du mich Dory genannt hast. Das hast du früher immer getan."

„Damals, als wir noch Freunde und Geliebte waren. Damals warst du Dory. Ich sage nicht, dass ich mich nicht auch verändert hätte."

Dorcas seufzte. „Das hast du nicht, nicht wirklich. Außer, dass du genug von meinen Eskapaden hattest und ich muss sagen, dass ich dir das nicht verübeln kann. Du bist immer noch der liebe Typ, in den ich mich verliebt habe."

Teddy schwieg und hielt sich selber davon ab zu fragen, warum sie ihm das Leben im letzten Jahr zu Hölle gemacht hatte, wenn sie so dachte. Schließlich drehte er sich einfach um, um zu gehen. „Ich bin spät dran. Ich sehe dich morgen, Dorcas."

„Wenn du willst, kann DJ morgen die Nacht bei dir verbringen."

Teddy blinzelte. „Wirklich?"

„Ich bin kein Monster, Teddy. Du warst mehr als geduldig. Sie kann über Nacht bleiben."

„Danke. Ich weiß das zu schätzen."

Dorcas lachte kurz auf. „Und trotzdem vertraust du mir immer noch nicht. Wir sehen uns morgen. Ich werde mein Wort halten." Sie küsste ihre Fingerspitzen und presste sie gegen seine Wange. „Gute Nacht, Teddy."

„Gute Nacht."

Auch während der Fahrt zu Jess' Strandhaus wusste Teddy nicht, was er von der Sache halten sollte, doch als er die Polizei vor dem Haus sah, verflogen seine Gedanken. Sein Herz raste, als er eilig Wagen parkte und ausstieg. An der Türe wurde er jedoch aufgehalten und obwohl der Polizist ihn erkannte, musste Teddy sich ausweisen, bevor er ins Haus gelassen wurde.

„Geht es Jess gut?" Teddy versuchte sich seine Panik nicht anhören zu lassen, während er dem Beamten seinen Ausweis zeigte.

„Miss Olden geht es gut, Sir. Sehr schön. Vielen Dank, Mr. Hood. Sie können rein." Der Polizist nickte ihm zu, gab Teddy seinen Ausweis zurück und ließ ihn passieren.

Teddy sah das Blut auf dem Flurboden und blieb stehen. „Das ist nicht meins." Er hob den Blick und sah Jess, die lächelnd neben der Küchentür stand und ein halbleeres Glas Wein in der Hand hielt. „Das ist die freundliche Hinterlassenschaft toter Ratten und eines Arschlochs mit schlechtem Humor."

Teddy ging zu ihr. „Das ist das zweite Mal heute."

„Das weiß ich. Es ist ärgerlich und frustrierend, aber nicht bedrohlich. Dreimal darfst du raten, wer dafür verantwortlich ist."

„Taran Googe?"

„Bingo. Obwohl, als Anwältin sollte ich das nicht sagen. Es gibt keine Beweise, aber das schreit nach ihm. Egal, lass uns etwas trinken. Die Spurensicherung ist fast fertig. Dann kann ich sauber machen, und wir können uns entspannen."

Er folgte ihr in die Küche und nahm sich ein Bier aus dem Kühlschrank.

„Dir scheint das recht wenig auszumachen.“

„Niemand wurde verletzt. Es handelt sich nur um den Scheiß eines Typen, dessen Männlichkeit leicht zu kränken ist.“ Sie strich ihm sanft übers Gesicht. „Aber wen kümmert das? Ich fand DJ großartig! Ein tolles Kind.“

Teddy lächelte. „Sie fand dich auch toll. Aber sie kommt auch nach ihrem Vater. Dorcas erlaubt, dass sie morgen über Nacht bleibt.“

„Wow.“ Jess riss die Augen auf. „Das ist … unerwartet.“

„Nicht wahr? Das war auch meine erste Reaktion.“

„Hmm.“

„Was?“

Jess schüttelte den Kopf. „Nichts, gar nichts. Nur … meine Spinnensinne fragen sich, warum sie plötzlich so umgänglich ist.“

Teddy lachte. „Sie versucht nur, ihr öffentliches Image aufzupolieren. Aber ich hoffe auch, dass sie DJ vielleicht doch an erste Stelle setzt.“

Jess schaute skeptisch, und Teddy streichelte ihr grinsend über die Wange. „Ja, ich weiß.“

Jess zuckte mit den Schultern und schwieg einen Moment. Dann blickte sie ihn ernst an. „Ich weiß nichts über das Elternsein, aber kann ich dich was fragen? Ist es üblich, Kindern Vitamine zu geben?“

„Kommt auf die Umstände an, aber es ist nicht unüblich. Warum?“

„Ach, gar nichts.“ Jess winkte ab. „Ich habe mich nur gewundert.“

Teddy war zwar noch nicht überzeugt, ließ das Thema aber ruhen. „Komm mit, wir sehen nach, ob die Leute mit ihrer Arbeit fertig sind.“

NACHDEM DIE SPURENSICHERUNG ABGESCHLOSSEN WAR, BEDANKTE JESS sich bei dem leitenden Detective. „Wir bleiben in Verbindung, Miss Olden. Wir gehen den Hinweisen nach, die sie uns gegeben haben, aber wir konnten keine Fingerabdrücke finden und da die Kameras ausgeschaltet waren ..."

„Ich verstehe. Danke für ihre Hilfe."

Teddy erwartete sie im Wohnzimmer. „Was für ein Tag."

„Nicht wahr?" Sie ließ sich neben ihn auf das Sofa fallen und lächelte ihn an. „Aber hey, größtenteils war es ein guter Tag."

Teddy küsste sie auf die Nasenspitze. „Darüber bin ich froh. Meine beiden Lieblingsmädchen."

Jess grinste. „Bin ich die andere oder Dorcas?" Sie lachte, als er begann, sie zu kitzeln.

„Du musst wissen", begann Teddy ungezwungen, „dass ich wahnsinnig verliebt in dich bin, Jessica Olden."

Jess hörte auf zu lachen und sah ihn mit sanften Augen an. „Liebe ist ein Wort, mit dem ich nicht sehr locker um mich werfe."

„Ich auch nicht", antwortete er und schaute ihr in die Augen. „Aber ich liebe dich."

Ein Lächeln legte sich auf Jess' Lippen. „Ich liebe dich auch, Teddy Hood."

Seine Lippen legten sich auf ihre, und Worte waren nicht weiter notwendig, nur Berührungen, Küsse und Streicheleinheiten.

Sie schafften es nicht zum Bett. Sie rissen sich die Kleider vom Leib und liebten sich auf dem Teppich im Wohnzimmer. Teddys Lippen waren gierig, und als sein Mund über ihren Körper fuhr, erzitterte Jess vor Verlangen.

Seine Finger strichen über ihre Schenkel, dann legte seine Zunge sich auf ihre Klitoris und drang einen Moment später in sie ein. Es dauerte nicht lange, und sie erreichte laut stöhnend ihren Höhepunkt.

Er ließ ihr keine Zeit sich zu erholen und schob seinen harten Schwanz in sie. Während er wieder und wieder ihren Namen murmelte, bewegte er sich schnell in ihr vor und zurück.

Jess schlang ihre Schenkel fest um seine Hüften und biss ihm in zügelloser Leidenschaft in die Lippe. Teddy presste ihre Hände auf den Teppich und steigerte sein Tempo. Seinen fragenden Blick beantwortete sie mit heftigem Kopfnicken. *Ja, ja, ja.*

Als sie erneut zum Höhepunkt kam, konnte sie die Worte nicht stoppen, die flüsternd ihren Mund verließen, und die sie noch nie zuvor zu jemandem gesagt hatte.

„Versprich mir, dass du mich nie verlässt ..."

Teddy küsste sie zärtlich. „Das verspreche ich, meine geliebte Jessie ... Das verspreche ich."

KAPITEL NEUNZEHN – TAKE ME HOME

Los Angeles

Taran Googe hatte mit einem Besuch von der Polizei gerechnet, nachdem was im Büro und Jessicas Zuhause passiert war, aber er ging gut damit um, war kooperativ, bestritt nicht, dass er einen Streit mit ihr hatte, bestritt aber, etwas über die Vorfälle zu wissen.

Und er war vorsichtig. Er hatte nicht im Internet nach irgendwelchen Einträgen über vermeintlich gefährliche Postsendungen gesucht, er hatte keinerlei Spuren hinterlassen. Er war nicht so dumm, wie alle glaubten.

Letztlich musste die Polizei ihn in Ruhe lassen – es gab einfach keine Beweise – und tote Ratten im Briefkasten hatten nun mal keine Priorität bei der Strafverfolgung. Gut, das Pulver im Briefumschlag hätte man als Verbrechen einstufen können …

Taran schloss grinsend die Türe hinter den Polizisten. Sie hatten nichts. Und ganz ehrlich, er hatte seinen Spaß. Die ganze Jess Olden

Sache ermüdete ihn langsam. Wenn er ihr ihren Tag auch nur ein wenig versauen konnte, dann waren sie quitt.

Er widmete sich wieder seiner Flasche Scotch und dem Heroin, dass er zum Glück noch nicht ausgepackt hatte, als die Polizei kam. Ein kleiner Trip wäre das perfekte Ende für diesen Tag – zum Glück hatten sie sein Apartment nicht durchsucht.

Er schnupfte ein paar Linien, lehnte sich zurück und ließ die Drogen durch seinen Körper fließen. Eine halbe Stunde später war er dermaßen drauf, dass er die Türklingel kaum hörte. Er stolperte zur Türe, bevor ihm überhaupt der Gedanke kam, dass es eventuell noch einmal die Polizei sein könnte – für deren Besuch war er sicherlich in keiner guten Verfassung.

„Wer ist da?"

„Eine Freundin, Mr. Googe", erklang eine Frauenstimme. Sie sprach mit knappen Worten, klang aber dennoch höflich. Er öffnete die Türe.

Vor ihm stand eine wunderschöne Frau, kühl aber attraktiv. Ihr strohblondes Haar war zu einem Dutt zusammengebunden, und sie trug Handschuhe. Sie passte ganz offensichtlich nicht in diesen Teil der Stadt.

Und sie kam ihm irgendwie bekannt vor. „Darf ich reinkommen?"

Taran blinzelte und trat etwas verblüfft zur Seite. Als er ihr in sein Apartment folgte, fiel ihm ihr Name ein. „ Dorcas Prettyman?"

Sie schenkte ihm ein Lächeln, das aber ihre Augen nicht erreichte. „Ich würde es vorziehen, wenn sie mich … Daphne nennen. Während wir übers Geschäft reden."

„Wir haben geschäftlich miteinander zu tun?" Sein vernebelter Verstand begriff langsam die Zusammenhänge. Natürlich. Jess Olden schlief mit Teddy Hood, Dorcas Exmann. „Jess Olden."

Dorcas nickte und setzte sich auf den saubersten Stuhl, den sie finden konnte. Sie behielt ihre Handschuhe an, schaute sich im Zimmer um und richtete ihren Blick dann wieder auf ihn. „Ich denke, wir könnten uns gegenseitig nützlich sein."

Taran fragte sich kurz, ob sie mit ihm ins Bett gehen würde, um zu kriegen, was sie wollte, schob diesen Gedanken dann aber schnell zur Seite. *Konzentrier dich, Kumpel.* Dieses Miststück war reich, und was immer sie mit Jess Olden vorhatte, war sicher nicht schön. Das war ... interessant. Ihm war bewusst, dass er den Filmstar in seiner Wohnung wortlos angaffte.

„Mr. Googe?"

„Ja?"

Dorcas lächelte eiskalt. „Hätten Sie Interesse an einer Zusammenarbeit?"

„Natürlich."

„Gut. Dann würden Sie mir jetzt vielleicht einen Drink anbieten?"

New York State

Indias Reaktion auf das Haus überraschte Massimo, aber er blieb ruhig und wollte nicht zu aufgeregt agieren. Sie hatten wieder mit der Suche nach ihrem, wie India es nannte, *für-immer-Zuhause* begonnen, und nach einigen Fehlgriffen hatten sie nun dieses gefunden, außerhalb der Stadt, am Ufer des Hudson.

Massimo hatte es gespürt, sobald sie die lange Kiesauffahrt erreicht hatten. Er blickte zu India und sah die Aufregung in ihren Augen, aber aufgrund der vergangenen Enttäuschungen blieben beide still, während der Makler sie herumführte. Doch mit jedem Raum, den sie besichtigten, griff India Massimos Hand immer fester.

Obwohl es sich um eine Privatvilla handelte, war das Haus nicht zu übertrieben oder protzig. Es bot aber genug Platz, um sich auszubreiten und hineinzuwachsen. Es gab Platz für ein eigenes Tonstudio, genügend Gästezimmer für alle Freunde und mehr Badezimmer, als sie jemals benötigen würden.

Die Gärten waren der Höhepunkt. Riesengroß mit Blick auf den Fluss und eingeschlossen von Bäumen. Massimo konnte sich vorstellen, wie ihre Kinder und Hunde eines Tages hier herumrennen und wie sie große Partys mit allen Freunden im Sommer veranstalten würden. „Mann", war alles, was er sagen konnte, und India lachte. Sie wandte sich an den Makler.

„Wir haben furchtbare Pokergesichter, aber könnten Sie uns einen Moment geben?"

Der Makler nickte lachend. „Natürlich."

Massimo lächelte India an. „Ja?", fragte er nur, und sie nickte zustimmend.

„Das ist es, nicht wahr?"

„Hundertprozentig." Massimo ließ seinen Blick noch einmal über das Grundstück schweifen und nahm seine Geliebte in den Arm. „Das ist unser Zuhause, oder?"

India nickte, und er sah die Tränen in ihren Augen. „ Hey, hey."

India kicherte. „Freudentränen, ehrlich. Ich dachte, wir würden nie etwas finden. Gott, dieser Garten ..."

„Ich weiß."

Sie standen noch einige Minuten schweigend da und genossen die Aussicht.

„Liebling?"

„Ja, Schönheit?"

„Ich glaube, ich würde gerne hier in diesem Garten heiraten. Es ist perfekt. Wir könnten Lichterketten aufhängen, Papierlaternen. Wir könnten die Pagola mit Blumen dekorieren und darunter heiraten … glaubst du, Sun und Tae würde das gefallen?"

Sun und Tae wollten gemeinsam mit ihren Freunden in Amerika heiraten, da Südkorea bisher keine gleichgeschlechtlichen Ehen anerkannte, und sie waren noch auf der Suche nach einem Ort für die Hochzeit. „Ich glaube, das würde es."

„Und falls nicht, ist es mir egal, aber Gott, dieser Ort." Indias Gesicht strahlte, und Massimo glaubte, dass sie noch nie so schön aussah wie in diesem Moment.

„Ich liebe dich, India Blue."

Sie drehte sich in seinen Armen und strich ihm sanft über das Gesicht. „Und ich dich, Massi. Ich wollte dir schon längst sagen, wie stolz ich auf dich bin, dass du an dir arbeitest, du weißt schon. Der Psychotherapeut scheint dir wirklich zu helfen."

Massimo lachte leise. „Ich kann nicht leugnen, dass es anfangs hart war. Ich bin ein Junge vom Land, Indy. Mein Dad würde niemals zu einem Psychiater gehen ... Also ja, es war schwer. Dummes, männliches Ego, aber jetzt ... Ja, ich schätze ich hätte das schon *viel* früher machen sollen. In so kurzer Zeit habe ich meinen Dad verloren, und ich habe dich beinahe verloren. Ich war so dumm zu glauben, dass das keine Folgen haben würde."

India lächelte ihn an. „Es hat mir geholfen ... Und es tut mir leid. Ich hätte es schon viel früher vorschlagen sollen."

„Ich bin ein großer Junge, Indy. Und jetzt lass uns unser Traumhaus kaufen."

WIEDER ZURÜCK IN SEINEM APARTMENT IN MANHATTAN DUSCHTEN Massimo und India zusammen und liebten sich unter dem heißen Wasserstrahl. Anschließens zog Massimo sich an und rief seinen Agenten und Pressesprecher Jake an. Der Film mit Teddy Hood hatte grünes Licht bekommen, und für die Dauer der nächsten Monate standen die Dreharbeiten an.

India wartete, bis sie Massimo reden hörte und ging dann zurück ins Badezimmer. Sie öffnete den Unterschrank unter dem Waschbecken und holte eine braune Papiertüte heraus. Aus der Tüte holte sie einen Schwangerschaftstest. Ihre Periode war ausgeblieben. Sie war zwei Wochen überfällig und nun war sie sich sicher, Massimos Kind unter ihrem Herzen zu tragen. Sie fühlte sich anders, fühlte sich jetzt seit zwei Wochen anders. Sie wollte Massimo aber nichts sagen, bevor sie sich ganz sicher war, auch wenn seine Stimmung im Moment gut war und er seine Depression ganz gut im Griff hatte. Die ersten Tests fielen negativ aus, doch sie ließ sich nicht entmutigen. Sie wusste, dass es etwas Zeit brauchte, bevor man es sicher sagen konnte.

Heute aber war sie selbstsicher. Heute, der Tag an dem sie das Haus fanden, schien es unausweichlich. Sie nahm den Test aus der Verpackung und führte ihn durch.

Ungeduldig wartete India auf das Ergebnis. Falls sie schwanger war, würde das bedeuten, dass sie bei der Hochzeit immer noch schwanger sein würde. Aber das war ihr egal. Das würde das Ganze nur noch perfekter machen.

Sie zählte die drei Minuten herunter und nahm den Teststick in die Hand.

Negativ.

„Ach, jetzt komm schon." Sie holte einen weiteren Test aus der Tüte. „Du funktionierst hoffentlich besser, langsam geht mir die Pipi aus." Sie legte den Test zur Seite und schaute noch einmal auf den alten. War da ein dünner Streifen? Sie wusste nicht, ob sie sich das einbildete.

Sie hörte nicht, dass Massimo das Badezimmer betrat, bis er sprach und sie sich beinahe zu Tode erschreckte. „Piccolo?"

Sie drehte sich schuldbewusst um und grinste. „Freu dich nicht zu früh, aber dieses Mal glaube ich ..."

Massimos Blick ließ sich nicht deuten. „Liebling ..."

Sie nahm den ersten Stick in die Hand. „Wenn du über die Tatsache hinwegsehen kannst, dass ich hier drauf gepinkelt habe: aber da ist ein dünner Strich, oder?"

Massimo nahm den Stick in die Hand und musterte ihn ganz genau. „Ganz ehrlich? Ich sehe nichts, Schatz."

„Na schön." Sie war ein wenig frustriert. Warum war er nicht aufgeregter? „Ich mache noch einen, nur um sicher zu gehen. Aber Massimo, ich bin zwei Wochen drüber."

„Du hast mir nichts gesagt."

„Wir hatten schon einige Fehlalarme, Liebling." Ihr Telefon klingelte unaufhörlich, doch sie ignorierte es. „Aber mein Körper fühlt sich so *anders* an. Er ist merkwürdig geschwollen und meine Brüste schmerzen."

„Du hast nichts gesagt."

„Es ist nicht so schlimm, es stört nur ein wenig, aber auf jeden Fall verändert sich ein Körper. Und ich bin mir sicher, dass ich zugenommen habe."

Daraufhin musste Massimo grinsen. „Specki. Aber im Ernst, du warst ohnehin dünner, als du hättest sein sollen. Kein Wunder, nachdem was passiert ist. Als ich dich kennengelernt habe, hattest du die unglaublichsten Kurven ... Und jetzt entwickelt sich alles dahin zurück. Du bist nicht einmal in der Nähe von fett." Er schien plötzlich zu begreifen, dass sie das überhaupt nicht hören wollte und nahm sie in den Arm. „Es könnte aber auch bedeuten, dass etwas Kleines unterwegs ist. Glaub nicht, dass ich mich darüber nicht freuen würde."

„Du willst Kinder, oder?"

„Ja. Ich will hundert kleine Indys herumlaufen sehen. Gott, geh bitte an dein Telefon! Es macht mich wahnsinnig."

Es war Lazlo, Indias älterer Bruder und Manager. „Hallo Boo! Sag mal, bist du in der Stadt?"

„Bin ich. Was ist los?“

Lazlo erzählte ihr, dass einer der Late-Night Typen angerufen und ihn darüber informiert hatte, dass einer der Gäste abgesprungen war und er sich nun fragte, ob India den Platz vielleicht einnehmen wolle.

„Heute Abend?“ India hatte schon so lange keinen öffentlichen Auftritt mehr gehabt, dass sie bei dem Gedanken etwas in Panik geriet.

„Du kannst ablehnen, aber du würdest mir einen Gefallen tun. Ich bin Jimmy noch was schuldig.“

India gab sich Mühe, nicht zu seufzen, und fühlte sich dann schuldig. Lazlo arbeitete unermüdlich für sie, und er hatte sich darum gekümmert, dass ihre Fans über ihren Gesundheitszustand informiert wurden, ohne dass sie selbst dabei von Journalisten belästigt wurde. Sie war ihm etwas schuldig. „Sag ihm Ja. Ich kann in einer Stunde im Studio sein.“

Sie verabschiedete sich von Lazlo und erzählte Massimo, was los war. Er nickte verständnisvoll. „Ich kann dich begleiten.“

Sie grinste ihn an und wusste, dass er sich im Beschützermodus befand. „Liebling, du kannst mitkommen, wenn du dazu bereit bist, mit mir auf die Bühne zu kommen. Denn wenn sie dich erst einmal im Gästebereich sehen, kannst du sicher sein, dass sie dich auch auf den Bildschirm bringen wollen.“

Massimo zuckte mit den Schultern „Lass sie. Wir müssen uns nicht mehr verstecken, oder?“

India lächelte. „Du hast recht. Lass mich Laz noch einmal anrufen, und wir können ihnen sagen, dass es der erste Gemeinschaftsauftritt wird. Besser, wir geben uns keine Zeit, darüber nachzudenken.“

Sie atmete tief durch und schaute auf den zweiten Stick. Enttäuschung machte sich in ihr breit. „Oh.“ Negativ. Sie schaute Massimo an, der zärtlich ihr Gesicht in seine Hände nahm.

„Wir haben noch ewig Zeit, Süße. Kein Grund zur Hektik. Wir sollten nichts betrauern, was wir nicht ändern können."

„Du hast recht." Gott, sie liebte diesen Mann von ganzem Herzen. Er hatte sie auf so viele Arten gerettet. „Und jetzt machen wir uns für unseren ersten Auftritt fertig."

Los Angeles

Jess hatte den Nachmittag wieder mit Teddy und DJ verbracht, dieses Mal in ihrem Strandhaus, und sie hatte ein Schlafzimmer für DJ vorbereitet und dabei gemerkt, wie sehr sie das Einrichten genoss. Ein Stapel Bücher auf dem Nachttisch, ein besonderes Nachtlicht – ein detailgetreu gestalteter, kleiner Mond – und DJ liebte es.

„Wenn du wiederkommst", sagte Jess und errötete bei der Begeisterung des Mädchens, „können wir den Rest des Zimmers so dekorieren, wie du es haben willst."

„Können wir eine Höhle bauen?"

„Na klar! Wir können das morgen machen. Ich bin sicher, dass ich noch genug Sachen dafür da habe."

DJ lächelte sie schüchtern an. „Danke, Jessie. Legst du dich mit mir hinein und liest etwas mit mir?"

„Das würde ich sehr gerne."

Während DJ vor dem Abendessen ein Schläfchen machte, setzten Jess und Teddy sich mit einer Flasche Wein auf die Terrasse und lauschten den Wellen. Teddy zog Jess auf seinen Schoß, und sie schlang ihre Arme um seine Schultern. „Ich lieb dich, und ich liebe dein Kind, Mr. Hood."

Teddy küsste sie. „Wäre es falsch zu sagen, dass ich mir nichts mehr wünsche, als dass du DJs Mutter wärst? Dass das hier unsere kleine

Familie wäre?" Er seufzte und lehnte seinen Kopf gegen ihren. „An diesem schönen Ort, direkt am Meer. Alles, was wir brauchen, ist ..."

„Einen Hund." Sagten sie gleichzeitig und lachten. Jess strich ihm das Haar aus dem Gesicht.

„Warum bringen wir DJ nicht zum Tierheim -"

„ - das Jugendamt würde das bestimmt nicht gerne sehen."

„Ha ha, Scherzkeks. Ich meinte, dass wir uns alle zusammen einen Welpen aussuchen können. Ich dachte immer, wegen der Arbeit könnte ich keinen Hund haben ... aber andererseits ist es meine Firma, also kann ich den Hund auch mit ins Büro nehmen."

„Oder wenn ich zuhause bin ... Ich meine hier bin." Zu Jess' Überraschung wurde Teddy rot, dann grinste er. „Entschuldige, aber ich empfinde das hier schon als mein Zuhause."

„Warum machen wir es dann nicht offiziell? Zieh ein. Es ist nicht groß, aber es ist zuhause."

„Das ist es wirklich. Ich ziehe ein, danke."

„Dann können wir DJs Zimmer mit Bestimmtheit dekorieren."

Teddy lachte kurz auf. „Du sehnst dich nach dieser Lese-Höhle, was?"

„Das tue ich wirklich." Jess rieb ihre Nase an seiner. „Wir könnten auch eine Höhle in unserem Zimmer bauen, aber für andere Dinge als lesen."

„Außer es handelt sich um das *Kama Sutra*."

„Nun ja." Ihr Telefon leuchtete auf, und sie las die Nachricht. „Oh wow. Sieht so aus, als hätten Massi und Indy in der heutigen Late-Night-Show ihr öffentliches Debüt als Paar. Sollen wir es uns ansehen?"

„Sicher. Nach dem Abendessen."

. . .

Jess hatte Pizza bestellt und zusammen mit DJ aßen, lachten und redeten sie und Teddy. Sie hatte DJs Lieblingspizza bestellt, Doppel-Peperoni mit Ananas, worüber Teddy das Gesicht verzog. E rund Jess teilten sich eine Käsepizza mit Chilischoten.

Schließlich fielen DJ die Augen zu, und sie brachten sie gemeinsam ins Bett. DJ wollte, dass Jess ihr noch etwas vorlas. Jess spürte, wie sich ihr Herz mit Liebe für dieses kleine Mädchen und ihre unkomplizierte Art füllte, Jess in ihrem Leben anzunehmen. Sie war so liebenswert, so klug und herzlich, dass Jess sich fragte, ob ihre kein-Kind-Regel in all den Jahren ein Fehler war.

Es brachte sie auch dazu, ihre eigene Kindheit zu hinterfragen. Eindeutig hatte sie nicht die normale Kindheit, die die meisten Kinder hatten - die meisten? - und das verübelte sie ihrem Vater noch mehr. Der Gedanke daran, dass wir das hätten haben können. Sie dachte an das Band, das zwischen Teddy und DJ bestand, und das machte sie traurig.

Später jedoch, als sie und Teddy es sich gemütlich gemacht hatten, um India und Massimo in der Late-Night-Show zu sehen, fühlte sie sich schuldig. Zumindest hatte ihr Vater nicht versucht, sie zu töten, so wie Indias psychopathischer Politikervater. Jess hatte ein Jahr damit verbracht, Philip LeFevre dafür hinter Gittern zu bringen. Sie hatte sich seit Jahren gefragt, ob sie ihren Vater für das, was er Katie angetan hatte, zur Rechenschaft ziehen sollte. Aber die Wahrheit war, dass sie nichts mehr mit ihm zu tun haben wollte. Sie war fertig mit ihm. Zwar war die Tatsache, dass Taran Googe ihm wieder Aufmerksamkeit bescherte, ein Ärgernis, aber immerhin ging es nicht darüber hinaus. Sie wollte ihren Vater nicht mehr in ihrem Leben haben. Nie wieder.

India und Massi schlugen sich bei ihrem ersten gemeinsamen Interview sehr gut. Sie waren beide lustig und herzlich, doch Jess konnte sehen, dass India nervös war – dafür kannte sie sie schon zu lange.

„Sie sind ein tolles Paar." Teddys Stimme holte sie aus ihrer Gedankenwelt heraus. Sie blinzelte kurz und lächelte ihn an.

„Das sind sie wirklich. Du wirst eine tolle Zeit haben, wenn du mit Massimo arbeitest. Ich kenne Tiger Rose nicht besonders gut, aber sie scheint auch eine tolle Frau zu sein."

„Ich freue mich darauf. Das tue ich wirklich." Teddy seufzte. „Ich habe das Gefühl, nach den vergangenen eineinhalb Jahren beruhigen sich die Dinge langsam." Er strich mit ihr mit dem Finger über die Wange. „Und alles entwickelt sich besser, als ich mir hätte vorstellen können."

Jess lächelte ihn an und wollte gerade etwas sagen, als sie einen Schrei hörten. Innerhalb einer Sekunde waren beide auf den Beinen und rannten zu DJs Zimmer.

DJ hatte sich übergeben und zu Jess' Schrecken, sah sie noch Blut in dem Erbrochenen. Teddy nahm seine Tochter in den Arm und trug sie ins Badezimmer, wo sich DJ noch einmal übergab.

„Süße?"

Aber DJ ging es zu schlecht, um zu reden. Jess legte ihr die Hand auf die Stirn. Sie glühte. „Teddy, wir müssen den Arzt rufen … Ich habe keine Medizin für sie hier." Jess wollte am liebsten weinen, als sie Teddys besorgtes Gesicht sah und auch für DJ, die vor Schmerzen weinte.

„Teddy, lass sie uns ins Krankenhaus bringen." Jess hatte sich schon ihre Schlüssel geschnappt, während Teddy DJ in eine Decke wickelte.

„Tut mir leid, dass ich mich auf deinem Bett übergeben habe." DJ weinte, und Jess küsste sie auf die heiße Stirn.

„Ist schon gut, Liebling. Ich will nur, dass es dir besser geht. Kommt, ich werde fahren."

KAPITEL ZWANZIG – AM I WRONG

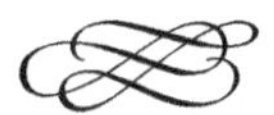

Los Angeles

EINIGE STUNDEN SPÄTER, NACHDEM DER ARZT SIE UNTERSUCHT, IHR EIN Brechmittel und ein Beruhigungsmittel gegeben hatte, schlief DJ fest und ruhig. Teddy hatte Dorcas angerufen, die sofort kam. Sie ignorierte Jess die meiste Zeit, forderte sie aber nicht zum Gehen auf.

Jess beobachtete Dorcas aufmerksam. Sie war noch immer nicht sicher, ob Dorcas etwas mit DJs Erkrankung zu tun hatte. Gleichzeitig fragte sie sich, ob sie das nur dachte, weil sie selbst Schuldgefühle hatte, da DJ bei ihr krank geworden war. Doch sie konnte den Verdacht nicht abschütteln, ganz besonders deshalb nicht, weil Dorcas ständig die Aufmerksamkeit der Angestellten auf sich zog, egal, ob sie DJ behandelten oder nicht.

Später am Abend ging Jess nach unten und holte Kaffee für alle, da sah sie Dorcas, die mit einer kleinen Gruppe von Journalisten sprach, die sie anscheinend selbst angerufen hatte. Jess versuchte zu verstehen, was Dorcas sagte, kam aber nicht nah genug heran. Es ärgerte sie, und ihre Verärgerung schien ihr ins Gesicht geschrieben, denn als sie zurück bei Teddy war, nahm er ihr den Kaffee ab und sah ihr sofort an, dass etwas nicht stimmte.

„Was ist los?"

Sie erzählte ihm von der Presse, und er verdrehte die Augen. „So ist Dorcas halt. Solange sie sie von DJ fernhält und ihnen keine Lügengeschichten erzählt, ist es mir eigentlich egal."

„Hmm."

Teddy lächelte sie an. „Löwenmutter. Ist schon in Ordnung."

DJs Arzt kam, um mit Teddy zu sprechen. Er erklärte ihm, dass sie nach etwas suchen, was DJ eventuell eingenommen hatte, da weder ein Virus noch ein Bakterium als Ursache für DJs Zustand gefunden werden konnte. „Sie war auf jeden Fall kaltschweißig, aber ihre Körpertemperatur war normal. Was hat sie heute Abend gegessen?"

Sie erzählten es dem Arzt, und er nickte. „Nun, das ist ungefährlich ... Darf ich sie fragen, wo sie gegessen haben, waren dort irgendwelche Pflanzen oder Büsche in der Nähe?"

„Nein, es ist nur eine Terrasse. Das Haus befindet sich direkt am Strand, und ich töte jede Pflanze, anstatt sie zu pflegen." Jess zuckte bei ihren eignen Worten zusammen, doch weder Teddy noch der Arzt zeigten eine Reaktion auf ihre Wortwahl. „Doktor", Jess entschied sich, die Frage, die ihre auf der Seele brannte, zu stellen. „Gibt es so etwas wie Vitaminvergiftung?"

„Sicher, und darauf testen wir auch. Aber um ehrlich zu sein, die Symptome passen nicht, und es ist sehr, sehr schwer durchzuführen, ohne entdeckt zu werden. DJs Blutergebnisse werden uns mehr verraten. Ich komme später noch einmal."

Nachdem der Arzt das Zimmer verlassen hatte, schaute Teddy Jess an. „Was hattest du denn mit dieser Frage im Sinn?" Seine Stimme klang etwas angespannt, und Jess wusste, dass er ihre Worte genau richtig eingeordnet hatte.

„Teddy … Findest du es nicht merkwürdig, dass es DJ ständig schlecht geht? Und wenn es soweit ist, dass Dorcas eine Menge öffentlicher Aufmerksamkeit bekommt? Nicht zu vergessen, die Aufmerksamkeit vom Krankenhauspersonal."

Teddy wandte seinen Blick keinen Moment von ihr ab, er blieb aber still. Dann stand er auf, und sie sah sie den Ärger, der in ihm aufstieg. „Ich will nicht, dass jemals wieder so von ihr redest. Verstanden? Dorcas ist eine Menge, aber sie würde DJ nie, niemals etwas antun. *Niemals.*"

Seine Stimme war erstaunlich ruhig, aber in seinen Augen lag eine Kälte, die sie bei ihm noch nie gesehen hatte. Doch Jess, die sich um DJs Wohlergehen sorgte, gab nicht nach. „Die Frage muss gestellt werden, Teddy. Zu viele Dinge machen einfach keinen Sinn. Warum ist DJ ständig krank?"

„Gott. Das kann eine Menge Gründe haben, Jess. Weißt du, wie viele Kinder durch Kleinigkeiten krank werden? Sie könnte sich bei einem anderen Kind angesteckt haben."

„Einen Virus oder Bakterien haben sie doch bereits ausgeschlossen."

„Also hast du Superdetektivin entschieden, dass Dorcas sie vergiftet?"

„Der beste Weg, dich in der Nähe zu halten."

Teddy starrte sie an, seine Lippen bewegten sich, es kamen aber keine Worte heraus. Dann fuhr er sich mit der Hand über das Gesicht, und Jess bereitete sich auf einen Wutausbruch vor, der aber nie kam. Es tat ihr nicht leid, dass sie es so weit getrieben hatte – Teddy musste mit diesem Verdacht konfrontiert werden, damit er es als Teil des Gesamtbildes berücksichtigte.

Egal zu welchem Preis.

„Ich glaube, du gehst jetzt besser", sagte Teddy mit sanfter Stimme. „Ich muss bei meiner Tochter sein."

„Natürlich." Für Jess fühlte es sich wie ein Schlag in die Magengrube an, doch sie verstand, warum er wollte, dass sie ging. „Du sagst mir Bescheid, wenn es etwas Neues gibt?"

Teddy lächelte schief. „Sicher." Er machte keine Anstalten, sie zum Abschied zu küssen, aber Jess ging zu DJ und küsste das kleine Mädchen auf die Stirn.

„Mach's gut, Häschen", flüsterte sie dem schlafenden Kind zu und berührte noch kurz Teddy Hand, als sie den Raum verließ.

Sie stieg ins Auto und brachte einige Meilen zwischen sich und dem Krankenhaus, bevor sie in Tränen ausbrach.

New York

Um zwei Uhr morgens war India noch immer wach, da leuchtete auf ihrem Telefon eine Nachricht auf.

Hey Boo, bist du noch wach? Ich muss mit dir reden und brauche deinen Rat. J x

Vorsichtig schlich India aus dem Bett, um Massimo nicht zu wecken und ging ins Wohnzimmer. Es war kalt, und mit einer Flasche Wasser und einer übergroßen Tagesdecke machte sie es sich auf dem Sofa bequem und rief Jess an. „Hallo Kleine, was ist los?"

India hörte zu, während Jess ihr alles von Teddys Kind und dem Streit, den sie hatten, erzählte. „Glaubst du, es war richtig, mich nach der Vitaminsache zu erkundigen? Oder bin ich durch meine Erfahrungen mit schlechten Eltern geblendet ...?"

„Wahrscheinlich beides. Aber am Ende ist es doch das Wichtigste, dass es dem Kind gutgeht. Hast du sie gern?"

„Ich liebe sie. Ich *liebe* sie, Indy. Ich wünschte, sie wäre meine Tochter." Jess klang etwas angetrunken, was India nicht überraschte. Jess trank nie viel, außer wenn sie wirklich aufgebracht war. „Ich habe es gehasst, sie so krank zu sehen."

India glaubte, ein Schluchzen gehört zu haben. „Ach Süße, nicht."

„Ich weine nicht, ich habe gerülpst", protestierte Jess mit wütender Stimme, doch India wusste, dass sie log. „Ich liebe dieses Kind einfach. Sie ist so besonders, Indy, und ich will wissen, was mit ihr los ist. Ich kenne Dorcas Prettyman, und ich traue ihr zu, dass sie DJ etwas antut, um Aufmerksamkeit zu bekommen."

„Du redest vom Münchhausen-Stellvertreter Syndrom?"

„Ja. Woher kennst du das?"

„Ha. Bei meiner Familie? Es gibt nicht viele psychologische Störungen, die ich nicht kenne. Nach der Sache mit meinem Vater, während ich in Therapie war, war ich ein wenig besessen davon, den Grund dafür zu erfahren, warum er mich tot sehen wollte, warum er jemanden dafür bezahlte, mich umzubringen. *Zweimal.*"

„Hast du eine Antwort gefunden?" Jess musste erneut leicht aufstoßen, und India lächelte ein wenig.

„Teilweise. Er hat eine Arschloch-Störung."

Beide lachten sanft. „Amen." Jess schwieg einen Moment. „Ich kenne sie. Dorcas. Sie ist ein bösartiges Stück Scheiße, egal wie sehr sie versucht, ihr öffentliches Bild aufzupolieren. Es ging und geht immer nur um sie. Teddy und DJ – sie sind für sie nur Anhängsel. Mittel zum Zweck."

„Jessie?"

„Ja?"

„Vermischt du Dorcas und deinen Dad miteinander?"

Jess seufzte. „Nun, das ist meine Frage. Tue ich das? Ich weiß es nicht. Ich kann nicht für Klarheit sorgen."

„Und Teddy wollte diesen Gedanken nicht in Erwägung ziehen?"

„Nein."

„Aber es ist wie bei *Einspruch, Zugelassen.* Die Geschworenen haben es dennoch gehört?"

„Genau."

India lächelte. „Immer die Anwältin."

Jess seufzte. „Ich weiß nicht. Ich hoffe, ich habe es nicht versaut. Aber wie du schon gesagt hast. Das Wichtigste ist DJ. Sollte sich herausstellen, dass ich recht hatte und Teddy mich weiter hasst, wenn das bedeutet, dass es DJ gutgeht, kann ich damit leben." Sie klang nicht besonders überzeugend. Sie räusperte sich. „Oh übrigens, ich habe euch bei der Show gesehen. Du und Massimo habt toll zusammen ausgesehen ... Wenn du schauspielern würdest, hätten wir ein neues, goldenes Leinwandpärchen."

„Ha, nein danke." India atmete tief durch. „Ich habe es genossen, und es hat mich davon abgelenkt, dass ich immer noch nicht schwanger bin."

Jess war die einzige Person, der gegenüber sie in den letzten Monaten ihre Hoffnungen geäußert hatte, und sie hörte Jess seufzen. „Es tut mir leid, Boo. Hör zu, ich weiß, dass es beinahe zwei Uhr morgens ist, aber das Trauma, das dein Körper erlitten hat ... er heilt noch. Es gibt keinen Grund zur Ungeduld."

„Das sagt Massi auch. Und ich weiß, dass ihr beide recht habt ... Ich war einfach enttäuscht."

„Hör zu ... Lazlo hat mich vor einigen Tagen angerufen. Er will, dass du wieder arbeitest, wie sieht es damit aus?"

India lachte. „Ha, das hat er mir auch erzählt. Er hat recht, ich muss wieder da raus. Ich möchte etwas mit Sun und Tae machen ..."

„Ja, das glaube ich."

„*Musikalisch,* du Perversling", sagte India lachend. Sie unterhielten sich noch für einige Zeit. Als sie sich voneinander verabschiedeten, fragte

India, ob sie sich mit Teddy sicher war. „Ich weiß, dass du ihn liebst … aber wie gut weißt du wirklich über ihre Beziehung Bescheid? Ich will nicht, dass du verletzt wirst von Menschen, die ihre Angelegenheiten nicht auf die Reihe bekommen."

„Das erinnert mich daran: wie geht es Valentina?"

Beide lachten. „So ziemlich von der Bildschirmfläche verschwunden, Gott sei Dank. Übrigens … wir haben ein Haus gefunden."

„Na endlich."

„Die Hochzeit wird dort stattfinden, und ich will, dass du auf meiner Hochzeit mit Teddy Hood am Arm erscheinst."

„Angeberin."

„Stimmt. Jedenfalls glaube ich, dass du das Richtige getan hast. Ich *glaube* es, ich bin natürlich keine Expertin."

Jess kicherte. „Ich fühle mich schon besser, und dafür kann ich dir nicht genug danken. Es waren harte eineinhalb Tage, das hier und die Anthrax-Sache mit Taran Googe."

India blieb beinahe das Herz stehen. „Was für eine Anthrax-Sache? Was zur Hölle?"

Jess atmete tief durch. „Oh, das ist eine Geschichte. Lehn dich zurück, das kann eine Weile dauern."

Los Angeles

Dorcas hatte ihn angerufen und gesagt, dass Jess mit Teddy und DJ im Krankenhaus war. Ihr Zuhause war also leer. Taran hatte es geschafft, wenigstens einen Abend nüchtern zu bleiben – auch wenn die Versuchung nach den Drogen, mit denen Dorcas ihn bezahlte, beinahe unwiderstehlich war. Er sprang also in sein Auto und fuhr in Jess' Wohngegend. Er stellte den Wagen einige Straßen weiter ab und ging zum Strand, um sich von dieser Seite Zugang zu beschaffen.

Mittlerweile kannte er jede Ecke in Jess Oldens Zuhause, sogar die knifflige Terrassentüre. Nachdem er auf die Terrasse geklettert war, prüfte er die Tür und fand sie unverschlossen vor. Also wirklich, Jess, diese ganzen Sicherheitsmaßnahmen und dann das? Er schlich hinein. Er hatte einen Rucksack auf den Schultern, in dem sich eine hochwertige Überwachungsausrüstung befand. Dorcas hatte es bezahlt, sie wollte jeden Schritt von Jess überwachen. Jeden Schritt.

Taran freute sich schon darauf, Jess und Teddy beim Vögeln zu beobachten. Er war von ihrem sensationellen Körper besessen, seit er die beiden das erste Mal beobachtet hatte. Er ging zuerst in ihr Schlafzimmer und versteckte die Geräte so gut wie möglich. Jess Olden war keine Frau, die viele Dinge wie Stofftiere oder Spielzeuge herumstehen hatte, in denen man Kameras verstecken konnte. Wenig überraschend für eine fünfunddreißigjährige Frau, aber er fand ein paar gute Stellen.

Er war gerade dabei, eine Kamera in den Blumentöpfen im Wohnzimmer zu verstecken, als er ihren Wagen in der Einfahrt hörte. Scheiße. Er ging in Richtung Tür, als ihm einfiel, dass sein Rucksack noch in ihrem Schlafzimmer lag.

Verdammt …

Er eilte zurück, doch da hörte er schon die Haustüre. Er saß fest. Er zwängte sich in den Kleiderschrank und bedeckte sich mit ein paar Klamotten, die auf dem Schrankboden herumlagen. Es war ein schlechtes Versteck, und wenn sie nur ein wenig aufmerksam war, würde sie ihn unverzüglich entdecken, aber …

Falls er ihr wehtun müsste, um hier herauszukommen, dann war das so. Er würde es tun. Er könnte ihr wehtun, oder? Er wühlte hastig in seinem Rucksack, doch da war nichts drin, was er als Waffe hätte benutzen können. Verdammt nochmal.

Taran harrte weiter im Schrank aus, doch Jess betrat das Schlafzimmer überhaupt nicht. Nach ein paar Stunden hörte er sie telefonieren. Sie und Teddy sind wohl in Streit geraten, nachdem sie ihren Verdacht über Dorcas geäußert hatte. Beinahe lachte er vor lauter Freude. Dorcas würde wissen wollen, was die neue Freundin ihres Ex-Mannes über sie dachte.

Dorcas? Ihrem eigenen Kind schaden? Ehrlich gesagt konnte er sich das vorstellen, aber momentan war das nicht seine größte Sorge.

Nach einer Weile herrschte Ruhe im Haus, und er hörte, wie Jess das Schlafzimmer betrat und sich fertig fürs Bett machte. Durch den Türspalt konnte er sehen, wie sie sich auszog, dann ging sie ins Badezimmer, nahm eine Dusche und putzte sich die Zähne. Anscheinend schlief sie auch gerne nackt, wenn Teddy Hood nicht bei ihr war.

Er wartete, bis sie im Bett war und die Nachttischlampe ausgeschaltet hatte. Dann beobachtete er sie eine Weile erregt beim Schlafen.

Als er sich sicher war, dass sie tief und fest schlief, öffnete er vorsichtig die Schranktür und kletterte heraus. Er kam bis zur Küche, dann hörte er eine Stimme:

„Ich habe eine Waffe, du Mistkerl, und sie ist direkt auf deinen Rücken gerichtet. Du hast fünf Sekunden, um hier zu verschwinden, oder ich drücke ab."

Taran lächelte. Er wusste, dass sie keine Waffe hatte – er hatte jeden ihrer Schränke und jede ihrer Schubladen durchsucht. Sein Blick fiel auf den Messerblock, der auf der Arbeitsplatte stand. Er könnte sich ein bisschen Spaß gönnen ... in der Dunkelheit könnte man sein Gesicht nicht erkennen, oder?

Mit einer schnellen Bewegung schnappte er sich das größte Messer aus dem Block, drehte sich um und ... Jess drückte ab. Scheiße. Sie *hatte* eine Waffe.

„Drei ... zwei ..."

Taran nahm die Beine in die Hand, floh durch die Terrassentür, sprang auf den Strand und rannte davon, bevor Jess einen weiteren Schuss abgeben konnte. Jesus. Beinahe hätte er alles versaut. Er erreichte sein Auto und fuhr nach Hause. Hoffentlich stattete die Polizei ihm keinen weiteren Besuch ab.

Zuhause dröhnte er sich mit den Drogen zu, die er von Dorcas bekommen hatte und wartete auf ihren Anruf, um seinen nächsten Auftrag von ihr zu erhalten.

Jess lächelte den Detective verschämt an. Es war der gleiche, der sich schon die vergangenen vierundzwanzig Stunden mit ihr befasst hatte, doch er erwiderte ihr Lächeln nicht. „Miss Olden … Wir glauben, es ist an der Zeit, dass Sie Ihre Sicherheit ernst nehmen."

„Ich weiß. Es kommen ein paar Leute her."

„Ist Mr. Hood nicht hier?"

Jess zog die Augenbrauen hoch und lächelte. „Ich meine nicht, dass Sie nicht selbst auf sich aufpassen können. Um Gottes willen. Wenn meine Frau mich jetzt hören könnte, würde sie mir wahrscheinlich in den Hintern treten."

Sein Lächeln verschwand. „Aber jemand verfolgt Sie, und wir nehmen Stalking sehr ernst. Er hat das Level noch einmal erhöht, indem er hier war, während Sie zuhause waren. Wir haben das Messer auf dem Boden gesehen. Er hätte Sie töten können. Können Sie irgendwo anders hingehen?"

Jess seufzte. „Ich kann in ein Hotel gehen."

„Gut. Wir können einen Wagen schicken, der Sie fährt, wenn Sie wollen."

„Nein, ich werde ein Taxi nehmen. Geben Sie mir nur eine halbe Stunde zum Packen."

KAPITEL EINUNDZWANZIG – BIG GIRLS CRY

Los Angeles

Während der Fahrt zum Hotel – sie hatte eins in der Nähe des Krankenhauses gewählt – rief sie Teddy an und hoffte, dass er ihren Anruf nach ihrem Streit überhaupt annahm. Sie war erleichtert, als er es tat. „Hallo, wie geht es DJ?"

„Ganz gut. Nicht toll, aber gut. Sie wissen immer noch nicht, was die Ursache ist. Geht es dir gut?"

Sie erzählte ihm von dem Einbruch und war gerührt, dass er erschreckt und besorgt klang. „Ich werde in ein Hotel in der Nähe des Krankenhauses gehen … Für den Fall, dass du mich brauchst oder einen Schlafplatz in der Nähe suchst." Sie zögerte. Gott, warum agierte sie bei diesem Mann wie ein nervöser Teenager? „Ich habe ein paar frische Sachen und Waschzeug für dich eingepackt. Nicht viel, nur für den Fall."

Sie hörte ihn seufzen. „Schatz, es tut mir leid, dass ich vorhin wütend geworden bin."

„Ist schon in Ordnung. Es war unsensibel von mir, damit anzufangen. Ich liebe dich, ich liebe DJ, und ich mache mir solche Sorgen um sie."

„Ich weiß. Ich mir auch. Ich kann mir einfach nicht vorstellen, dass Dorcas … Gott, das wäre dermaßen gestört."

„Ich weiß."

„Pass auf. DJ schläft, und Dorcas bleibt heute Nacht bei ihr. Wie wäre es, wenn wir uns im Hotel treffen und reden?"

„Darüber würde ich mich freuen."

Eine Stunde später hörte Jess ein leises Klopfen an ihrer Tür. Sie öffnete und blickte direkt in sein verzweifeltes und erschöpftes Gesicht. „Oh, Liebling." Sie nahm seine Hand und zog ihn ins Zimmer. Er ließ sich fest in den Arm nehmen, offensichtlich brauchte er jetzt eine Umarmung. „Ich glaube Reden ist das letzte, was du jetzt brauchst. Wohl eher Essen, Kaffee und ein wenig Schlaf."

„Ich muss zugeben, das klingt perfekt."

Jess bestellte ein sehr frühes Frühstück für zwei, und während sie warteten, duschten sie zusammen. Anschließend goss sie ihm etwas Kaffee ein, und sie aßen Rühreier und Pfannkuchen.

Anschließend brachte sie ihn ins Bett, und trotzt seiner Erschöpfung wollte er noch mit ihr schlafen. „Ich muss dich spüren", sagte er, und sie küsste ihn, schlang ihre Beine um ihn und er drang in sie ein.

Sie liebten sich langsam und blickten sich dabei die ganze Zeit in die Augen, küssten und streichelten sich. Sie erreichten ihre Höhepunkte beinahe lautlos. Dann gewann die Müdigkeit die Oberhand, und Teddy schlief in ihren Armen ein.

Trotz ihrer eigenen Müdigkeit konnte Jess nicht schlafen. Was für vierundzwanzig Stunden. Sie schloss die Augen und versuchte, Schlaf zu finden, stattdessen drehten sich ihre Gedanken darum, was hätte sein können. Wenn sie nicht aufgewacht wäre und den Idioten beim

Schnüffeln erwischt hätte. Die Art, wie er nach dem Messer gegriffen hatte ... Wollte er sie umbringen?“

Irgendwie glaubte sie das nicht, aber warum war er dann eingebrochen? Wenn es wieder Googe war, was hatte er sich dabei gedacht? War es ihm wirklich eine Haftstrafe wert, nur um sie zu ärgern? *Dieser Pisser.*

Doch irgendeine Paranoia ließ sie glauben, dass es nicht Googe gewesen war. Das es jemand Bösartiges war, jemand, der wesentlich gefährlicher war als dieser Internettrottel.

Als sie endlich eingeschlafen war, begannen die Alpträume. Sie träumte von ihren Freunden, die aufgeschlitzt herumlagen, träumte, dass India von Braydon Carter getötet wurde, dass Coco direkt vor ihren Augen tot umfiel, dass Alex sich das Leben nahm und dass Massimo sich nach Indias Tod von einem Gebäude in den Tod stürzte. Sun und Tae lagen sich in den Armen, ebenfalls tot.

Teddy, der mit offenen Augen Dorcas anstarrte, die mit einer qualmenden Waffe über ihm stand. DJ lag in einem kleinen Sarg.

Katie ...

Jess bemerkte nicht, dass sie schrie, bis sie Teddys Arme um sich spürte. In ihrer Panik versuchte sie sich loszureißen, doch er hielt sie zu fest und redete sanft auf sie ein, bis sie sich beruhigt hatte.

Schließlich ließ die Panik nach, und sie sackte an ihm zusammen. „Tut mir leid. Schlecht geträumt.“

„Erzähl es mir.“

Jess schluckte kräftig, und Teddy reichte ihr eine Flasche Wasser. „Atme tief durch, trink einen Schluck und rede mit mir, Liebling.“

Sie tat, was er sagte, trank Wasser, atmete so oft ein und aus, bis sie wieder sprechen konnte. Dann erzählte sie ihm von dem Traum und vom Sterben ihrer Freunde. Den Teil mit ihm und DJ ließ sie jedoch aus.

Teddy strich ihr das verschwitzte Haar aus dem Gesicht. „Katie war deine Schwester?"

Sie nickte. „Sie war fünf Jahre jünger. Wir standen uns sehr nahe, Teddy. Ich dachte, wir wüssten alles übereinander. Wir haben gegenseitig auf uns aufgepasst, wenn es um Dads emotionalen Missbrauch ging. Wir wussten, dass er ein Arschloch war, doch bis eine von uns achtzehn war und wir uns selbst versorgen konnten, saßen wir fest. Als ich achtzehn wurde, habe ich versucht, das Sorgerecht für Katie zu bekommen, doch Dad hatte seine Finger in so vielen Bereichen unserer Stadt. Vor Gericht haben sie mich ausgelacht. Ich ging auf ein College in der Nähe, damit Katie so oft wie möglich bei mir übernachten konnte."

Jess seufzte und lehnte sich gegen Teddy starke Brust. „Dann, eines Tages wurde ich zum Dekan gerufen. Katie war vom Wohnhaus nebenan gesprungen. Vierzehn Stockwerke, sie hatte keine Chance. Am nächsten Tag habe ich den Brief erhalten."

Teddy sagte kein Wort, er nahm sie nur fester in den Arm und bereitete sich auf ihre nächsten Worte vor. Sie musste es aussprechen, sie musste es dem Menschen, den sie am meisten liebte, erzählen – und es war schockierend – die Wahrheit zu hören, war schockierend. „Unser Vater hatte sie seit Jahren vergewaltigt, schon bevor ich ausgezogen war. Sie hat nie ein Wort gesagt, und ich hatte keine Ahnung. *Keine Ahnung.* Wie hatte ich das nicht bemerken können?"

Sie atmete tief durch. „Ich bin zur Polizei gegangen, natürlich bin ich das, und … nichts. Es wurde nichts unternommen, und der Brief ist einfach verschwunden. Stell dir das mal vor. Diese Pisser. Also … Ich schätze, was ich versuche zu sagen, ist, wenn es um Kindesmissbrauch geht, gehen meine Sensoren schnell an. Zugegeben, manchmal sehe ich Dinge, die nicht da sind. Es tut mir leid, was ich über Dorcas gesagt habe. Ich habe keine Beweise, es ist nur ein Gefühl. Und ich bin bereit zuzugeben, dass es falsch war, so etwas zu sagen, ohne Beweise zu haben."

Teddy küsste sie auf die Stirn. „Mach dir keine Sorgen deswegen. Ich liebe es, dass dir DJ dir so viel bedeutet, dass du sie beschützen willst. Du hast sie erst zweimal getroffen und schon ..." Ihm versagte die Stimme, und sie blickte ihn fragend an.

„Was?"

Teddy schüttelte den Kopf. „Es ist nur ... Wenn ich euch zwei zusammen sehe, kann ich nicht glauben, dass ihr euch gerade erst kennengelernt habt. Ich spüre so viel Wärme zwischen euch, wie ich es seit langer Zeit nicht mehr zwischen meiner Tochter und meiner Ex-Frau erlebt habe."

„Wie war Dorcas, als DJ geboren wurde?"

Teddy biss sich auf die Lippe. „Ich habe nie bezweifelt, dass sie DJ liebte, aber es fühlte sich immer so an, als sei sie nie ganz überzeugt gewesen. Sie hat nie gestillt. Nicht dass man sich dafür schämen müsste, aber sie hat es erst gar nicht *versucht.* Sie hat gesagt, sie wolle nicht, dass ihre Brustwarzen ‚undicht' werden und ihr die Kleidung versauen."

Jess schnaubte bei dieser Aussage. „Nun, das ist nichts für jeden. Aber sie liebt DJ, oder?"

„Ich denke schon." Er sah nicht sehr überzeugt aus. „Sie als Köder zu benutzen, um mich zurückzukriegen, hat ihrer Sache nicht geholfen."

„Dennoch war es falsch von mir, sie ohne Beweise zu beschuldigen, DJ etwas anzutun. Ich bin froh, dass sie mich nicht gehört hat."

„Nachdem sie mit der Presse fertig war, hat sie nichts erwähnt."

Jess küsste ihn. „Verzeihst du mir?"

„Natürlich. Gott, ich liebe dich, Jessie. Auch wenn du mich wahnsinnig machst."

„Dafür scheine ich ein Talent zu haben."

Teddy grinste. „Ein Talent also. Alles klar. Lass uns das Thema wechseln. Es war mein Ernst, als ich gesagt habe, dass ich bei dir einziehe, aber wir müssen uns ernsthaft über deine Sicherheitsvorkehrungen unterhalten."

Jess seufzte. „Ich weiß. Ich war etwas nachlässig, da gibt es nichts zu beschönigen. Ich werde mich darum kümmern, versprochen."

„Ich hoffe es macht dir nichts aus, aber ich habe einen Sicherheitsexperten zu dir geschickt. Ich hatte Panik."

Jess lächelte ihn an. „Nein, das ist in Ordnung. Besser, es wird gleich erledigt."

Teddy hielt sie fest und drückte seine Lippen gegen ihre Schläfe. „Denkst du, dass es Googe war?"

„Ganz ehrlich, ich habe keine Ahnung. Er scheint nicht der Typ zu sein, der andere verletzt. Dafür wirkt er zu sehr wie ein Weichei, wenn du verstehst. Mein Auto zerkratzen, tote Ratten durch den Briefschlitz stecken, okay. Aber körperlichen Schaden zufügen? Ich weiß nicht."

SPÄTER ERFUHREN SIE, DASS GOOGE GANZ OFFIZIELL BEFRAGT WURDE, aber ohne Anklage, zumindest wegen des Einbruchs, freigelassen wurde. Er wurde wegen des Besitzes geringer Mengen Heroin verwarnt, doch die Menge war so gering, dass die Kosten einer Anklage den Wert der Drogen weit überstiegen hätte.

Teddy verdrehte die Augen. „Hoffen wir, dass er noch mehr in die Finger bekommt und sich eine Überdosis leistet. Ich habe kein Mitleid."

Jess war ratlos, wer sie so hassen konnte, um bei ihr einzubrechen. Teddy begleitete sie zu ihrem Haus, und sie stellten fest, dass es nun wesentlich schwieriger sein würde, sich unerlaubt Zutritt zu verschaffen. Teddy schaute so erleichtert, wie Jess sich fühlte. Er strich mit seiner Hand über ihren Rücken. „Und ich werde jetzt auch hier sein."

Sie schaute ihn lächelnd an. „Du willst noch einziehen?"

„Natürlich, Schatz. Ich liebe dich."

Jess lehnte sich gegen seine Brust. „Wir sollten das Gästezimmer für DJ herrichten."

„Das wäre schön."

Doch eine Stunde später erhielten sie einen Anruf vom Krankenhaus: DJ war ins Koma gefallen.

Dorcas hörte dem Arzt zu, nickte hin und wieder mit dem Kopf und spielte ihre Rolle perfekt. DJ lag blass, kaltschweißig und komatös in ihrem Bett, und Dorcas machte eine Show daraus, wie sie leise wimmernd die Hand ihrer Tochter hielt.

Gleichzeitig schlug ihr das Herz bis zum Hals. Sie hatte nicht vorgehabt, dass es so weit kam. Doch jetzt war es nun einmal so. Die Ärzte waren ratlos, und sie warf ihnen vor, dass sie nicht über den Tellerrand blickten, auch wenn sie froh darüber war.

Sie bat ihren Pressesprecher ins Krankenhaus zu kommen und eine Presseerklärung zu verfassen. Dann wartete sie auf Teddy und stellte wütend fest, dass er bei seiner Ankunft die Hand von Jessica Olden hielt. Aber jetzt war weder der Ort noch die Zeit für Eifersucht.

„Liebling." Sie ging sofort auf Teddy zu und begann zu weinen. Dabei löste sie geschickt seine Hand aus Jess'. Teddy tätschelte verkrampft ihren Rücken.

„Wie geht es ihr?"

„Sie wacht nicht auf, Ted. Ted ...Was, wenn unser kleines Mädchen stirbt?" Sie schluchzte jetzt noch lauter, bis Teddy nicht anders konnte und sie in den Arm nahm. Dorcas war überrascht, als Jess ihre Hand ergriff und ihr leise Mut zusprach. Überrascht und gereizt. Dorcas hätte Mitgefühl zeigen sollen ... Jess Olden ging ihr wirklich auf die Nerven.

Während sie bei DJ saßen und miteinander redeten, beobachtete sie die beiden genau. Ihr war aufgefallen, dass die beiden sich aneinander orientierten, ihre Körpersprache spiegelte den jeweils anderen wider. Dorcas musste sich eingestehen, dass sie und Teddy nie so waren. Sie waren sich nie so nahe gewesen. Jess und Teddy waren anscheinend nicht nur Liebhaber, sondern beste Freunde, zwei Hälften eines Ganzen.

Ja, Jess Olden war mehr als nur ein Störfaktor. Dorcas wandte ihren Blick auf den Fernseher an der Wand, der leise vor sich hin flackerte. Sie hob die Augenbraue hoch, als sie Jess' Gesicht auf dem Bildschirm sah. „Worum geht es da?"

Jess hob den Blick und stöhnte genervt auf. „Herrgott. Um nichts Besonderes. Bei mir wurde letzte Nacht eingebrochen, das war's. Wahrscheinlich dieser idiotische YouTuber namens Taran Googe. Er hat eine Vendetta gegen mich laufen, weil ich ihm einen Korb gegeben habe. Das ist gar nichts."

Dorcas unterdrückte ein Lächeln. Gut. Taran Googe hat gemacht, worum sie ihn gebeten hatte. Jess drangsalieren, sie verschrecken. Vielleicht war es an der Zeit, den Feldzug etwas hochzufahren. Ein Unfall, ein zufälliger Angriff. Der Gedanke an eine verletzte Jess Olden hatte etwas. Würde Teddy seine Konzentration aufteilen können oder würde er sich zwischen Jess und seiner Tochter entscheiden müssen?

Oder was wäre wenn ... Wenn er sich nicht entscheiden müsste? Wenn ... Jess von der Bildfläche verschwinden würde ... für immer?

„Dorcas?"

Dorcas hob ihren Blick und sah, dass Jess sie anstarrte.

„Ja?"

„Möchtest du einen Kaffee?"

„Nein, danke."

Jess nickte und verließ das Zimmer. Dorcas schaute Teddy an. „Findest du wirklich, dass es angemessen war, deine Freundin in das Krankenzimmer deiner Tochter zu bringen?"

„Jess ist meine Partnerin, Dorcas. Ob es dir gefällt oder nicht. Sie ist beteiligt. Sie und DJ verstehen sich großartig, also gewöhnst du dich besser daran." Teddys Stimme war fest, und sein Blick mahnte sie zur Besonnenheit. Verdammt, wenn er so war ...

Wie hatte sie ihn nur gehen lassen können?

Ja ... Jess Olden musste verschwinden.

„Entschuldige mich einen Augenblick. Ich muss einen Anruf erledigen."

„Sicher."

Sie ging ins nächste Treppenhaus und wartete, bis außer ihr niemand mehr zu hören war. Dann holte sie das Wegwerfhandy aus ihrer Tasche, mit dem sie üblicherweise Taran Googe anrief. Googe nahm den Anruf sofort entgegen.

„Daphne."

„Mr. Googe. Ich sehe, sie sind in ihr Haus eingebrochen?"

„Jep und wurde dabei beinahe erschossen. Ich habe noch eine Rechnung mit ihr offen."

Dorcas lächelte. „Gut ... Denn genau die werde ich Ihnen beschaffen. Lassen sie mich erklären, was ich jetzt von Ihnen will, und wie reich ich Sie machen werde ..."

KAPITEL ZWEIUNDZWANZIG – ALL NIGHT

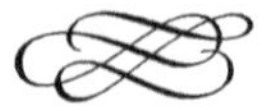

L*os Angeles*

Jess kam mit zwei Bechern dampfenden Kaffees zurück und fand Teddy alleine vor. „Wo ist Dorcas?"

„Erledigt einen Anruf."

Jess gab Teddy einen Kuss auf den Kopf. „Ich gehe mal kurz zur Toilette. Geht es dir gut?"

„So gut es eben gehen kann."

Jess verließ das Zimmer und ging auf die Damentoilette. Als sie sich gerade die Hände wusch, trat Dorcas aus einer der anderen Kabine und nickte ihr zu. „Jessica."

Jess verzog den Mund zu einem halben Lächeln. „Dorcas, du kannst mich Jess nennen. Wir werden uns in Zukunft wohl öfter begegnen."

„Reib mir das ruhig unter die Nase." Dorcas runzelte die Stirn ein wenig und seufzte kurz. „Aber ich muss zugeben ... Du machst ihn glücklich."

„Danke."

Dorcas holte ihren Lippenstift aus ihrer Handtasche und musterte Jess' ungeschminktes Gesicht im Spiegel. „Weißt du, keine zehn Pferde würden mich dazu bringen, ungeschminkt aus dem Haus zu gehen."

Jess verkniff sich einen Konter, da sie wusste, dass Dorcas sie nur provozieren wollte. „Ich mache mir nur Sorgen um DJ." Autsch, Tiefschlag. Aber den hatte Dorcas verdient. Grummelnd drehte Dorcas sich um und wollte Jess anscheinend die Meinung geigen, da stieß sie mit der Hand ihre Handtasche vom Waschbecken und der gesamte Inhalt verteilte sich über den Boden.

Jess half Dorcas beim Aufsammeln: Make-up, Geld, Taschentücher, Augentropfen, Sonnenbrille. Mann, sie betrieb so einen Aufwand um ihr Äußeres. Jess wunderte sich zum wiederholten Male, wie ihr liebevoller, unkomplizierter und bodenständiger Teddy jemals bei jemandem wie Dorcas landen konnte.

„Hier", sagte sie und gab Dorcas einige Dinge zurück.

„Danke." Es war ein missgünstiges Danke, und Jess versuchte, nicht die Augen zu verdrehen. Sie nickte nur und ging zur Türe, als Dorcas sie plötzlich zurückrief. „Hör zu, ich will kein Miststück sein ... aber das hier sollte wirklich Familienzeit sein."

„Wenn Teddy will, dass ich hierbleibe, dann bleibe ich, Dorcas."

„Schön. Ich habe kein Problem damit. Ich sage es nur."

Sie gingen beide zurück in DJs Zimmer, und Teddy stand sofort auf, um Jess in den Arm zu nehmen. Sie alle blieben die Nacht über am Krankenbett, doch am nächsten Morgen ertönte Jess' Handy mit einer Nachricht. Sie schaute ihn schuldbewusst an. „Entschuldige

Schatz, aber ich muss um zehn im Gericht sein. Ich muss noch nach Hause und mich umziehen."

Teddy küsste sie. „Natürlich Liebling. Ruf mich an, wenn du fertig bist. Ist es in Ordnung, dass du alleine nach Hause musst?"

Jess grinste ihn an. „Darauf kannst du wetten."

SIE GING ZU IHREM WAGEN, DER IN DER TIEFGARAGE PARKTE UND GING in Gedanken ihren Terminplan für diesen Morgen durch. Sie hätte lieber abgesagt und wäre bei Teddy geblieben, doch dieser Gerichtstermin war wichtig. Eine Mandantin wollte die Scheidung von ihrem gewalttätigen Ehemann, und Jess würde sie nicht hängen lassen.

Sie steckte den Schlüssel ins Türschloss und wollte gerade die Autotür öffnen, als sie Schritte hinter sich hörte, dann spürte sie einen Schlag auf den Kopf. Vor ihren Augen verschwamm alles, dann wurde es dunkel.

TEDDY RUTSCHTE IN SEINEM STUHL HIN UND HER. ER LIEß SEINE komatöse Tochter nicht eine Sekunde aus den Augen. DJs haut war so blass und ihre Atmung so flach, dass er kaum glauben konnte, dass sie überhaupt noch lebte. Er spürte Dorcas Blick auf sich und als er den Blick hob, sah er, dass ihr Tränen übers Gesicht liefen.

Nur zögerlich ergriff er ihre Hand und augenblicklich verschränkte Dorcas ihre Finger mit seinen. „Was, wenn ich etwas falsch gemacht habe?", flüsterte sie so leise, dass er sie kaum hörte. „Was, wenn DJ irgendetwas in die Finger gekriegt hat, was sie nicht sollte?"

Teddy musterte seine Ex-Frau. „Der Drogentest fiel negativ auf Opiate aus, Dor. Bist du wieder drauf?"

Sie schüttelte den Kopf. „Nein, ich schwöre, dass bin ich nicht. Ich habe schon seit langer Zeit nichts mehr genommen, schon bevor wir uns getrennt haben." Sie lächelte ihn verlegen an. „Alles, was ich mir noch erlaube, ist ein gelegentlich er Joint, und da haben wir beide unsere Erfahrungen mit."

„Marihuana verursacht so etwas nicht." Er richtete seinen Blick wieder auf DJ und ignorierte Dorcas kleinen Seitenhieb. „Was ist mit deinen Gästen? Freunde?"

„Nach dir hatte ich niemanden."

Teddy glaubte ihr nicht – es gab schon während ihrer Ehe eine Menge anderer Männer, warum also jetzt nicht? Er hatte keine Lust, darüber zu streiten. „Was ist mit den Gärten? Gibt es da irgendetwas, was DJ geschluckt haben könnte, auch versehentlich? Oleander?"

„Das haben die Ärzte mich bereits gefragt, und ich hatte einen Experten damit beauftragt, alles auf dem Grundstück zu prüfen. Es gibt dort nichts Giftiges." Seufzend strich sie DJ über die weiche, feuchte Wange. „Was, wenn es nichts ist, dass sie gegessen oder getrunken hat. Was, wenn es etwas ist, dass die Ärzte noch nicht diagnostiziert haben?"

„Wir werden es herausfinden, aber sie sind überzeugt, dass es sich um eine Vergiftung handelt." Teddy rieb sich die Augen. „Aber es gibt so viele Möglichkeiten, und sie müssen auf die richtige testen."

„Sie haben ihr schon genug Blut abgenommen."

Teddy lehnte sich nickend zurück. Er war erschöpft, und er vermisste Jess' beruhigende Anwesenheit. Er schaute auf die Uhr. Zehn Uhr. Sie würde jetzt das Gericht betreten, vielleicht vor dem Richter stehen und für ihre Mandantin kämpfen. Gott, er liebte alles an ihr, doch was ihm am meisten gefiel, war, wie gut sie ihn *verstand.* Sie war wirklich seine Seelenverwandte.

„Teddy, du siehst fertig aus. Sie haben nebenan ein Bett vorbereitet, für den Fall, dass wir uns ausruhen möchten. Warum legst du dich nicht für eine Stunde hin? Ich verspreche dir, dich zu wecken, wenn es etwas Neues gibt."

Teddy wollte eigentlich widersprechen, doch der Schlafmangel setze ihm langsam zu, und so nickte er zustimmend und ging in das Nebenzimmer.

Er legte sich hin, deckte sich mit einem dünnen Laken zu und schloss die Augen. Nach zehn Minuten gab er seufzend auf. Er konnte einfach nicht schlafen. Stattdessen erinnerte er sich an eine Nacht vor einigen Wochen, in der er und Jess zusammen waren.

Sie hatten mit India und Massimo in einem der beliebtesten Restaurants LAs zu Abend gegessen und ständig waren Fans an ihren Tisch gekommen und haben um Selfies und Autogramme gebeten. Zum ersten Mal, hatte es keinen von ihnen gestört. Sie waren den Menschen einfach dankbar, dass sie ihnen zu dem Erfolg verholfen hatten, den sie in ihrem Beruf erreicht hatten.

Sie tranken Mimosas und genossen Hummer. Anschließend waren sie zum Venice Beach gegangen. Bei Nacht verwandelte sich der Strand zu einem Laufsteg ausgefallener Charaktere: Feuerschlucker, Wanderprediger, Touristen. Teddy und Jess spazierten Hand in Hand durch die Menge und schauten einigen Straßenkünstlern bei ihrer Performance zu. Massimo und India waren küssend in ihrer eigenen Welt versunken gewesen, was Teddy und Jess amüsiert zur Kenntnis nahmen. Ihre Freunde hatten ein weiteres Mal schwere Zeiten überwunden, und es gab ihnen die Hoffnung, dass die wahre Liebe tatsächlich alles überwinden konnte.

Als sie sich schließlich von Massi und India verabschiedeten, war Teddy schon ganz wild darauf, Jess für sich allein und unbekleidet zu haben. Sie gingen zu ihr nach Hause und in dem Moment, als Jess die Türe hinter ihnen geschlossen hatte, fielen sie übereinander her. Lachend und neckend rissen sie sich die Klamotten vom Leib und machten sich küssend auf den Weg ins Schlafzimmer. Sie fielen gemeinsam auf das Bett und Teddy bedeckte ihren Körper mit seinem, seine Hände streichelten ihre Haut. Er schob eine Hand zwischen ihre Beine und stellte überrascht fest, dass sie bereits feucht war. Sie grinste ihn breit an. „Ich habe mich schon den ganzen Abend daran gedacht, es mit dir zu treiben", säuselte sie verführerisch. „Nicht warten Teddy, ich will dich in mir spüren."

Teddy lachte, und die Erregung durchflutete seinen gesamten Körper. „Darum musst du mich nicht zweimal bitten, Schönheit."

Er schlang ihre Beine um seine Hüften und drang hart in sie ein. Ihre Hände presste er auf die Matratze und seine Lippen gierig auf ihre. Jess biss ihm auf die Lippe, was ihm gleichermaßen Schmerz und Erregung bescherte. Ihr Liebesspiel in dieser Nacht kannte keine Zurückhaltung.

Sie trieben es auf dem Boden miteinander, in der Dusche. Sie bissen und kratzten sich gegenseitig. Die Spuren, die sie hinterließen, waren ihnen egal.

Teddy ließ jeden Moment dieser Nacht in seinen Gedanken Revue passieren: das Gefühl ihrer Haut auf seiner, der Blick in ihren dunklen Augen, mit dem sie ihn ansah, die zarte Röte auf ihren Wangen, als sie ihren Höhepunkt erreichte, das Geräusch ihres schweren Atems, als sie sich anschließend erholten, das süße Lachen.

Teddy lächelte noch immer, als sein Telefon klingelte und Jess' Assistentin Bee ihm mitteilte, dass Jess verschwunden war.

KAPITEL DREIUNDZWANZIG – HOUSE OF CARDS

Los Angeles

Jess öffnete die Augen und stöhnte vor Schmerz. Selbst das schwache Licht bereitete ihr Kopfschmerzen. Sie blinzelte einige Male und versuchte sich zu orientieren. Sie war an einen Stuhl gefesselt, die Hände hinter dem Rücken zusammengebunden. Auch die Knie und die Fußgelenke waren gefesselt. In dem gedämpften Licht des Raumes konnte Jess erkennen, dass sie sich in einer Art Weinkeller befand. An drei Wänden standen gefüllte Weinregale und an der vierten Wand befand sich eine Tür. Sie stand offen und dahinter war eine Treppe zu sehen. Die Luft war feucht und muffig, und eine Glühbirne, die mittig unter der Decke hing, war die einzige Lichtquelle.

Jess schaute sich um und atmete tief ein. Auf dem Boden lag der Körper einer Frau mittleren Alters, die Kehle durchgeschnitten, die geöffneten Augen starrten ins Leere. Neben ihr saß ein Mann, der seinen Kopf in den Händen vergrub und die Knie an die Brust gedrückt hatte. Neben ihm lag ein blutverschmiertes Messer.

„Wer sind Sie?"

Aus irgendeinem Grund war sie nicht geschockt, als der Mann seinen Kopf hob. Taran Googe. Doch er sah verändert aus. Verwildert, verstört. Von ihrer Position aus konnte Jess es zwar nicht genau sagen und darüber hinaus war ihre Sicht noch immer eingeschränkt, doch sie hätte alles darauf gesetzt, dass Googe high war ... Wovon auch immer.

Googe starrte sie an und deutete dann auf die tote Frau. „*Sie* hat mir gesagt, dass niemand zu Hause wäre. Dass niemand sehen würde, wenn ich dich herbringe. Dass ich meinen Spaß mit dir haben könnte, bevor ich dich umbringe."

Jess spürte das Adrenalin durch ihren Körper fließen. Er wollte sie umbringen? Taran Googe? Verdammt, sie hatte ihn unterschätzt. Ihr Blick fiel auf die tote Frau. „Wer ist sie? Warum wollte sie mich tot sehen?"

Taran lachte humorlos. „Nicht sie. Soweit ich weiß, ist sie nur die verdammte Haushälterin." Etwas unbeholfen stand er auf, griff sich das Messer und ging auf Jess zu. Jess machte sich bereit. Taran hockte sich vor sie. „Nicht sie. Dorcas Prettyman."

Oh Gott, nein ... „Warum? Warum will Dorcas meinen Tod?"

Taran lächelte. „Abgesehen von der Tatsache, dass du es mit ihrem Mann treibst?"

„Exmann. Und ich kann nicht glauben, dass Dorcas ausgerechnet Sie anheuern würde, um mich umzubringen, weil ich mit ihrem Ex schlafe. Sie legt sie rein, Taran."

Taran lachte. „Ich denke nicht. Dorcas und ich stehen uns sehr nahe. Sehr nahe." Er schaute sie mit einem lüsternen Blick an. „Vielleicht bist du besser im Bett als Dorcas, was weiß ich. Und außerdem geht es nicht nur um Teddy. Sie weiß, dass du es weißt."

Jess runzelte die Stirn. „Ich? ... Was weiß ich?"

„Die Sache mit dem Kind. Dass sie die Milch des Kindes verdirbt."

Jess blieb fast das Herz stehen. Bitte nicht … Aber sie wusste, dass es stimmte. „Sie vergiftet ihr eigenes Kind?“

Taran grinste sie schief an. „Hat sich schon mal jemand gefragt, warum sie so viele Fläschchen Augentropfen bei sich trägt? Sie sind im ganzen Haus verteilt. Sie gibt sie in das Müsli der Kleinen. Ich habe mal die Nacht da verbracht und gesehen, wie sie es getan hat. Sie weiß, dass ich sie gesehen habe und dann hat sie mir den anderen Grund genannt, warum sie dich loswerden will. Sie glaubt, dass Teddy zurückkommt, wenn das Kind ständig krank ist.“

Jess wollte schreien, nicht wegen ihr, sondern wegen DJ. Die Grausamkeit dahinter. Dorcas Prettyman war noch bösartiger, als sie gedacht hatte. Doch das würde Jess jetzt nicht helfen. Sie musste hier raus. Sie musste zu Teddy und ihm sagen, was los war, damit man DJs Leben retten konnte. Ihr Blick fiel erneut auf die tote Frau. „Sie hätten sie nicht töten müssen.“

Taran lächelte, und bevor er etwas sagte, schnitt er vorsichtig die Knöpfe von Jess' Bluse und schob das Kleidungsstück zur Seite. Kalte Luft traf auf Jess' Haut, und sie atmete tief durch. Als Tarans Finger nach dem Reißverschluss ihrer Jeans griffen, biss sie die Zähne zusammen. Also das würde jetzt passieren?

Auf keinen Fall, Kumpel. Er müsste ihre Beine losbinden, um sie zu … Und dann wäre sie in der Lage zu treten, sich zu wehren …

Er zog aber lediglich die Bluse aus dem Hosenbund und beließ es dabei. Jess war ein wenig verwirrt. Er starrte ihren Körper an. „Ich hätte nie gedacht, dass ich jemanden töten könnte. Aber heute habe ich es getan. Ich habe also nichts mehr zu verlieren, wenn ich dich auch umbringe, Jess. Nichts. Ich werde einfach von hier verschwinden.“

„Das sind doch nicht Sie, Taran.“ *Bleib ruhig, keine Panik.* „Sie sind kein Mörder.“

Er deutete mit dem Messer auf die tote Frau. „Doch, bin ich. Sie starb schnell, aber du wirst das nicht. Du nicht, Jess. Du hättest mich nicht *Junge* nennen sollen."

Verdammt ... Aber sie konnte nichts tun, solange er ihr das Messer an den Bauch hielt. „Taran ... Dorcas legt sie rein. Sie töten mich und ihre Haushälterin ... Glauben Sie wirklich, dass sie Ihnen hilft? Ihnen Geld gibt, um das Land verlassen zu können? Auf keinen Fall, Mann. Sie wird es so drehen, wie sie es braucht, dass Sie allein gehandelt haben, dass Sie sie verfolgt haben."

Sie sah den Zweifel in Googes Blick und mit letzter Hoffnung sprach sie weiter: „Das sind nicht Sie, Taran", sagte sie mit sanfter Stimme. „Hören Sie auf, ansonsten haben nicht nur diese arme Frau und ich verloren. Es geht um ein achtjähriges Mädchen, Taran. Sie wird ihr eigenes Kind umbringen, um zu kriegen, was sie will. Und sie wird Sie den Wölfen vorwerfen, um ihre eigene Haut zu retten."

„Halten Sie die Klappe!"

„Kann ich nicht. Ich liebe dieses Kind, und wir müssen sie retten. Denken Sie darüber nach ..."

„Ich habe gesagt, Klappe halten!" Tarans Blick war rasend, doch Jess konnte nicht aufhören. Sie wusste, dass sie an ihn herankam.

„Taran, hören Sie zu ..." Statt weiterer Worte gab sie ein schmerzhaftes Keuchen von sich, als Taran ihr das Messer in den Leib stieß. Jess spürte den stechenden Schmerz und schloss die Augen. Das war's ... Sie würde sterben und das Schlimmste daran war, dass sie DJ nicht retten konnte.

Oh, Teddy ... Es tut mir leid ...

Teddy versuchte nicht in Panik zu geraten. Die Polizei hatte ihn im Krankenhaus aufgesucht, um ein paar Fragen zu stellen. Im Gegenzug torpedierte er die Polizisten mit seinen Fragen über Jess' Verbleib.

Nachdem Jess nicht zu dem Gerichtstermin erschienen war, hatte ihre Assistentin Bee vergeblich versucht, sie telefonisch zu erreichen. Sie hatte jemanden zu ihrem Haus geschickt, hatte Massimo, India und Alex angerufen, doch niemand hatte Jess gesehen. Nachdem sie jeden angerufen hatte, rief sie Teddy an, der dann in die Tiefgarage ging und dort Jess' Wagen und Blut auf Boden fand.

Er hatte sofort die Polizei gerufen. Als er wieder oben war, kam Dorcas zu ihm und machte eine Show aus ihrem Mitgefühl für ihn. „Weißt du, ich habe Leute - Privatdetektive auf Abruf. Ich kann sie darauf ansetzen."

Er wollte nicht, dass Dorcas sich einmischte, doch in diesem Moment hätte er wohl alles getan. Teddy wollte sich selbst auf die Suche machen, die ganze Stadt absuchen, jeden Ort, an dem er mit Jess gewesen war. Aber er musste auch an DJ denken. An diesem Morgen hatte der Arzt bemerkt, dass seine Tochter anscheinend aus dem Koma erwachte, sie könnte also jeden Moment aufwachen. Gott, musste er sich entscheiden? Das Urteil des Salomon? DJ oder Jess?

In seinem Herzen wusste er, dass Jess ihm sagen würde, er solle bei DJ bleiben, doch es brachte ihn beinahe um, eine Entscheidung treffen zu müssen. Nachdem die Polizei mit ihm gesprochen hatte, nahm er sich einen Moment Zeit, um durchzuatmen. Er stand im Treppenhaus und starrte aus dem Fenster über die Stadt.

Wo bist du, mein Liebling? Bitte, bitte, sei in Ordnung ... Teddy wusste, dass es wahrscheinlich zwecklos war. Er rief sie dennoch an. Er wollte ihre süße Stimme auf der Mailbox hören. Die Polizei hatte ihm erzählt, dass Taran Googe ebenfalls verschwunden war, und ihm war sofort klar, dass er hinter Jess' Verschwinden steckte. Sie hatten seine Besessenheit von ihr unterschätzt. Verdammt nochmal.

Er ging zurück in DJs Zimmer, doch bevor er es betreten konnte, wurde er vom Arzt gestoppt und in dessen Büro gebeten. „Mr. Hood ... Ich fürchte ich habe Neuigkeiten, die Sie erschüttern könnten. Wir haben die Polizei bereits informiert, sie werden aber nichts unternehmen, bevor ich mit Ihnen geredet habe."

„Es tut mir leid, aber ich habe keine Ahnung, wovon Sie reden."

„Ich hatte einen Verdacht ... Wir haben entsprechende Drogentests durchgeführt und haben dabei nach einer bestimmten Chemikalie gesucht. Eine Substanz, die in alltäglichen Dingen zu finden ist, die auf den ersten Blick keinen Verdacht erregt. Wir haben einen ungewöhnlich hohen Wert einer Verbindung namens Tetrahydrozolinhydrochlorid gefunden. Ein so hoher Wert, wie wir ihn in DJs Körper festgestellt haben, kann Erbrechen, Bluthochdruck und ein Koma verursachen. Kommt Ihnen das bekannt vor?"

Teddy verschlug es den Atem. „Was? Wie zur Hölle, sollte DJ an so etwas herankommen?"

Die Miene des Arztes verdunkelte sich. „Es ist ein üblicher Bestandteil von Augentropfen."

Nun wurden Teddy die Knie weich, und er ließ sich in einen Stuhl fallen. „Was?"

„Ein Großteil unseres Pflegepersonals hat solche Augentropfen bei Ihrer Exfrau gesehen, Mr. Hood. Ich habe ihre medizinische Akte geprüft. Sie reagiert auf diese Tropfen allergisch. Warum sollte sie Augentropfen bei sich tragen, die sie nicht verträgt?"

„Oh nein, nein, nein ..." Teddy vergrub sein Gesicht in den Händen. Jess hatte die ganze Zeit über recht gehabt. Dorcas vergiftete DJ, ihr eigenes Kind. Lieber Gott ...

Der Doktor setzte sich auf die Kante seines Schreibtisches und schaute Teddy mitfühlend an.

„Es tut mir so leid, Mr. Hood. Es gibt einen Namen dafür ..."

„Münchhausen Stellvertreter-Syndrom", antwortete Teddy wie benommen. „Ich habe davon schon gehört. Gott, ich hatte vermutet, Dorcas nutzt die Situation lediglich für sich aus und nicht, dass sie sie herbeiführt."

„Es handelt sich zwar um eine psychologische Störung, trotzdem mussten wir die Polizei informieren. Sie warten, um die Verhaftung direkt durchführen zu können."

Teddy hob seinen Blick. Seine Wut hatte ihren Höhepunkt erreicht. Sie war in pure Raserei umgeschlagen. „Ich will zuerst mit ihr reden."

Der Arzt sah darüber nicht glücklich aus, gab aber dennoch nickend seine Zustimmung. Sie gingen zurück zum Zimmer und während Teddy den Raum direkt betrat, sprach der Arzt mit der Polizei. Mit hochnäsiger Miene saß Dorcas an der Seite ihrer Tochter. Sie lächelte, als sie ihn sah. „Liebling, gibt es Neuigkeiten über Jessica?"

Lag da etwas Triumphierendes in ihrem Blick? Teddy Wut hinderte ihn an einer Beurteilung. „Ich weiß es, Dorcas."

„Du weißt was, Liebling?"

Teddy starrte sie an, bis sie den Kopf hob und ihre Blicke sich trafen. Die Wut, die ihr aus seinem Gesicht entgegenschlug, ließ sie blass und unsicher werden. „Die Augentropfen, Dorcas. Die Augentropfen, die du unserer Tochter in den Saft, in die Milch und in ihr Wasser gibst. Sie verursachen all die Symptome bei DJ. Und die Ärzte haben es gefunden, Dorcas. In ihrem Blut."

„Mach dich nicht lächerlich. Du bist nur durcheinander aufgrund von Jessicas Entführung."

Teddy wurde ganz still. „Wer hat gesagt, dass Jess entführt wurde?" Er trat näher an seine Exfrau heran, und plötzlich sah er den Wahnsinn in ihren Augen, die zwanghafte Eifersucht. „Was weißt du über ihr Verschwinden, Dorcas? Sie wusste es, sie hatte dich in Verdacht, und du wusstest es, nicht wahr? Was hast du ihr angetan?"

Dorcas stand auf und schob den Stuhl von sich weg. „Nichts! Du machst dich lächerlich."

Teddy packte sie am Hals und drückte sie gegen die Wand. „Was hast du DJ angetan? Was hast du Jess angetan?" Er schrie und bemerkte kaum, wie die Polizisten ihn von Dorcas losrissen. „Sie weiß, wo Jess ist. Gott verdammt … Sie hat meine Tochter vergiftet und sie weiß, wo Jess ist …“

Es dauerte eine Weile, bis er sich wieder beruhigt hatte, währenddessen wurde Dorcas festgenommen und aus dem Zimmer geführt. Er fühlte sich verrückt, außer Kontrolle …

„Mr. Hood, tief durchatmen … Wir kümmern uns darum. Wir werden das Haus ihrer Exfrau durchsuchen. Uns liegt eine Meldung über Frauenschreie vor.“

„Es ist Jess … Es ist *Jess* …“ Teddy küsste seine Tochter auf den Kopf und rief dem Arzt zu: „Kümmern Sie sich um sie!“ Dann rannte er aus dem Zimmer. *Ich komme, Jess. Ich komme …*

KAPITEL VIERUNDZWANZIG – FADED

Los Angeles

SIE VERLOR ZU VIEL BLUT DURCH DIE STICHWUNDE, UND JESS WUSSTE, dass ihre Chancen sehr gering waren. Nach dem Stich – nur dem einen – war Taran zurückgewichen, ging in die Hocke und starrte auf das Blut. Jess fühlte sich benommen. Der Schmerz war nichts im Vergleich zu dem Gefühl, keine Kontrolle zu haben. Etwas Gutes gab es aber – hätte er eine Arterie getroffen, wäre sie wohl schon tot.

Es gab also noch eine Chance, egal wie klein sie auch war. Sie versuchte, gleichmäßig zu atmen. „Ich vergebe Ihnen das, Taran. Ich vergebe Ihnen. Die Drogen … Hat Dorcas sie Ihnen gegeben?"

Taran nickte. Er schien in einen Schock verfallen zu sein, die Wirkung der Drogen ließ langsam nach.

„Ich schätze, sie hat Ihnen etwas anderes gegeben, als Sie erwartet haben." Gott, sie konnte ihr eigenes Blut schmecken. „Das sind nicht Sie, Taran. Sie sind kein Mörder."

„Ich bin kein Mörder ..." Er flüsterte die Worte vor sich hin, dann begann er zu schluchzen. „Oh Gott, oh Gott, oh Gott ..."

Jess ließ ihn weinen, dann redete sie leise und sanft auf ihn ein: „Taran … Ich sterbe. Ich verblute. Können Sie mich losbinden, damit ich mich wenigstens hinlegen kann?"

Er nickte und ging zu ihr. Er schnitt ihre Fesseln durch und half ihr aus dem Stuhl. Jess konnte sich kaum bewegen, ihre Muskeln gehorchten ihr nicht. Kein Rennen, kein Kampf. Sie versuchte sich hinzulegen, doch dann nahm Taran sie unerwartet in seine Arme. „Es tut mir leid. Ich werde Ihnen Hilfe besorgen."

Während sie die Treppe zum Haupthaus nahmen, hörten sie die Sirenen. Taran setzte Jess sanft auf das Sofa im Wohnzimmer. In ihrem Kopf drehte sich alles, und vor ihren Augen bildete sich ein helles, weißes Licht. Taran verschwand und kam mit einem Handtuch zurück. Er presste es auf ihre Wunde. Sie schaute ihm in die Augen.

„Ich habe ihnen das Tor geöffnet. Ich werde nehmen, was kommt. Es tut mir leid, Jess."

Durch seine Kehrtwende wurde ihr nur noch schwindeliger, doch sie nahm es dankend an. „Erzählen Sie denen, was sie Ihnen angetan hat. Ich werde … Wenn ich überlebe, werde ich zu Ihren Gunsten aussagen. Sagen Sie denen, dass Sie am Ende versucht haben, mich zu retten. Sagen Sie denen, dass Dorcas an allem Schuld hatte. Aber Taran, versprechen Sie mir, dass Sie denen zuerst von den Augentropfen erzählen, was Dorcas getan hat. DJ hat Priorität … Immer DJ … Bitte ..."

Sie verlor das Bewusstsein, doch bevor sie ganz weg war, hörte sie noch das schönste Geräusch, das sie in ihrem Leben je gehört hatte.

Teddys Stimme, die ihren Namen wieder und wieder rief ...

Los Angeles

Sechsunddreißig Stunden später ...

. . .

Jess öffnete ihre Augen und blickte in die strahlende Sonne von Los Angeles, die durch das Fenster in ihr Krankenzimmer schien. Jemand hielt ihre Hand, und als sie nach unten schaute, sah sie Indias verweintes Gesicht. „Indy?"

India hob den Blick, in ihren Augen lagen Überraschung und Begeisterung … und dann brach sie in Tränen aus. Jess lachte und wand sich dabei vor Schmerzen. „Indy, warum weinst du denn? Mir geht es gut."

India küsste sie direkt auf den Mund und stürmte dann weinend aus dem Zimmer, um Teddy und Massimo zu holen. Jess lachte erneut und schüttelte den Kopf. Sie hing noch immer an einer Blutkonserve, fühlte sich aber erstaunlich gut.

Eine Sekunde später standen Massimo, Alex und Lazlo, Indias Bruder, in ihrem Zimmer, umarmten und küssten sie. Jess war dankbar für diese Liebe, doch eine Frage beschäftigte sie: Wo war Teddy?

India wusste, woran sie dachte, und lächelte durch ihre Tränen. „Er ist auf dem Weg. Er musste nur jemanden holen, der darauf brennt, dich zu sehen."

Und dann war er da. Ihre Liebe, ihr Teddy. Und er sah so gut aus wie eh und je mit seinen blauen Augen und den dunklen Haaren. Auf dem Arm hielt er seine lächelnde und gesunde Tochter.

Jess gab einen Freudenschrei von sich, streckte ihre Arme aus und lächelnd platzierte Teddy seine Tochter vorsichtig neben Jess auf das Bett. Jess schlang ihre Arme um beide, während ihr die Tränen über die Wangen liefen. „Oh, meine DJ, mein Teddy …" Sie wiederholte diese Worte immer wieder, bis die anderen anfingen zu kichern. Als sie den Blick hob, hatten ihre Freunde das Zimmer verlassen, um ihr Zeit mit der Familie zu geben.

Und sie wusste ohne Zweifel, dass diese hier ihre Familie war. Ihr Mann, ihr Mädchen. „Ich liebe euch beide so, so sehr … Und ich weiß, dass ich nicht deine Mommy bin DJ, aber ich liebe dich wie meine eigene Tochter. Wie geht es dir?“

DJ grinste sie an und spielte mit dem Namensschild an Jess' Handgelenk. „Besser, dank dir. Uns allen wird es bald besser gehen, hat der Arzt gesagt.

Teddy konnte den Blick nicht von Jess' Gesicht abwenden, und sie errötete vor Glück über die Liebe, die sie in seinen Augen sah.

„Ja, Süße?“

„Darf ich jetzt bei dir und Jess leben?“

Jess lachte. „Besser wäre es … oder?“ Etwas schüchtern schaute sie Teddy an, der zustimmend mit dem Kopf nickte.

„Auf jeden Fall.“

Jess und DJ lachten über seine Vehemenz, und Teddy nahm beide in seine Arme. „Wir sind jetzt eine Familie, nicht wahr? Und ich verspreche euch, wir werden die glücklichste Familie der Welt.“

Jess küsste DJ sanft auf den Kopf. „Darauf kannst du deinen süßen Hintern verwetten“, sagte sie und grinste DJ verschmitzt an, die laut auflachte. DJ schlang ihre Arme um Jess' Hals, und Jess spürte den sanften Kuss des Mädchens auf ihrer Wange. Ihr schwoll das Herz vor Liebe für dieses kostbare Kind an. „Ich verspreche dir“, flüsterte sie DJ zu, „ich werde immer, immer auf dich aufpassen, mein Schatz.“

Teddy war überwältigt von seinen Emotionen und während sie DJ fest im Arm hielt, schaute sie ihn an. „Dorcas?“, frage sie wortlos, und er nickte.

„Gegen sie wurde Anklage erhoben. Sie wird für eine ganze Weile weg sein.“ Er schaute beide an und nickte DJ zu, die die beiden beobachtete. „Ich verheimliche DJ das nicht, wir können also offen reden. Nicht wahr, DJ?“

DJ nickte. „Daddy hat gesagt, dass ich Mommy trotzdem sehen darf, wenn ich möchte.“ Sie blickte auf ihre kleinen Hände. „Aber das möchte ich nicht", fügte sie mit so leiser Stimme hinzu, dass es Jess das Herz brach.

Sie fuhr DJ übers Haar. „Du musst nichts tun, was du nicht möchtest. Aber, du kannst auch jederzeit deine Meinung ändern. Stimmt's Teddy?"

„Absolut. Niemand wird dich zu etwas zwingen, was du nicht willst. Nie wieder."

DJ lächelte, und die Erleichterung war ihr deutlich anzusehen. Sie schaute zwischen Jess und Teddy hin und her. „Daddy, wirst du Jessie heiraten?"

Jess wurde knallrot, doch Teddy grinste nur. „Wenn sie mich will. So hatte ich den Antrag nicht geplant, aber zur Hölle damit ..." Er stand vom Bett auf und ging vor ihr auf die Knie.

„Daddy, warte." DJ zog einen Plastikring von ihrem kleinen Finger und gab ihn ihrem Vater, der lachte.

„Danke, Süße."

Jess und DJ lachten, dann nahm Teddy ihre Hand und Jess verschlug es den Atem. „Jessica Olden … Hier und jetzt sehe ich die beiden Lieben meines Lebens. Die zwei Menschen, für die ich durchs Feuer gehen würde. Die zwei Menschen, die ich mehr liebe als das Leben selbst. Ich werde versuchen für euch beide der beste Mann zu sein. DJ ist meine Tochter und jetzt frage ich dich, Jess: erweist du mir die Ehre und wirst meine Frau? Willst du mich heiraten?"

„Ja", antwortete Jess, ohne zu zögern, und DJ schrie vor Freude. Teddy stand auf und versuchte, Jess den kleinen Ring anzustecken. Er passte – beinahe – auf die Kuppe ihres kleinen Fingers, und alle lachten.

„Daddy, ich finde, du musst einen besseren Ring besorgen", ordnete DJ bestimmt an, worüber sie wieder alle lachten.

„Das werde ich", versprach Teddy ihr und küsste DJ auf die Stirn, bevor er Jess zärtlich auf den Mund küsste. „Ich liebe dich so sehr."

„Und ich liebe dich, Schatz. So, so sehr … für immer …" Und dann küsste sie ihn erneut.

Drei Tage später machte Teddy ihr erneut einen Antrag. Dieses Mal mit einem wunderschönen Diamantring, und Jess wiederholte ihre Liebe für ihn und für DJ.

Eine Woche später waren sie verheiratet.

Sechs Monate später adoptierte Jess DJ ganz offiziell. Ihre Familie war nun komplett.

KAPITEL FÜNFUNDZWANZIG – ACROSS THE UNIVERSE

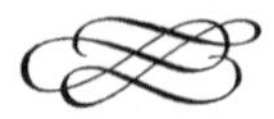

inige Monate später ...

New York State

Auf dem Weg zu Indias und Massimos großen Garten hob Jess DJ hoch und schwang sie herum. „Uff", sagte sie und setzte ihre neunjährige Tochter wieder ab. „Entweder wirst du immer schwerer oder ich werde zu alt."

DJ grinste. „Beides?"

„Frechdachs!" Jess jagte hinter ihr her, bis sie Teddy hörten, der nach ihnen rief. Er kam auf sie zu und küsste Jess zur Begrüßung.

„Ihr beide seht fantastisch aus", lobte er ihre Hochzeitsoutfits. Es war die Doppelhochzeit von India und Massimo und Sun und Tae, ihren Freunden aus Korea. Die ganze Hood-Familie freute sich darauf, die Hochzeit ihrer Freunde zu sehen.

Sie gingen in den mit Blumen bestreuten Gästebereich und nahmen ihre Plätze in der ersten Reihe ein, neben Indias Brüder Lazlo und Gabe. Jess entschuldigte sich und machte sich auf den Weg zu India. Diese war in ihrem Zimmer und machte sich lachend fertig, zusammen mit Sun, der ebenfalls wundervoll aussah. Jess fragte sich, ob sie ihren Hochzeitstag mit jemandem teilen könnte, der so unglaublich gut aussah. Aber Sun war so ein guter Kerl, dass sie wusste, dass sie es könnte. Letztlich war ihre eigene Hochzeit ganz anders gewesen: Teddy, DJ und sie im Rathaus und anschließend ein feudales Essen am Strand, direkt vor ihrem Haus. Es hatte Teddy und Jess sehr gut gefallen.

„Hi ihr Süßen, ihr seht beide wunderschön aus." Jess verzog scherzhaft das Gesicht und grinste. „Kann ich etwas tun?"

India, die in ihrem einfachen, weißen Kleid atemberaubend aussah, lächelte ihre Freundin an. „Nein ... Wir haben nur unser Überleben gefeiert ... Irgendwie passt es, dass du gerade jetzt gekommen bist. Wir haben alle überlebt."

„Ach. Was mir geschehen ist, ist nicht vergleichbar. Und warum reden wir an einem Tag wie heute überhaupt *davon*? Kommt schon ihr Hübschen, lasst uns euch verheiraten."

Die Hochzeit war so wundervoll, dass sogar Gabe, Indias knallharter Bruder, eine Träne verdrückte. India, Massimo, Sun und sein Geliebter Tae wurden blitzschnell getraut, und danach wurde gefeiert. DJ tollte mit den anderen Kindern herum und hatte Spaß.

Auch Alex, der noch immer um Coco und sein Kind trauerte, fand sein Lächeln wieder. Jess nahm ihn fest in den Arm und wünschte ihm alles Glück. „Das werde ich schon finden", sagte er und lachte auf. „Im Moment frage ich mich, warum ich kein Koreaner bin."

Jess folgte seinem Blick zu den übrigen Mitgliedern von Suns und Taes Band.

Sie alle waren ebenso gutaussehend wie das glückliche Paar. „Nichts wie ran!"

„Ich bin alt genug, um ihr Vater zu sein." Alex stöhnte auf. „Wann bin ich so alt geworden?"

„Du wirst immer ein toller Fang sein, Süßer. Auch mit sechzig." Er lachte, und sie küsste ihn auf die Wange. Ihr fielen ein paar von Indias männlichen Freunden auf – alle in Alex' Alter – die ihn interessiert musterten. Da wusste sie, dass ihr Freund nicht lange alleine sein würde.

Nachdem sich die Frischvermählten auf den Weg nach Fidschi in die Flitterwochen gemacht hatten, gingen Teddy, Jess und DJ in ihr Hotel. Nachdem DJ eingeschlafen war, setzten Teddy und Jess sich noch mit einer Flasche Champagner auf den Balkon. „Was für ein wundervoller Tag", seufzte Jess glücklich und legte ihren Kopf auf Teddys Schulter. Er küsste sie auf die Stirn.

„Ich verspreche dir, von jetzt an wird jeder Tag für uns so schön wie heute."

Jess lächelte ihn an. „Ich glaube dir. Oh, ich vergaß. Ich habe noch ein Geschenk für dich."

Teddy schaute sie amüsiert an. „Ach ja? Deine Beine um meine Hüften vielleicht?"

„Oh, absolut, aber ich habe noch etwas anderes für dich. Es ist eingepackt, du musst es aufmachen."

Sie machte aber keine Anstalten aufzustehen, und er schüttelte verständnislos den Kopf. Schließlich zeigte sie auf die Knöpfe an ihrem Kleid. „Auspacken."

„Ha." Er stellte sein Champagnerglas zur Seite und knöpfte ihr Kleid auf, dabei strich er sanft über ihre Haut. Als er ihren Bauch erreichte, sah er es: eine kleiner, mit Edding gemalter Klecks und daneben die Worte: „Hallo Daddy."

Teddy blinzelte, und es dauerte einen Moment, bis er verstand. Dann jubelte er laut auf, so dass Jess lachte und ihn mahnte, leise zu sein. „Du weckst noch das ganze Hotel auf."

„Ist mir egal!"

Er nahm sie in seine Arme und trug sie ins Schlafzimmer. „Oh mein Gott! Jessie, wirklich?"

„Wirklich."

„Seit wann weißt du es?" Er küsste ihren Bauch und schob ihr das Kleid von den Schultern. Sie lachte über sein ungeduldiges Verlangen nach ihr.

„Erst seit ein paar Tagen. Ich wollte nicht von der Hochzeit ablenken, außerdem habe ich erst ein paar hundert Tests gemacht, um sicher zu gehen. Aber ja, wir bekommen ein Baby, Teddy. Unser Baby. DJ wird eine große Schwester."

Er brachte sie mit seinen Lippen zum Schweigen, und sie liebten sich. Seine Lippen glitten an ihrer Kieferpartie entlang und legten sich anschließend auf ihren Hals.

Jess vergrub ihre Finger in seinen dunklen Haaren, während sein Mund an ihrem Körper entlangfuhr und ihre Nippel liebkoste, bis sie steinhart waren. Dann fuhr seine Zunge über ihren Bauch und tauchte in ihren Bauchnabel ein.

Jess erzitterte vor Verlangen, als er ihr Höschen herunterzog. „Ich will dich schmecken."

Sie veränderten ihre Positionen so, dass sie ihn in den Mund nehmen konnte. Sie ließ ihre Zunge an seiner Männlichkeit entlanggleiten und brachte ihn zum Stöhnen. Dann spürte sie seinen Mund auf ihrer Klitoris.

Teddy ließ seine Zähne sanft über ihr empfindliches Fleisch gleiten, und sie stöhnte vor Lust laut auf. Sie liebkosten sich gegenseitig zum Höhepunkt.

Teddy nahm sie in den Arm und während sie sich langsam erholten, blickten sie sich so tief in die Augen, dass Jess von der Liebe, die in seinem Blick lag, fast völlig übermannt wurde. Es bedurfte keiner Worte, und Jess lächelte ihn einfach an.

Teddy küsste sie ein-, zweimal sanft auf die Lippen, und Jess strich ihm zärtlich über das Gesicht. Sie fragte sich, ob ihr Baby wohl eher sein oder ihr Aussehen bekommen würde. Sie hoffte, dass er oder sie so hinreißend wie DJ werden würde, das burschikose Mädchen mit den blauen Augen und dunklen Haaren, ganz der Vater. Jess nahm Teddys Hand und legte sie auf ihren Bauch - auf ihr Kind - und küsste ihn. Dann antwortete sie mit einem Kopfnicken auf die Frage in seinem Blick.

Mit ungezügelter Leidenschaft schlang er ihre Beine um seine Hüften und drang hart und tief in sie ein. Immer wieder, bis sie erneut zum Höhepunkt kam. „Oh Gott, Teddy … Teddy …"

Jess kam hart. Sie erzitterte und verlor sich ganz in dem Gefühl, das ihren gesamten Körper durchfuhr. „Gott, ich liebe dich", hauchte Teddy, während er selbst zum Höhepunkt kam. Jess klammerte sich an ihn, während beide wieder zu Atem kamen.

„Bleib noch einen Moment in mir. Ich will dich spüren", flüsterte sie ihm zu.

„Ich werde für immer bei dir sein", erwiderte er und küsste sie so leidenschaftlich, dass es ihr beinahe den Atem verschlug.

„Versprochen?"

Teddy schaute sie lächelnd an, legte seine Hand wieder auf ihren Bauch und nickte. „Versprochen."

ACHT MONATE SPÄTER WURDEN IHRE ZWILLINGE MATTHEW UND MARK geboren, und Teddy und Jess wussten, dass ihre Familie nun komplett war.

. . .

Ende.

Nick Stavos, Erbe eines Öl-Imperiums, kehrt in seine Heimat Griechenland zurück, um sich von seinem sterbenden Vater zu verabschieden, der Nick vor seinem Tod aber noch verheiraten will.

Entschlossen, seinem Vater diesen Wunsch zu erfüllen, macht Nick sich auf die Suche nach einer Frau, die dazu bereit ist, mit ihm kurzzeitig die Ehe einzugehen und seinen Vater davon überzeugen kann, in Nick verliebt zu sein.

Es gibt aber nur wenige Frauen, denen Nick vertraut und die seinen sozialen Status nicht ausnutzen würden. Als sein bester Freund Dimitri eine Party veranstaltet, fühlt sich Nick zu einer jungen Kellnerin hingezogen.

Ella May ist eine amerikanische Studentin, die sich ihren Aufenthalt auf den griechischen Inseln mit Arbeit finanziert und dafür jeden noch so schlecht bezahlten Job annimmt, den sie kriegen kann. Eine zufällige Begegnung führt zu einer Verabredung zum Abendessen und endet in einer unvergesslichen Nacht voller Leidenschaft.

Doch Ella ist entschlossen, ihre Reise fortzusetzen, und Nick lässt sie schweren Herzens ziehen. Während er sich um seinen sterbenden Vater kümmert, bedauert er es, dass sein Vater wohl niemals die Frau kennen lernen wird, die sein Herz gestohlen hat ...

... oder doch?

https://www.steamyromance.info/kostenlose-bücher-und-hörbücher

Eifersucht: Ein Milliardär Bad Boy Liebesroman

Neue Liebe entsteht, aber auch eine Eifersucht, die sie zu zerstören droht.
Ich habe meine winzige Heimatstadt und ihre Einschränkungen hinter mir gelassen. Dann erschien ein bekanntes Gesicht in der Bar, in der ich arbeite, und brachte mich wieder dorthin zurück, wo ich angefangen hatte ...

https://www.steamyromance.info/kostenlose-bücher-und-hörbücher

Du erhältst ebenso KOSTENLOSE Romanzen-Hörbücher, wenn Du Dich anmeldest

FEURIGES BLUT PLAYLISTE

Kapitel Eins – Praying von Kesha

Kapitel Zwei – Waiting Game von Banks

Kapitel Drei – Dreaming with a Broken Heart von John Mayer

Kapitel Vier – Hello von Adele

Kapitel Fünf – My Blood von Twenty One Pilots

Kapitel Sechs – Seven Devils von Florence + the Machine

Kapitel Sieben – I Wanna Be Yours von Artci Monkeys

Kapitel Acht – It's Definitely You von V & Jin

Kapitel Neun – Stressed Out von Twenty One Pilots

Kapitel Zehn – Make Me Feel von Janelle Monae

Kapitel Elf – Breathe von Maria McKee

Kapitel Zwölf – Humble von Kendrick Lamar

Kapitel Dreizehn – Wires von Athlete

Kapitel Vierzehn – Song to the Siren von Tim Buckley

Kapitel Fünfzehn – What Kind of Man? von Florence + the Machine

Kapitel Sechzehn – So Far Away von Agust D

Kapitel Siebzehn – Wherever I Go von OneRepublic

Kapitel Achtzehn – Never Be the Same von Camila Cabello

Kapitel Neunzehn – Take Me Home von Jess Glynn

Kapitel Zwanzig – Am I Wrong von BTS

Kapitel Einundzwanzig – Big Girls Cry von Sia

Kapitel Zweiundzwanzig – All Night von Beyonce

Kapitel Dreiundzwanzig – House von Cards by BTS

Kapitel Vierundzwanzig – Faded von Alan Walker

Kapitel Fünfundzwanzig – Across the Universe von Rufus Wainwright

Erstellt mit Vellum

CPSIA information can be obtained
at www.ICGtesting.com
Printed in the USA
BVHW041015150321
602551BV00006B/514